GRAHAM GREENE

DAS SCHLACHTFELD DES LEBENS

ROMAN

ZSOLNAY

Die Originalausgabe erschien 1934 unter dem Titel
It's a Battlefield bei William Heinemann Ltd., London

Neu-Edition der Werke
in neuer Übersetzung
Band 3

1. Auflage

Umschlaggestaltung: Werbeagentur Zeuner, Ettlingen
Satz: Mitterweger Werksatz GmbH, Plankstadt
Druck und Bindung: Ebner Ulm
Printed in Germany 1993

CIP-Titelaufnahme der Deutschen Bibliothek:

Greene, Graham:
Das Schlachtfeld des Lebens: Roman / Graham Greene. Aus d. Engl.
v. Gerhard Beckmann. – Wien: Zsolnay, 1992
(Die Graham Greene-Edition in neuer Übersetzung / Graham Greene;
Bd. 3)
Einheitssacht.: It's a battlefield ‹dt.›
ISBN 3-552-04136-2

Soweit sich das Schlachtfeld dem bloßen Menschenauge darbot, war es kein geschlossenes Ganzes, besaß es keine Länge, keine Breite, keine Tiefe, keine Größe, keine Gestalt; es bestand lediglich aus einer Unzahl kleiner Kreise, die sich in ihrer Ausdehnung mit dem Blickfeld deckten, das der Nebel stellenweise gerade freigab... Unter solchen Bedingungen führte jede Einzelgruppe englischer Soldaten ihr eigenes kleines Gefecht weiter, in glücklicher und förderlicher Unkenntnis der allgemeinen Kampflage, ja, sehr oft sogar in Unkenntnis der Tatsache, daß eine Schlacht von größerem Umfang tobte.

Alexander William Kinglake,
»Geschichte des Krimkriegs«

1

Der Assistant Commissioner achtete auf sein Äußeres, wenn er sich mit Männern traf, die jünger waren als er. Das gab ihm Selbstvertrauen, so wie früher in den Dschungeln des Fernen Ostens das Umziehen vor dem Abendessen. Er öffnete die Tür des Kleiderschranks und bürstete seinen dunklen Anzug vor dem Spiegel; er hielt sein schmales, gelbes Gesicht dicht ans Glas. Junge Männer hatten etwas Wildes, Grausames an sich; sie waren unberechenbar; sie hatten manchmal vergiftete Pfeile im Köcher. Er bürstete langsam und gleichmäßig, beharrlich, so wie er sich durch den Dschungel bewegt hatte. Seinem Sekretär sagte er: »Meine Telefonnummer liegt auf dem Schreibtisch. Falls es etwas Dringendes gibt...« Wie so oft verlor er sich im Dickicht der Sprache, ehe er seinen Satz zu Ende brachte. Bedächtig, schwerfällig, Wort um Wort, kämpfte er sich vor... »Etwas – ehm – Dringendes – ehm – rufen Sie unter der Nummer an und – ehm – verlangen mich.« Den Bowler auf dem Kopf, den Regenschirm über dem linken Arm, ging er durch lange Gänge an den Glasscheiben der Bürowaben vorbei. Telefone schrillten, elektrische Summer surrten wie Grillen, während er vorbeiging, doch er ließ sich nicht aufhalten. Seine Gedanken führten ihn unbeirrbar geradeaus.

Als er den Hof erreichte, war er zu dem Schluß gekommen, daß er für Politik nichts übrig hatte. In der Northumberland Avenue wurde ihm klar, daß die Justiz nicht seine Sache war.

Rund um den Trafalgar Square flammten die Lampen auf und stachen in den klaren, grauen Herbstabend. Die Busse donnerten die Parliament Street hoch und kreisten um den Platz. Ein Polizist an der Ecke der Avenue erkannte den Commissioner und salutierte. Der Commissioner nickte und ging an der markierten Stelle vorsichtig über die Straße. Mit der Justiz habe ich nichts zu tun, sagte er sich, meine Aufgabe besteht nur darin, den richtigen Mann zu fassen, und die kalte Luft Londons nach dem Regen hinderte ihn nicht, an die feuchten Pfade zurückzudenken, die in der Hitze dampften unter Blättern wie behaarte Hände. Man folgte der einen oder anderen Spur, und nur als letzten Ausweg, wenn es überhaupt keine andere Möglichkeit mehr gab sicherzustellen, daß einen Mörder seine Strafe ereilte, brannte man sein Dorf nieder. Mit Gerechtigkeit hatte das nichts zu tun. Die Gerechtigkeit überließ man den Richtern und Geschworenen, den Parlamentariern, dem Innenminister.

Vor einem Teppichschaufenster an der Pall Mall blieb der Commissioner kurz stehen. Wer länger im Orient lebte, konnte nicht umhin, etwas über Teppiche zu lernen. Der Commissioner zeigte Interesse, hatte aber keine Ahnung, ob die Farbgebung schön oder grob, das Muster gefällig oder abstoßend war; er war interessiert, weil er anhand bestimmter Indizien zu erkennen vermochte, ob ein Teppich im Orient erzeugt worden war. Er vergewisserte sich – soweit das möglich war, ohne die Teppiche anzufassen –, daß sie echt waren, bevor er zum Haymarket weiterging. Er kam nie auf die Idee, einen zu kaufen; in seiner Wohnung lagen ein paar Läufer und Brücken auf den Parkettböden. Ein Zeitungsplakat fiel ihm auf: »Entscheidung im Berufungsfall Drover«, weiter oben am Haymarket sah er ein zweites: »Busfahrer legt Berufung ein: die Entscheidung.« Ihm kam der Gedanke, Erkundigungen einzuziehen. Er kaufte sich eine Zeitung und fragte den Mann, ob sich an diesem Abend irgendein besonderes Interesse an den Nachrichten gezeigt hätte. Der Mann schüttelte den Kopf und zeigte auf seinen Mund; er war stumm, und der Commissioner ging mit einem Stirnrunzeln weiter.

Von Piccadilly bog er in eine Seitengasse. Er war kein Müßiggänger, nicht einmal auf dem Weg zu seiner Verabredung. Aus den ebenerdigen Büros der hohen, kahlen Hochhäuser kamen Frauen. Vor einem Gebäude blieb er stehen. Die Sonntagszeitungen hatten sich kürzlich erst über Bordelle in London erhitzt, und die Polizei interessierte sich für eine ganz bestimmte Wohnung. Der Commissioner kniff die Lippen zusammen, die von häufigen Fieberanfällen ausgebleicht und trocken und farblos geblieben waren. Die Moral ging ihn so wenig an wie die Politik. Es war einfach unmöglich, die Bordelle geschlossen zu halten. Sie schossen über Nacht in den unwahrscheinlichsten Gegenden wie Pilze aus dem Boden. Eines, das wußte er, hatte sich jahrelang gleich neben einem höchst respektablen Klub gehalten. Ließ er sie überwachen, wurden seine Polizisten bestochen; es war besser, sie ungeschoren zu lassen. Er bemerkte zwei Polizisten am Ende der Burlington Arcade und einen weiteren gegenüber den Galerien auf der anderen Straßenseite. Das Revier in der Vine Street postierte seine Männer nach einem neuen System, und der Commissioner notierte sich in Gedanken, Bullen beim Inspektor dort anrufen zu lassen.

Er betrat das Berkeley mit Mißtrauen; er traf sich zu Verabredungen gern in Scotland Yard oder im Haus eines Ministers und konnte nicht verstehen, warum man ihn in ein Restaurant bestellt hatte. Das zarte Laubgrün, die Sofas und die Spiegel, die ihm von allen Seiten sein gezeichnetes, gelbsüchtiges Gesicht entgegenwarfen, gingen ihm so auf die Nerven wie eine Blumenvase auf einem Schreibtisch.

»Mein lieber Polizeipräsident.« Er sah, wie sich der Privatsekretär des Ministers von zwei Damen löste. Hochgewachsen, mit rundem, glattem Gesicht und aschblondem Haar, erweckte er den Eindruck von Werbung; er lebte im Glamour und im Wissen eines unablässig Fotografierten. Sein Gesicht war wie die Schaufenster eines teuren Geschäfts. Hinter dem Tafelglas waren, klar und deutlich, einige wenige effektvoll ausgestellte erlesene Dinge zu sehen: eine Silberschatulle, ein exquisit eingebundener Titel von Voltaire, das Selbstporträt eines bekannten, modischen Tschechen. »Mein lieber Polizeipräsident.« Der Privatsekretär begrüßte den Älteren mit amüsierter Gönnermiene, offen und doch verschlagen, von neuem, legte ihm die Hand auf den Arm und steuerte ihn in eine entlegene Ecke. »Einen Sherry?«

Der Commissioner sagte langsam: »Mir wäre lieber ein Whisky mit – ehm – Soda.« Er kam sich plötzlich alt und verstaubt vor; als sei er soeben von einem seiner eintönigen Dienstmärsche unter sengender Sonne zurückgekehrt, auf dem er im Dschungel einen Menschen an einem Ast baumelnd als Fraß für die Vögel zurückgelassen hatte, um im Hauptquartier einen jungen, frischen Boten des Gouverneurs vorzufinden. Der Privatsekretär sagte: »Der Herr Minister bedauert es außerordentlich, daß er Sie nicht persönlich empfangen kann. Aber Sie wissen ja: die Parlamentsdebatte über die Schankkonzessionen. Er kann das Unterhaus nicht eine Minute verlassen. Offen gestanden, ich mache mir Sorgen um ihn. Er wird sich noch umbringen. Zuerst die Städteplanung, dann die Jugendkriminalität, jetzt die Schankkonzessionen.«

Der Commissioner hörte nicht zu; er hatte gelernt, mit dem Zuhören hauszuhalten; er kehrte innerlich zurück zur Arbeit des Nachmittags. Die Arbeit des Vormittags hatte er innerlich bereits katalogisiert, als er im Büro sein Mittagessen von einem Tablett gegessen hatte. Da war der Expertenbericht über die Fingerabdrücke von Ruttledge und die Erkenntnis, daß die ganze Arbeit über den Paddington-Fall noch einmal von vorn beginnen mußte; wer auch immer Mrs. Janet Crowle ermordet und ihre zerstückelte Leiche in einem Koffer in der Gepäckaufbewahrung des Bahnhofs Paddington aufgegeben hatte – Ruttledge war es nicht gewesen; dann der Bericht über die neue Funkerfindung; und die Beweisstücke vom Lustmord auf der Heide von Streatham, die er sich einer persönlichen Untersuchung vorbehalten wollte, das Taschentuch mit den rostigen Flecken von

Blut und das Stückchen verfilzter Haare und die Baskenmütze aus billigem Wollstoff.

»Ein Schlachtfeld des Lebens«, bemerkte der Privatsekretär. »Hinaus in die Abstimmungshalle und wieder hinein in den Sitzungssaal. Ich weiß, daß er nicht einmal Zeit zum Tee hat.«

Ich werde mir den Tatort persönlich ansehen, dachte der Commissioner. Die Aufnahme der beiden Stühle und das niedergedrückte Gras sagten ihm nicht genug.

»Ich möchte vermeiden, daß er mir zusammenbricht, gerade jetzt, wo er noch zwei gute Amtsjahre vor sich hat. Mit dem Ende der Parlamentszeit wird er selbstverständlich in den Adelsstand erhoben.«

Der Commissioner konnte seine Gedanken nur mit ziemlicher Anstrengung von den Vorstadtvillen von Streatham in die Gegenwart zurückzwingen. »Handelte es sich um – ehm – Drover?« fragte er. In einer anderen Ecke des Hotelfoyers begann jemand zu lachen. »Es war einfach göttlich. Sie haben den Kinderwagen auf dem Taxi festgebunden und Michael...«

»Genau«, sagte der Sekretär, »es handelt sich um Drover. Nachdem seine Berufung abgewiesen worden ist, liegt die letzte Entscheidung beim Innenminister. Der Ärmste ist beunruhigt, sehr beunruhigt, jetzt das noch während der Debatte über die Schankkonzessionen.« Das breite, blasse Gesicht des Sekretärs glitzerte matt unter der indirekten Beleuchtung, und er beugte sich mit einer grenzenlosen Andeutung von Offenheit vor. Mit einem überwältigenden Eindruck von Verschlagenheit. »Um ganz offen zu reden: der Minister hätte sich gefreut, er wäre unendlich erleichtert gewesen, wenn der Berufung stattgegeben worden wäre.«

»Unmöglich«, sagte der Commissioner. »Da gab es keinerlei – ehm – Ansatzpunkt, den die Verteidigung hätte aufgreifen können.«

»Genau. Ich war selbst beim Prozeß. Sehen Sie, der Minister meinte, der Richter hätte ihm irgendeine Handhabe für eine Begnadigung liefern können. Aber dafür ließ sich nichts finden.«

»Der Polizist wurde umgebracht«, sagte der Stellvertretene Polizeipräsident stur, »wir haben den Täter.«

»Aber der Minister, verstehen Sie, will nicht den Kopf des armen Teufels. Niemand will das. Es war eine politische Versammlung. Alle waren erregt. Drover hat geglaubt, der Polizist würde seine Frau schlagen. Er hatte das Messer in seiner Tasche. Da liegt natürlich der Haken. Warum trägt er das Messer mit sich herum?«

»Das tun doch alle«, sagte der Commissioner. »Hilft beim Wegkratzen von Öl, Schmutz. Beim Schneiden von Brot oder – ehm – Käse.«

»Noch einen Whisky?«

»Nein. Danke, nein.«

Der Privatsekretär legte dem Commissioner die gepflegte weiße Hand auf den Arm. »Wir müssen ihm aber doch helfen. Er befindet sich in einer schrecklichen Situation.«

»Sie sprechen von – Drover?«

»Nein, nein. Selbstverständlich vom Minister. Mein lieber Freund, wenn Sie ihn heute nachmittag hätten sehen können. Diese Halunken! Jeden Millimeter mußte er sich erkämpfen: das Entscheidungsrecht der Gemeinden bei der Erteilung von Schankkonzessionen, die Klausel über die brauereigebundenen Wirtschaften. Und er ist nie in bester Verfassung, wenn er auf seinen Tee verzichten muß. Ich hätte weinen können. Und dann mußte ich ihm noch einen Zettel mit der Nachricht in den Sitzungssaal überbringen lassen, daß Drovers Antrag auf ein Berufungsverfahren abgelehnt wurde. Wir müssen ihm helfen, sonst übersteht er diese Sitzungsperiode nie.«

»Was in meiner Macht steht«, begann der Commissioner verlegen. Er war verlegen, weil er nicht wußte, worum zum Teufel es überhaupt ging. Er war verärgert, daß man ihn mit so etwas in seiner Gedankenarbeit störte. Der Fall Drover war erledigt; der Paddington-Fall und der Mord in Streatham forderten ihn ganz. Eigentlich, er war sich darüber im klaren, sollte er solche Aufgaben seinen Untergebenen bei der Kriminalpolizei überlassen, den Experten für Fingerabdrücke und Blutproben, den Detektivbeamten, die die routinemäßigen Erhebungen im Schlaf erledigen könnten. Aber das, was in der strapaziösen indischen Hitze seine Stärke ausgemacht hatte, daß er nämlich seine Abteilung nie allein lassen konnte, war nun seine Schwäche.

Die Liebenswürdigkeit des Privatsekretärs verbreitete sich wie eine üppig wuchernde Kriechpflanze. »Ich habe ja gewußt, daß wir auf Sie bauen können.« Er verlegte sich darauf, die Sache in parlamentarischer Manier auf den Punkt zu bringen; solche Rhetorik mit ihren Thesen und Gegenthesen und Kompromißklauseln, der genau berechnete Humor beim Eingehen auf die Opposition bedeuteten dem Commissioner genau so wenig wie der Jargon eines Kunstkritikers. »Wollen Sie damit sagen«, fragte er, »daß der Innenminister ihn begnadigen möchte?«

»Ach«, klagte der Privatsekretär mit Nachsicht, während er sich im laubgrünen Sofa zurücklehnte und unablässig mit seinem Feuerzeug spielte, »wie können Sie nur alles so vereinfachen! Die Sache ist viel komplizierter. Grundsätzlich, gewiß, kann man davon ausgehen – ja, der Minister würde ihn gern begnadigen. Aber, sehen Sie, da sind die Streiks zu berücksichtigen.«

»Die Streiks?«

»Die Baumwollspinner streiken; unter Umständen streiken in einer Woche auch die Eisenbahner. Drover ist Kommunist. Könnte es nicht als Eingeständnis von Schwäche aufgefaßt werden, wenn wir ihn begnadigen?«

Der Commissioner öffnete den Mund, um zu sprechen; er wollte klarstellen, daß Politik seine Sache nicht sei, doch der Privatsekretär war schneller. »Und wenn wir ihn hängen, würde das nicht vielleicht ebenfalls als ein Eingeständnis von Schwäche aufgefaßt werden? Würden die Leute meinen, wir fürchten uns davor, Großmut zu zeigen?«

»Die Leute?« fragte der Commissioner. »Welche Leute?«

»Die Kommunisten.«

»Zehn – ehm – tausend.«

»Gewiß, gewiß, offiziell, aber jeder Streikende ist mehr oder weniger ein Roter, solange er streikt. Man macht da keine so feinen Unterschiede.«

»Aber was sollen sie denn machen?«

Der Privatsekretär beugte sich vor und sagte eindrucksvoll: »Wenn die Leute aus Erbitterung eine Woche länger der Arbeit fernbleiben, falls sie aus Selbstüberschätzung der Arbeit eine Woche länger fernbleiben, würde es unser Land fünfzig Millionen kosten.«

Er klopfte dem Commissioner aufs Knie. »Das hieße: neue Steuern, und wir verlieren die nächste Wahl. Und was dann?«

Der Commissioner antwortete nicht. Auf der Heide von Streatham hätte er bei seiner Untersuchung des zertrampelten Grases die Augen nicht für ein Feuerwerk im Crystal Palace vom Boden erhoben, und wenn die Raketen noch so leuchtend am Himmel erstrahlt wären. Der Privatsekretär lachte, und mit einer Offenherzigkeit, die wiederum den Eindruck von List und Tücke erweckte, fuhr er fort: »Der Minister würde jedenfalls nicht geadelt. Und ich kein Staatssekretär.«

»Ich verstehe nicht«, begann der Commissioner. Es war eine seiner Lieblingswendungen; die Zahl der Anlässe, bei denen er sie anzubringen wußte, war unwahrscheinlich groß: bei Premieren, bei Diskussionen über den neuesten Roman, in einer Kunstgalerie; wenn er sich einem Fall von Korruption gegenübersah. Sobald er jedoch die Wollmütze in Gedanken hin und her drehte, das Gewebe prüfte, das Häkelmuster, verstand er mehr als der einfühlsamste Künstler, merkte er mehr als die neugierigste Frau.

»Der Minister sieht es so: Keiner hat den Finger so am Puls von London wie Sie. Vor allem, was die ärmeren Stadtviertel betrifft.«

Das schmale, gelbsüchtige Gesicht zeigte keinerlei

Genugtuung; der Commissioner liebte Genauigkeit: »Nur, was die ärmeren Stadtteile betrifft. In dieser Art von – ehm – Umgebung hier kenne ich mich nicht aus.«

»Oh«, erwiderte der Privatsekretär mit lässiger Belustigung, »für diese Art von Umgebung übernehme ich die Verantwortung. Wenn Sie die Verantwortung übernehmen, sagen wir, für die Hafengegenden, für Paddington, Notting Hill und King's Cross, die Vorstädte, Balham, Streatham, für...«

»Streatham!« murmelte der Commissioner und unterbrach damit das schäbige Szenarium des Sekretärs.

»Wenn Sie uns innerhalb der nächsten Woche einen persönlichen Bericht über die Auswirkungen zukommen lassen könnten, die eine Begnadigung beziehungsweise eine Hinrichtung Ihrer Meinung nach haben könnten...«

»Das gefällt mir nicht«, sagte der Commissioner mit einem ungewohnten Mangel an Vorsicht und Zurückhaltung.

»Tun Sie ihm doch den Gefallen, lieber Freund«, bat der Sekretär, »weil er so überarbeitet ist, sich solche Sorgen macht...«

»Er hat den offiziellen Bericht, die Stellungnahme des Richters.«

»Wenn Sie nur sehen könnten, wie er zu kämpfen hat – mit der öffentlichen Meinung, mit den Brauereien...«

»Wenn ihm die Entscheidung so schwerfällt, könnte er den Mann aufsuchen.«

»Wäre das möglich? Nicht für den Minister natürlich; der hat wegen der Schankkonzessionen mehr als genug zu tun; aber für mich vielleicht.« Der Sekretär lächelte und klopfte die Asche von der Zigarette. »Er gibt nämlich, wissen Sie, viel auf meinen Rat.«

Mit einer bescheidenen Geste wies er auf die Abhängigkeit des Ministers von ihm hin – wie man eine seltene, irgendwie unschöne Antiquität gegen ein verdecktes Licht hält.

»Ich begleite Sie zum Gefängnis, wenn es Sie – ehm – interessiert. Wenn es Ihnen nützt.«

»Heißt das, daß Sie einwilligen, uns darüber zu informieren«, er spielte von neuem mit dem Feuerzeug, »wie die Leute darüber denken?«

Und von neuem korrigierte ihn der Commissioner: »Die ärmeren Stadtteile«, und von neuem antwortete der Sekretär mit einer gesuchten Geste zu den laubgrünen Sofas und den beiden Damen, die er allein gelassen hatte und die ihm nun vom anderen Ende des Raums zulächelten, und übernahm das Berkeley Hotel für sich: »Oh, für den Rest stehe ich gerade.«

Der Commissioner grub die stumpfen Fingernägel ins Sofa und arbeitete sich hoch und sagte aufrecht sitzend scharf: »Haben Sie schon einmal ein Gefängnis von innen gesehen?«

»Niemals.«

»Es wird Sie – interessieren.« Er musterte widerwillig das weichliche Gesicht – er mißtraute jedem, dem man die Arbeit nicht anmerken konnte. Leichte Beschäftigung, Halbtagsarbeit – dem Commissioner war so etwas unbegreiflich. Er selbst konzentrierte seinen scharfsinnigen, bedächtigen Verstand ganz auf seine Pflicht, noch aufs kleinste Detail: auf eine gehäkelte Mütze, einen gebrauchten Koffer, einen Parkstuhl, einen Gepäckschein; und auch die Menschen, mit denen er Tag für Tag zusammen war, verheimlichten die Tatsache nicht, daß sie arbeiteten, ernsthaft verantwortungsbewußt arbeiteten, weil das ihr Leben erfüllte: die Detektive, Busfahrer, Pfandleiher, Diebe.

Dem Commissioner waren die krankhaft Schaulustigen am Gefängnistor lieber, die auf die Stunde der Hinrichtung warteten, auf den Anschlag der getippten Notiz: »... vollzogen in Anwesenheit des Gefängnisdirektors, des Anstaltsarztes...« Zitternd in der frühen Kälte des Winters, im Schein der blassen, nicht wärmenden Sonne im Sommer wurde ihnen bewußt, wem sie hinter dem Ladentisch, auf dem Weg vom Fischhändler zum Krämer eigentlich ihre Sicherheit verdankten. Sie begriffen etwas vom Sinn der Steinmauern, des Stricks und des ungelöschten Kalks. (»Der Henker war Pierpoint.«)

»Ich habe noch nie einen Mörder gesehen«, sagte der Privatsekretär. »Das heißt, soweit mir bewußt ist.«

Wirklich, dachte der Commissioner, die andern sind mir lieber. Er sagte: »Wir könnten beim Ritz einen Bus nehmen.« Er sah nicht ein, warum der Staat für eine Taxifahrt zahlen sollte, nur um die Neugierde des Privatsekretärs zu befriedigen oder um dem Innenminister bei einer Entscheidung behilflich zu sein, zu der er ohne Schwierigkeiten imstande wäre, weil er sämtliche Unterlagen besaß, einschließlich der Stellungnahme des Richters.

»Mein Chauffeur wartet gleich um die Ecke.«

Eines machte den Commissioner unruhig. Im Ausgang zum Piccadilly blieb er zögernd stehen. Da hatte er etwas gehört, das er nicht verstand, etwas, das einer ihm fremden Welt angehörte; es war aber seine Pflicht zu verstehen; irgend etwas über... Auf der Straße brannten die Lichter, auf dem Bürgersteig drängten die jungen Verkäuferinnen zur Untergrundbahn. »Wovon haben die gesprochen?« fragte er, »über einen Kinderwagen – ehm – auf einem Taxi?«

Der Sekretär lachte. »Ein Kinderwagen – auf einem Taxi – wie soll *ich* das wissen?« Er lachte so laut, daß zwei junge Verkäuferinnen sich mit ihren kleinen, quicklebendigen Gesichtern nach ihm umdrehten. Ein Büroangestellter im schwarzen Anzug mit einer Aktentasche in der Hand blieb plötzlich stehen, starrte und ließ die beiden Männer nicht aus den Augen, die um die Ecke bogen, während er sich die Wendung »ein Kinderwagen auf einem Taxi« über die Zunge gehen ließ. Er war ganz sicher, diesen sinnlosen Witz, der die beiden zum Lachen gebracht hatte, würde er nie vergessen.

Der Sekretär saß mit dem Bowler auf den Knien im Fond, den rechten Arm durch einen Halteriemen gesteckt, und plauderte über dies und das. Bei den Modistinnen in Knightsbridge ratterten die Rolläden herunter; die Sloane Street verschwamm am anderen Ende im blauen Dunst; vor den Geschäften in der King's Road wurden die Möbelstücke für die Nacht nach drinnen gebracht.

»Aber vielleicht lesen Sie ja keine Romane.« Über der Battersea Bridge kamen die Möwen im Sturzflug bis auf die Höhe der Wagenfenster herunter, und die Lichter vom Embankment glitten über den grauen Strom, erfaßten zwei Schleppkähne mit Papierfracht und ruhten auf den Schlammbänken, den gestrandeten Booten und den Mauern der Mühle. »Es kommt natürlich ganz auf ihren Mann an.« Die Fish-and-Chips-Läden öffneten, und auf dem ganzen Weg durch die Battersea Bridge Road, auf der Fahrt durch eine Wüste von Straßenbahnen, Gebrauchtwarenläden und öffentlichen Bedürfnisanstalten staunte der Commissioner, wie so oft, über die Schönheit der jungen, geschminkten Gesichter. Ihre Eigentümerinnen reichten Pennies für Tüten mit Chips über die Theken, vor den Kinos standen sie Schlange für die billigsten Plätze, und durch Staub und Dunkelheit und Demütigung hindurch kicherten und zwitscherten sie wie Vögel. Sie waren arm, sie waren abgearbeitet, sie waren ohne Zukunft, aber sie verstanden es, sich keck eine Mütze aufzusetzen und den richtigen Lippenstiftton aufzutragen. »Mir persönlich wäre Oslo lieber.« Sie sind bewundernswert, dachte der Commissioner, und als der Wagen das Menschengewühl und die Straßenbahngleise hinter sich ließ, war ihm einen Augenblick wehmütig ums Herz, wie einem Mann, der sein Zuhause verläßt. Candahar Road, Khyber Terrace, Kabul Street – die viktorianischen Villen schwankten im Nebel, es war wie das Wogen von Tschakos auf den alten Schlachtfeldern des englischen Weltreichs.

Der Wagen nahm einen Hügel und überquerte die Eisenbahnstrecke bei einem Hotel. Beim Abbiegen fingen die Scheinwerfer ein paar kahle Bäume ein und eine Sandgrube, wo Kinder im Dunkeln spielten. Dann ging es eine lange schnurgerade Straße neben dem Bahndamm entlang; sie wurden von einem Zug überholt, der südwärts raste. Funken sprühten aufs Dach. Der Sekretär deutete mit dem Kopf nach einer dunklen Masse auf der anderen Seite der Bahnlinie. »Das ist das Gefängnis?«

»Eine Mädchenschule.«

Der Wagen bog erneut ab; neben einem Wirtshaus öffnete ein Polizist einen blauen Kasten, in der Glaskugel auf dem Dach züngelte ein rotes Licht. Sie fuhren, zwischen Schrebergärten und einer Baumschule, einem drei Meter hohen Tor, den Dächern von quadratischen Gebäuden und einem hohen sechseckigen Turm hinter Mauern entgegen. »Wir sind da«, sagte der Commissioner, und eine Weile saßen beide im Wagen still, während an den Schrebergärten und an der Baumschule unsichtbar ein Zug vorbeifuhr.

»Sonderbar, das in der Zelle hören zu müssen«, sagte der Sekretär in einem Anflug von Melancholie.

»Sie können sich danach die Zeit ausrechnen«, sagte der Commissioner.

Lautlos glitten auf Metallschienen die Torflügel zur Seite, um sich hinter ihnen wieder zu schließen. Sie waren umgeben von Steinwerk und grellem Licht. Irgendwo sang ein Chor von Männerstimmen. »Block C gibt ein Konzert«, erklärte der Oberaufseher, und als sie an der Tür des Saales vorbeikamen, hörten sie das Klimpern eines Klaviers, das lang nicht gestimmt worden war. Oben in der Glaskabine auf dem sechseckigen Turm schritten Wärter auf und ab.

»Der Direktor ist im Konzert«, sagte der Oberaufseher.

»Stören Sie ihn nicht. Dieser Herr möchte nur einen Blick auf Drover werfen.«

Der Oberaufseher richtete seine alten wohlwollenden Augen auf den Sekretär. »Ist der Herr schon mal hier gewesen?«

»Nein«, sagte der Sekretär. »Nein. Das alles ist höchst interessant.« Im Saal leierte rhythmisch monoton eine Männerstimme; der Commissioner schnappte die Worte auf: »... falten wir die Zelte wie Araber.«

Der Oberaufseher blieb stehen. »Ah, das muß Adams sein. Er ist ein wundervoller Rezitator. Wirkliche Künstler haben wir hier. So mancher könnte einen Esel zum Heulen bringen.«

»Was hat er verbrochen?» fragte der Sekretär.

»Wollte jemand den Hals abschneiden oder 'ne ähnliche Dummheit«, sagte der Oberaufseher freundlich. »Ah, aber hören Sie sich den an! Der macht einem Freude!« Ein Bariton begann zu singen; der Commissioner meinte, zwischen den Versen die Schritte der Wächter durch die Nachtluft oben im Turm auf und ab gehen zu hören.

Sie gingen weiter, und der Oberaufseher deutete auf einen großen Steinkasten nach dem anderen und begann dem Sekretär die Gefängnisanlage zu erklären: »Das da ist Block A. Da kommen alle neuen Gefangenen hin. Wenn sie sich ordentlich aufführen, werden sie in den da verlegt – das ist Block B. Block C, an dem sind wir gerade vorbeigekommen, ist das Höchste. Klar, bei irgendwelchen Beschwerden werden sie zurückversetzt. Das ist wie in der Schule«, sagte der Oberaufseher und hob die alten gütigen Augen mit einem Ausdruck von Verehrung zu Block A.

»Und was geschieht mit ihnen in Block C?« fragte der Sekretär.

»Da haben sie gewisse Vergünstigungen. Sie können aus der Bücherei so viele Bücher haben, wie sie wollen. Und sie kriegen mehr Butter zum Brot.« Im Turm begann eine schwere, hohle Glocke zu läuten. »Alle Mann zurück in die Zellen. Außer Block C«, erklärte der Aufseher.

»Ihr Vergleich mit der Schule«, sagte der Sekretär, »scheint mir ganz richtig. Und wie lange brauchen sie bis Block C?«

»Manche schaffen's in einem Jahr«, sagte der Oberaufseher.

Ein Suchscheinwerfer oben im Wachturm strich langsam über das Gefängnis, fixierte einen grauen Stein nach dem anderen, während die Glocke unablässig tönte. Dann war die Glocke still, das Suchlicht ging aus, und nach seinem grellen Strahlen verloren die Lampen an jeder Ecke und die Lampen über allen Eingängen ihre Härte. Schatten fielen wie Erde von einem schrägen Spaten.

»Wie Kinder«, sagte der Oberaufseher, »wir passen auf sie auf wie Kinder. Im Fernen Osten gab es wohl solche Gefängnisse wie hier nicht, Sir?«

»Nein«, sagte der Commissioner, »solche – ehm – wie das hier nicht.«

»Die Bäckerei sollten Sie mal sehen«, sagte der Oberaufseher zum Sekretär. »Wir backen unser ganzes Brot selbst. Herrliches, weiches Brot. Die Beamten essen das gleiche Brot wie die Männer.«

Sie gingen weiter; ihre Schuhe knallten auf den Asphalt. »Sehen Sie – die katholische Kapelle. Dann gibt's noch eine Synagoge und eine anglikanische Kirche. Der Schuppen drüben – sehen Sie ihn? Dort treffen die Männer ihre Besucher. Wie in Telefonzellen; Draht auf einer Seite, vorne Glas. Wenn sie sehen wollen, gukken sie durchs Glas, und wenn sie reden wollen, sprechen sie durch den Draht. Schlau, was? Nach einem Jahr, wenn sie sich ordentlich aufgeführt haben, erlauben wir ihnen, sich zu umarmen. Sie dürfen ganz herauskommen, zu den Bänken da.«

»Human, sehr human«, sagte der Sekretär. Der Commissioner nickte. In dem Lampenlicht wirkte sein Gesicht gelber denn je. Der alte Streit, über Sühne oder Abschreckung, bedeutete ihm nichts. Er hatte nichts mit Gefängnissen zu tun und war darüber nur froh, wenn ihm, wie jetzt, ein unsympathischer Begleiter auf die Nerven ging. Seine Arbeit diente nur der Erhaltung der bestehenden Ordnung, und für ihn spielte es keine Rolle, ob die Justiz einen Menschen verurteilte, in der Gemeinschaftszelle eines winzigen Tropengefängnisses zu leben, wo er gerade genug Platz zum Schlafen hatte und die Sonne durch die Gitter brannte, oder in einer

Einzelzelle des Blocks C mit einem Tisch für Bücher aus der Bibliothek und einem wöchentlichen Gesinge. Er hatte in der Gemeinschaftszelle Menschen glücklich gesehen, die um ein Extrastück Brot würfelten und sangen, sobald der Wärter ihnen den Rücken kehrte, und hatte gehört, daß in englischen Gefängnissen Häftlinge gelegentlich verrückt wurden.

»Und das Gebäude drüben?« fragte der Sekretär, »was ist das? Ein Billardraum? Eine Turnhalle?«

»Die Hinrichtungshalle«, sagte der Aufseher und ging plötzlich schneller, doch im nächsten Moment, beim Anblick eines weiteren großen vergitterten Steinquaders, hellte sein Blick sich auf. »Und jetzt sind wir bei Block A. Wollen Sie mit Drover sprechen, Sir?«

»Nein, nein«, sagte der Sekretär. »Das wäre nicht ratsam. Der Minister sähe es sicherlich nicht gern, wenn ich dem Mann Hoffnungen machte.«

Im langen, leeren Gang mit Türen zu beiden Seiten war es nicht eigentlich still. Er war voll von langsamem Atmen. Das sickerte von Metallfußboden zu Metallfußboden herunter; alles glitzerte im elektrischen Licht. Auf der Stahltreppe dröhnten die Stiefel eines Wärters, der über den Köpfen der Besucher ganz nach oben stieg. Als sie im Schacht des Treppenhauses standen, rieselte das Atmen wie feiner Schimmel auf sie herab.

»Sie haben eine Stunde Lesezeit, bis das Licht ausgeht.«

Sie waren nicht nur unter den Atemzügen von vierhundert Männern begraben, sondern unter dem Blättern von Seiten. Deren leises Rascheln war über den ganzen Gang hörbar – ein Geräusch wie von streunenden Mäusen. Gelegentlich drang es ganz schwach von der nächsten Zellenreihe drei Meter über ihnen herunter, aber vier Stockwerke höher waren sogar die Stiefel des Wärters unhörbar, der im bläulichen Lichtschein immer höher nach oben stieg.

Sie liefen durch einen Saal in einen zweiten, kleineren, der seit langem ohne Verwendung war. Früher, so erklärte der Aufseher, seien da jugendliche Straftäter untergebracht worden. In der Mitte der Halle, auf einem Tisch, an dem die Jungen einst gegessen hatten, welkten in Marmeladegläsern ein paar Trockenblumen und sammelten Staub an. Am äußersten Ende des Ganges waren zwischen zwei Zellen die Wände herausgebrochen worden, um den Verurteilten mit seinem Wächter unterzubringen.

Drover las nicht. Sie beäugten ihn durch ein Guckloch von Postkartengröße in der Zellentür. Er saß aufrecht auf seinem Stuhl und schlief; die geballten Hände hingen zwischen den Knien herab. Er hätte in seinem grauen, zu großen, ungewohnten Gefängnisanzug Porträt sitzen können und bot ein günstigeres Bild als hinter der Motorhaube eines Busses, die ihn zur Hälfte verdeckte, doch in seinen Träumen schien er sich noch immer in einem Bus zu befinden; ein Fuß war gegen den Boden gestemmt, und die Fäuste öffneten sich ein ganz klein wenig und drehten. Dann öffneten sich die Lider, seine Augen wurden sichtbar – wie die glasigen blauen Bonbons, die Kinder lutschen. Er erweckte den Eindruck von Stärke und Sturheit, von Zuverlässigkeit und einer leichten Beschränktheit. All seine Bewegungen waren weich; als er ein Buch aufnahm, bewegten sich die großen Hände unbeholfen, wie mißbilligend; sie hielten das Buch eine Zeitlang verkehrt herum.

Der Sekretär sagte: »Wissen Sie, das Gesicht kommt mir bekannt vor. Er fuhr nicht etwa auf der Linie 13?«

»Nein. 10 A«, sagte der Aufseher.

»Der Mann entspricht wahrscheinlich einem Typ«, murmelte der Sekretär, und vor ihm zog eine Parade von stämmigen, stillen Männern in schweren Mänteln vorbei, die in Glaskästen saßen und das Lenkerrad eine Idee so und eine Idee so herum drehten, in scharfen Kurven mit dem Lenkerrad kämpften und auf engen Landstraßen anderen Fahrern, die von Maidenhead durch den Regen heimwärts fuhren, mit dem Daumen nach oben ein Zeichen gaben.

»Er ist schweigsam«, sagte der Aufseher, »wir versuchen ihn ein bißchen aufzuheitern, aber er scheint gar nicht richtig zu wissen, wo er ist. Ein bißchen blöd, denke ich, wird er sein. Vor ein paar Tagen kamen ihn Arbeitskameraden besuchen. Er konnte es zuerst gar nicht kapieren, daß sie ihn nicht hören konnten, wenn er durchs Glas sprach. Wollte gleichzeitig sehen *und* reden. Hatte dann aber ziemlich wenig zu sagen. Wachte etwas auf, als er hörte, daß die Route der Linie 10 A geändert wird. Nein«, sagte der Aufseher und schüttelte den Kopf, »aus dem Mann wird man nicht schlau. Jetzt, wo er mit zweien von uns in der Zelle ist, muß er sich ändern; wenn er nicht ein bißchen lebhafter wird, ist's ja wie auf einem Begräbnis.«

Sie gingen über den asphaltierten Hof zurück; im Turm schritten die Wärter auf und ab, und die Männer in Grau kamen vom Konzert quer über den Hof zum Block C. »Ist seine Frau dagewesen?« fragte der Sekretär.

»Die ist genauso schweigsam«, sagte der Aufseher. »Da haben sich zwei gefunden.«

»Die arme Frau«, sagte der Sekretär schwer, und seine Gedanken wanderten zu Lady Collins; der Name ihres Mannes war in der Börse als Bankrotteur ausgerufen worden, bevor er fünf Jahre Gefängnis bekam. Und zu der Stille und Dunkelheit des Hauses am Montague Square, wo die Rollos heruntergelassen waren und der Hausmeister die Anrufe beantwortete. Der Commissioner dagegen dachte an den Tratsch in den Fish-and-Chips-Läden, die freundlichen Nachbarn, an die qualvollen Montagvormittage, wenn an der Leine im Garten hinter dem Haus nur die Wäsche für eine Person aufgehängt wurde, und an die Stimmen, die über die Holzzäune hin und her riefen. Das war nicht die schlimmste Qual: das Hoffen und Bangen in einer Gefängniszelle, die Besuche des Anstaltsgeistlichen; verschwommen erinnerte er sich, daß irgendwer einmal die Hölle mit konzentrischen Ringen erklärt hatte, und als das Suchlicht aufstrahlte und tief vorbeistrich und die Glocke Block C in die Zellen zurückläutete, dachte er: Das ist nur der äußere Ring. Das große Tor rollte auf seinen Metallschienen zurück, und der Wagen fuhr ins Freie hinaus. Der Sekretär legte einen Arm durch den Halteriemen und sagte leise, die Kälte der Steine lag ihm hörbar auf der Zunge: »Sie werden uns also berichten, was die Leute denken, welche Wirkung...«

Der Mann, der Papierfiguren riß, und der Mann mit der Sopranstimme produzierten sich vor den Schlangen um die billigsten Plätze; in den Geschäften wurden die Rollbalken runtergelassen, die Nutten zogen weiter westwärts. In den Großkinos waren die Hauptfilme zur zweiten Vorstellung angelaufen, und die Taxireihen schmolzen und bildeten sich neu. Im Café Français in der Little Compton Street servierte der Kellner hinter der Theke zwei Tassen Kaffee und verkaufte ein Zigarettenpäckchen »Weights«. Die Streichholzfabrik in Battersea machte Überstunden und drückte die letzten zehntausend Schachteln heraus. Im Vergnügungspark an der Oxford Street ratterten und hüpften die Autos. Die letzte Ausgabe der Abendzeitungen ging in Druck – »Der Lustmord in Streatham: neueste Entwicklungen«, »Mr. MacDonald fliegt nach Lossiemouth«, »Abrüstungskonferenz vertagt«, »Sonderzüge für Fußballer«, »Angehörige eines lebensversicherten Ehepaar erhalten zehntausend Pfund. Lassen Sie sich noch heute versichern!« An jeder Station auf der Outer Circle Linie der U-Bahn hielt alle zwei Minuten ein Zug.

2

Conder trat in eine der schalldichten Boxen im obersten Stock und schloß die Tür. Und sofort verstummten alle Schreibmaschinen im Raum, die Lettern senkten sich wie Federn, so leicht. Der Chefreporter, der mit unters Kinn hochgezogenen Knien auf seinem Schreibtisch saß, wurde mitten im Satz unterbrochen: »Den ganzen Morgen über hatte ich bei Winston's auf ihn gewartet, und als er mit völlig verbundenem Kopf herauskam, sagte er nur –« Ein Stockwerk tiefer saßen die Leitartikler in ihren kleinen Büros und rauchten Zigaretten und kauten Sahnebonbons, während sie in Wörterbüchern nach dem treffenden Ausdruck suchten und die öffentliche Meinung anführten. Noch ein Stockwerk tiefer saßen die Hilfsredakteure an langen Tischen und fuhren mit ihren blauen Kopierstiften über die Manuskripte, kritzelten Schlagzeilen und Überschriften auf Stückchen Papier, stopften das ganze Zeug in eine Blechhülse und jagten sie jaulend und klappernd mit der Rohrpost zum Setzereisaal.

»Central 2301.«

Im Erdgeschoß kam die Pendeltür nie aus der Bewegung, und der Pförtner saß in seinem Verschlag und fragte in einem fort: »Haben Sie einen Termin?« Die Papierballen wurden wie Marmorsäulen zu den Druckmaschinen gerollt, die sich drehten und drehten und den ›Evening Watch‹ bereits gepreßt und gefaltet ausspuckten – »Mr. MacDonald fliegt zu seiner Familie nach Lossiemouth. Sind Sie versichert? –«, in Stapeln von je hundert packten und über ein Stahlförderband durch ein dunkles Loch hindurch auf die schon wartenden Lieferwagen wegdrückten.

»Das Presseamt bitte.«

Ein Bote hastete vom Hilfsredakteursaal hoch zu den

Leitartiklern und von den Leitartiklern in die Informationsabteilung: »Wo liegt Topolobampo?« Im Saal der Reporter schrieben lautlos die Schreibmaschinen, der Chefreporter saß auf seinem Schreibtisch, während sein Mund unaufhörlich aufging und wieder zuging; Conders Atem beschlug die Scheibe der Box.

»Ja, hier Conder. Habt ihr irgendwas Aufregendes über den Mord in Streatham? Könnt ihr denn nicht was erfinden? Na schön. Nein, an Drover hat der Chef kein besonderes Interesse. Und was ist mit Paddington? Ihr seid doch Ruttledge noch auf den Fersen. Nein? Keine ausreichenden Beweise? Das heißt doch, ihr habt wieder mal den Falschen verhaftet, ich kenne euch doch. Es könnte einen Leitartikel geben, wenn dem Chef das Mittagessen nicht geschmeckt hat. An mir liegt's nicht. Ja, ich werde mich auf den Weg machen. Alles rosarot. Zur Zeit wirklich blendend. Und die Story ist gut? Meine bessere Hälfte sieht mich um elf gern im Bett. Ja, in Ordnung. Viertel vor elf. Im Pub ›Green Man‹. Die Kinder lassen schön grüßen.«

Conder legte auf und öffnete die Tür. Die Schreibmaschinen klapperten wie die Kavallerie, und der Chefreporter sagte: »Ich habe sie gefragt: ›Aber wieso hatten Sie seinen Schlafanzug an?‹« Im Lampenlicht glänzten Conders Gesicht und Kahlkopf. Er meldete mit der üblichen Trauermiene: »Bei Scotland Yard tut sich nichts.«

»Keine Neuigkeiten zum Mord in Streatham?«

»Nein, und Ruttledge haben sie laufen lassen. Er war der Falsche, sie wollten mir einen Riemen über Drover aufhalsen.«

»Den Chef interessieren Ihre Roten nicht.«

»Nein. Kann ich gehen? Ich muß heut abend auf eine Parteiversammlung.«

»Rot vor Wut? Deprimiert?« fragte der Chefreporter besorgt.

»Rosarot. Ich fühle mich blendend«, sagte Conder, dessen Elan etwas abebbte, mit leiser, trauriger Stimme.

»Wir sollten über Ruttledge ein paar Zeilen in der

Spätausgabe bringen, wenn's geht. Bringen Sie's gleich zu den Setzern, den Hilfsredakteuren zeigen Sie's pro forma auf dem Weg.«

Conder fuhr mit dem Lift ein Stockwerk tiefer. Zu Fuß wäre es schneller gewesen, aber in dem antiken Metallkäfig, der sich ruckend und stockend abwärts bewegte, war er ein Weilchen Industriekapitän, der sein Direktionszimmer beim Konzern Imperial Chemicals verläßt. Er stieg aus und war gleich wieder der erfolgreiche Journalist, der zahme Mann, der eine hingebungsvolle Frau und sechs Kinder zu versorgen hatte, ein Steuerzahler, eine tragende Stütze des Staats. Das runde, glänzende Gesicht, die Glatze, der melancholische Mund und die schweren Lider aber blieben sich immer gleich.

Im Gang eilte ein Mann an ihm vorbei und rief ihm über die Schulter zu: »Na, Conder, wie geht's den Roten?« Conder nickte schweigend, ohne ein Lächeln – dieser Conder war keine Stütze des Staates, sondern der heimliche Verschwörer. Der Revolutionär Conder. Doch wie die Seiten in einem Buch wendete sich – ritsch ratsch – Conders Charakter, und als er neben dem Stuhl des Ressortleiters im Korrektorensaal stand, war er schon wieder der tüchtige Journalist, Ehemann und Familienvater. »Wie geht's den Kindern, Conder?«

»Keuchhusten, fürchte ich. Beim Jüngsten. Der Arzt war am Nachmittag da. Wenn ich nach Hause komme, werd ich's genau wissen. Soll ich den Absatz über Ruttledge in den Bericht zum Mord in Streatham einbauen?«

»Eventuell wird er unter die letzten Meldungen eingeschoben. Was meinen Sie, Conder, gibt es für ein Verkaufsplakat genug her?« Und – ritsch ratsch – war Conder der Mann, der die Geheimnisse von Scotland Yard kannte, der Kriminalreporter. Doch dieselbe melancholische Stimme, die von Keuchhusten gesprochen hatte, antwortete jetzt: »Bestimmt nicht.« In der Setzerei fragte ihn der Abteilungsleiter, während er zwischen den Zetteln auf seinem Schreibtisch nach dem Seitenspiegel suchte: »Wie geht's der Frau, Conder?« Und am

Umbruchtisch erkundigte sich der Metteur, als er die große Platte mit Bleisatz lockerte, um Conders Meldung einzubauen: »Und wie gefällt's Ihnen in Ihrem neuen Haus?« Vom Industriekapitän wußten sie nichts, über den Revolutionär lachten sie und über den intimen Kenner von Scotland Yard grinsten sie heimlich – als Familienvater war er jedoch seit zehn Jahren bei ihnen akzeptiert, wenngleich *der* in Conders trübseligem, frustiertem Bewußtsein nur eine von vielen Rollen war. Es kam ihm jedoch nie merkwürdig vor, daß sie inmitten all seiner Unwirklichkeiten ausgerechnet diese Rolle als Realität ansahen, und das selbst in den wenigen Minuten des Tages, wenn er ganz der echte Conder war – der unverheiratete Sammler von ausländischen Münzen, der in einem Ein-Zimmer-Appartement an der Little Compton Street wohnte.

»Wir hatten Probleme mit dem Badezimmer.«

»O je.«

»Wie ich euch junge, ledige Männer beneide!« Und es war wahr: Conder, der verheiratete Mann mit dem Keuchhustenproblem im neuen Haus, einem defekten Bad und einer Frau, die ihn nachts um elf im Bett haben wollte, beneidete den jungen Setzer um seine Unabhängigkeit, und aus der bitteren Erkenntnis des eigenen Schicksals wurde der Neid so groß, daß er binnen weniger Stunden selbst jung und frei sein würde, um sich die Hörner abzustoßen, den Regenschirm ums Handgelenk zu wirbeln und sich drunten am Piccadilly oder im Hyde Park von Frauen ansprechen zu lassen, die ihn dann allerdings nie über die Türschwelle ihrer Wohnung oder durch den Eingang ihres Hotels zu bugsieren vermochten; denn den Zugang zu Vergnügungen verwehrte ihm Conder – der Revolutionär, dessen Vitalität nicht durch Spaß an der Freude geschwächt werden durfte – oder der Ehemann Conder. Durch einen Gang, der mit Zerrspiegeln gleißte, machte er sich auf den Weg.

*

Die Uhr im hohen Turm schlug halb sieben, und die Sirene heulte in der Dämmerung. Ihrem Ruf folgte niemand; in der Streichholzfabrik hinter Battersea Rise wurden Überstunden gemacht, aber die Sirene, die elektrisch mit der Uhr verbunden war, heulte ihre anderthalb Minuten ab, während hundert blau-weiße Streichholzschachteln von den Maschinen auf ein großes Förderband sprangen, das sie mit einer getragenen Feierlichkeit, als ob sie Särglein in einem Krematorium wären, ins heiße Gebläse der Trockenkammer hineinzog. Die hundertfünfzig Mädchen im Maschinenraum arbeiteten mit der Gleichmäßigkeit des Pulsschlags; ein Griff nach links, ein Griff nach rechts, ein Druck mit dem Fuß; eine feuchte Schachtel flog hoch, drehte sich in der Luft, fiel aufs Förderband. Es war unmöglich, eine Schachtel fallen oder eine Stimme sprechen zu hören; so laut war der Lärm der Maschinen – der Maschinen hier im Raum, der Maschinen im Keller, wo Baumstämme sich in zarte Holzstreifen entkräuselten, der Maschinen ein Stockwerk höher, wo die Hölzchen mit rosaroten Köpfen in Reihen zu je fünfzig auf einem Gelenkband zur Decke hinaufmarschierten und wieder hinab den Schwefelbehältern entgegen.

Kay Rimmer tat einen Griff nach links, einen nach rechts, drückte den Fuß nach unten und zwinkerte mit dem Auge links. Das Mädchen ihr gegenüber zwinkerte zweimal zurück. Zwischen dem Spucken der Maschinen und bevor das Band zwei Handbreit vorrücken konnte, lief die Nachricht durch. »Männerjagd heute nacht?« »Nein, meine Tage.«

Zwei Männer blieben kurz neben den Maschinen stehen; ein Mund öffnete sich mit einem Schrei, der als schwaches Flüstern gehört werden konnte: »Von hier zum Trocknen«, aber das letzte Wort wurde von dem hereinbrechenden Getöse übertönt und war nicht zu verstehen. Der Fabrikleiter und der Besucher entschwanden dem Blickfeld, und an den Maschinen funkten die Augenbrauen überall Nachrichten. »Würdest du *den* haben wollen?« »Nicht mal für Geld.«

Ein Griff nach links, ein Griff nach rechts, der Druck mit dem Fuß.

Im Innenhof hob der Fabrikleiter den Zeigefinger. »Das ist Abschnitt A. Dort führen die Neueinstellungen die einfachsten Arbeiten aus. Wenn sie gut arbeiten, kommen sie in Abschnitt B und dann Abschnitt C. In Abschnitt C arbeiten nur besonders tüchtige Angestellte. Ein schlimmer Fehler, und sie werden nach Abschnitt B zurückversetzt.«

»Sie kriegen bestimmt auch mehr Geld«, sagte der Besucher.

»Und andere Vergünstigungen. Eine Viertelstunde mehr für die Mittagspause. Aufenthaltserlaubnis für den Konzertraum.«

Ein Griff nach links, ein Griff nach rechts, ein Druck mit dem Fuß. In Abschnitt C flatterten überall die Augenlider; stumme Gespräche, die die Lärmbarrieren mühelos passierten. »Kino?« »Wie geht's deinem Jungen?« »Heut abend gehe ich aus.« Einhundertfünfzig Streichholzschachteln wurden zur Trockenkammer befördert.

»Prima Essen in der Kantine. Das Management bekommt das gleiche Essen.«

»Millionen von Streichholzschachteln pro Monat«, sagte der Besucher. »Das muß man sich mal vorstellen. Einfach toll.«

»Wir haben sogar unser eigenes Krankenhaus. Unfälle kommen natürlich gelegentlich vor. Sie sind unvermeidbar. Unachtsamkeit oder Dummheit...«

Ein Griff nach links, ein Griff nach rechts, der Druck mit dem Fuß. Ein Finger, der am Knöchel sauber abgetrennt wird, als hätte es ihn nie gegeben, ein Fuß, der zwischen zwei gegenläufigen Rädern zerquetscht wird. »Hat ihr gar nicht weh getan. Sie hat nichts gespürt. Fiel beim Anblick des Bluts in Ohnmacht.« »Wie tapfer! Auf der Tragbahre unterwegs zum Operationssaal hat sie die ganze Zeit über geplaudert. Krankengeld; halber Lohn; Erwerbsunfähigkeit – die Direktion bedauert.

Zwischen den Maschinenreihen standen die Mädchen mit geschminkten Lippen, Dauerwellen, flatternden Wimpern; weil eine Unterhaltung wegen des Lärms unmöglich war, dachten sie an Jungen und Kino und Filmstars: Norma, Greta, Marlene, Kay. Zwischen Tod und Verstümmelung, zwischen Arbeitslosigkeit und dem Strich, zwischen Zahnrad und Welle – die Mädchen hielten durch, während die Zeiger der Uhr wanderten, von acht Uhr früh bis mittags um eins (um elf gab es Milch mit Keksen), und dann die lange Durststrecke bis sechs.

Zweihundert Streichholzschachteln glitten zum Trokkenraum nach oben; die Uhrzeiger zeigten auf fünf vor sieben. Greta tat ihren Handgriff nach links, Norma nach rechts, Marlene drückte mit dem Fuß, Kay Rimmer versuchte in der staubigen, abgestandenen Luft sich ein Bild von sich selbst zu machen – der in trägem, sinnlichem, leisem Verlangen geneigte Kopf mit den andeutungsweise geöffneten Orangenlippen. Die Uhr schlug, und im Nu standen alle Maschinen still. Die Streichhölzer blieben in Fünfziger Reihen auf dem Band stehen, das elektrische Licht flackerte auf halbe Stärke zurück, die Mädchen rannten zum Ausgang und zu den Treppen. In Abschnitt C hatte jede Arbeiterin im Überstundenlohn neun Pence verdient.

Im Umkleideraum setzte Norma den Hut auf, Greta bürstete sich das Haar, Marlene schminkte sich. »Wo gehst du heut abend hin, Kay?« fragte Norma.

»Auf eine Parteiversammlung«, sagte Kay.

»Wie obszön«, sagte Greta. Kay Rimmer lächelte. Sie konnte es sich leisten zu lächeln; wo sie hinging, kamen auf jede Frau fünfzig – Greta plante, den Abend mit einem Jungen im Kino zu verbringen, Norma traf sich mit ein paar bläßlichen Chorsängern in der Kirche; Kunst, Politik, Kirche – Kay Rimmer hatte alles probiert.

»Auf solchen Versammlungen lernst du nie jemand kennen«, sagte Norma. Kay Rimmer ließ den Namen »Jules« auf der Zunge zergehen. Sie ließ auf dem langen

Weg zum Fabriktor, mit einem selbstsicheren, unbewußten Lächeln, eine Reihe von Namen fallen. Terry, Herbert, Arthur, Joe; der Klang eines Männernamens ließ sie jedesmal Glück, Neugier und tiefe Unwissenheit empfinden. Peter, Bill, Ginger, Frank.

Von einem Plakat an den Toren sprang ihr in riesigen Buchstaben der Name DROVER entgegen, und das Glücksgefühl und die erwartungsvolle Erregung schwanden – der Name des Mannes, den sie drei Jahre lang Morgen für Morgen beim Frühstück gesehen hatte, wie er sich eine Scheibe Brot abschnitt oder in seiner Tasse Tee rührte, der Name des Mannes, den ihre Schwester geheiratet hatte, knallte ihr vom zerknitterten Papier ins Gesicht. Sie las das Plakat zweimal: »Drovers Berufung verworfen.« Ich sollte zu Milly nach Hause gehen, dachte sie. Ich sollte nicht auf die Versammlung gehen. Peter, Bill, Ginger, Frank. Sie stand auf dem Gehsteig und rieb den Fuß gegen den Bordstein. Terry, Herbert, Arthur, Joe. Denen allen war sie zusammen mit Drover begegnet. Ich muß heim. Milly wird verzweifelt sein. Dann fiel ein weiterer Name in die Waagschale. »Mr. Surrogate.«

Es hat Milly nie gepaßt, daß Jim mich zu den Versammlungen mitnahm. Milly liebte ihn. Milly war eifersüchtig. Über den Gehsteig fegte ein kalter Wind und wirbelte ein Stück Silberpapier von einer Schokoladenpackung durch den Schein der Straßenlaterne. Milly liebte ihn. Um sich zu wärmen, schlang Kay die Arme um ihren Körper und mußte an Liebe denken, und ihre Orangenlippen öffneten sich ganz leicht, und in ihrem Gesicht rang der Gedanke an die Not ihrer Schwester mit der Erregung, der Erwartung, im Dunkel von einem Mann berührt zu werden. Ich muß selbstverständlich heim, doch den letzten Namen – »Jules« – ließ sie kaum hörbar und heimlich von ihren Lippen fallen.

In den Schaufenstern, in denen noch ein Licht brannte, spiegelte sich über Schlafzimmerpantoffeln und Fleischkonserven im Vorbeihasten kurz ihr Gesicht mit der wilden Entschlossenheit, ihr Glück zu verteidigen. Selbst ihr leichter und rascher Gang hatte etwas Wildentschlossenes wie ein Tier, das zum Schutz seiner Jungen vor dem Höhleneingang auf und ab tigert. Milly liebte ihn. Aber sie schoß dem eigenen Glück im Atem wankender Zuversicht in der Dunkelheit Hilfe zu. Das Plakat hat nichts zu bedeuten. Sie werden ihn begnadigen. Er ist kein Mörder.

Am Ende der Straße wartete ein Mann; zunächst hielt sie ihn, weil er im Schatten stand, für einen Unbekannten. Dann meinte sie, es könnte Jules sein. Als sie zwanzig Meter entfernt war, erkannte sie ihn – Jim Drovers Bruder. Sie betrachtete ihn feindselig; da stand er also in seinem dunklen Anzug und Mantel mit einer schmalen, feinen Hand am Aktenkoffer; er konnte nur auf sie gewartet haben.

»Du hast es gesehen?«

»Ja.«

»Wo gehst du hin?«

»Ich muß auf eine Versammlung, Conrad.« Glück, Ausgelassenheit und Spaß am Leben riefen vergebens nach ihr. Sie sagte schwachmütig: »Eigentlich sollte ich nach Haus gehen.«

»Ist Milly allein?«

»Ja.«

Er sagte: »Ich wüßte nicht, weshalb du nach Hause solltest. Ich werde nach Hause gehen. Du kennst meinen Bruder nicht so gut, wie ich ihn gekannt habe. Mit mir kann Milly reden.« Er lehnte gegen ein Schaufenster, und hinter ihm konnte sie eine lange Allee von Gebrauchtjacken düster ins Innere verlaufen sehen. »Ich war heute den ganzen Tag auf dem Gericht.« Sie sah ihn rasch an, weil ihr der Gedanke gekommen war: Gleich fängt er an zu weinen. Und die Leute werden stehenbleiben und uns angaffen. Doch er war nicht bleicher als sonst auch; das Nervenzucken in seinem Gesicht hatte er schon, als sie ihn zum ersten Mal sah. Er hatte sich – blaß, schäbig und angespannt, wie er nun einmal war –

in seiner Versicherungsgesellschaft von Posten zu Posten hochgearbeitet, und das mit der Fassung eines Mannes, der stets damit rechnet, entlassen zu werden. Sie sah ihn an, aber seine Worte gingen völlig an ihr vorüber; und sie wußte überhaupt nicht, was er meinte, als er sagte: »Ein dummer Witz.« Er fragte sie: »Hast du Leute dazu gebracht, die Petition zu unterschreiben?«

Sie wiederholte: »Petition?« Er wurde zornig nervös, als er den Aktenkoffer an sich drückte. »Es muß was geschehen. Wir brauchen Unterschriften.«

Sie erklärte: »Ich kann die Leute nicht während der Arbeit fragen. Und ich könnte ihnen unmöglich erklären, daß er der Mann von Milly ist.« Er setzte schon mit strenger Blässe zum nächsten Hieb gegen sie an: »Du willst überhaupt nichts für ihn tun«, aber ihr äußeres Erscheinungsbild schüchterte ihn ein. Hinter ihr standen all die Maschinen der Fabrik. Mit ihren Orangenlippen und dem gewellten Haar trotzte sie ihrer stahlgrauen Uniformität, und doch war sie – wie ein grellbunter, frecher Farbfleck auf einer Maschinenwelle – ein Stück von ihnen. »Dem Direktor würde das gar nicht passen. Er würde mich bei der erstbesten Gelegenheit hinauswerfen.«

Was aus ihr sprach, war nicht Feigheit; sie war nur realistisch. »Was würde ein Dutzend Namen schon nützen? Und das Leben ist schwer. Bei dir ist das anders.« Sie machte ihm vorsichtig klar, wie anders. Er war ein Büroleiter und für seine Firma unentbehrlich; für ihn konnte man sich nicht einfach Ersatz von der Straße holen. »Meine Arbeit kann jeder. Aber du«, ihr Blick glitt über die dunkle Jacke, den steifen Kragen, das altjunge Gesicht, und sie sagte mit Stolz und Geringschätzung im Blick, als wolle sie ihn wissen lassen, nicht jeder *könnte* so sein wie du, und nicht jeder *wollte* wie du sein: »Du bist intelligent.«

Sie drückten sich an die Ladenfassade, um die Fabrikmädchen vorbeizulassen, und hinter ihnen gerieten die Gebrauchtjacken, die schäbigen Blusen auf ihren Bügeln mit dem Näherkommen des Ladenbesitzers in Bewegung. Conrad Drover sagte verdrießlich: »Was für ein Glück, wenn wenigstens einer intelligent ist.« Sie hätte es seiner Stimme nicht anmerken können, wie sehr er sich wünschte, daß er ein anderer gewesen wäre. Für ihn hatte Intelligentsein nur bedeutet, daß er in der Grundschule härter arbeiten und sich in der Mittelschule mehr gefallen lassen mußte als die, welche frei, ohne Intelligenz auf die Welt gekommen waren. Nachts konnte er immer noch den hämischen Stimmenchor seiner Klassenkameraden hören, er sei der Liebling der Lehrer, und den Spott über seinen prätentiösen Vornamen, den seine Eltern ihm angehängt hatten – wie ein Intelligenzgütezeichen ab Geburt. Wie durch einen Hitzesturm war ihm seine Umgebung durch Intelligenz zur Wüste geworden, und über die Sanddünen hinweg sah er in einer Fata Morgana an und ab die hirnlose Masse, die sich spielerisch, lachend und gedankenlos der Zärtlichkeit, dem Mitfühlen, der Geselligkeit der Liebe hingab.

»Jetzt sagen Sie mal? Wollen Sie eine Jacke oder eine Bluse oder ein paar Hosen kaufen? Einen feinen Anzug mit Knickerbockerhosen für fünfundzwanzig Shilling! Völlig unnötig, zum Einkaufen in die Savile Row zu gehen.« Hinter ihm zitterte die Kleiderallee noch immer.

»Nein, nein«, wehrte Conrad Drover ab. »Ich brauche gar nichts.«

»Also, dann will ich aber wissen, ob Sie das fair finden! Den Zugang zum Laden zu versperren, während Sie sich mit Ihrem Mädchen unterhalten? Wovon soll ich denn leben? Also, jetzt sagen Sie mal...«

»Komm schon«, sagte Kay, er blieb jedoch zögernd stehen und überlegte, ob der Händler recht hatte; er war unfair; er sollte wirklich etwas kaufen – eine Krawatte oder ein Paar Socken; irgend etwas Billiges, das er sich leisten konnte.

»O nein! Sie bleiben hier! Nun sagen Sie mal...«

»Halten Sie den Mund!« sagte Kay Rimmer, packte Conrad am Arm und zog ihn ein Stückchen weiter die Straße hinunter.

*

Ein Opfer, dachte Mr. Surrogate, während er aus dem Fenster seines sparsam und geschmackvoll eingerichteten Zimmers auf das weite blaue Becken im Bloomsbury Square hinabschaute. Im Schein der Straßenbeleuchtung breiteten die Platanen ihre Kronen aus, und der Postbote ging von Tür zu Tür. Ein Opfer. Mr. Surrogate schritt langsam zur Tür und kam dann wieder zurück zum Fenster. Vor dem Spiegel über dem Kaminsims blieb er einen Augenblick lang stehen und überraschte sich selbst in seiner Aufmerksamkeit, seiner tatkräftigen, tadellosen Figur, dem grauen Haar, das ihm über die Ohren wuchs, und dem etwas zu resoluten Mund. Doch das korrigierte er, einen Moment lang befangen, als er den hochmütigen Tartarenblick von Lenins Gipsbüste auffing. Genossen, auch den Tod muß man für das Volk auf sich nehmen. Wir nehmen das Opfer des Genossen Drover an, wissend, jawohl, wissend, daß – er kam am Fenster an, drehte sich auf dem Absatz, und wieder starrte ihm diese bourgeoise Miene mit dem überheblichen Blick entgegen.

Es klopfte an der Tür. Vorsichtig wurde sie geöffnet, und eine Hand schob einen Brief auf die Anrichte. »Danke, Davis, danke.«

»Es ist inzwischen sieben, Sir.«

»Danke, Davis, ich achte schon auf die Zeit.« Genossen, setzte Mr. Surrogate wieder an. Genossen, wir dürfen uns nicht erneut einschüchtern lassen; es ist kein Opfer zu groß ... Er hielt inne und betrachtete nervös die schöne, aber durch den Umschlag nicht lesbare Handschrift. Er öffnete den Umschlag zögernd und entzifferte mit Mühe die Einladung zu einem Abendessen. Eine Vignette umgab einen ovalen Raum, in dem der

Text stand, und das Ganze sah aus wie ein weißes Ei in einem Nest aus verschnörkelten orientalischen Buchstaben. Caroline will etwas über Drover herausbekommen, dachte er. Er legte keinerlei Wert darauf, wie eine Einladung äußerlich aufgemacht war. Tief unter seiner nach außen zur Schau getragenen Überheblichkeit verbarg sich eine außerordentliche Bescheidenheit.

Eigentlich hätte er gerne abgelehnt, aber er wußte, daß er annehmen und ein stundenlanges Martyrium über sich ergehen lassen würde, an den Wänden die Bilder seiner verstorbenen Frau vor Augen, diese fein stilisierten Landschaften, diese grünen belebten Alleen, die ihr boshaftes, zänkisches Wesen so einfach und mit sicherer Hand hervorgebracht hatte. Während einer langen, pflichtbewußt und unglücklich geführten Ehe hatten sie sich Caroline Bury gegenüber ohne jeden Rückhalt preisgegeben, und so würde auch jetzt ein Besuch bei Caroline wieder eine Preisgabe bedeuten. »Ein Opfer.« Bisweilen hatte sie ihn schonungslos durchschaut, wenn sie die Grundlagen seiner Philosophie und seiner Politik bloßlegte; seine Unfähigkeit, etwas zu verbergen, hatte ihm so häufig Demütigungen eingebracht, daß er eine Philosophie der Demütigung notwendigerweise hatte entwickeln müssen, und er baute seine Karriere auf einem Fundament der Selbstentblößung. »Wer sich erniedrigt, wird erhöht werden«, und so würde er aus den Tiefen der Demütigung sich erquickt emporschwingen zu den Höhen des Erfolgs.

»Soll ich ein Taxi herbeipfeifen, Sir?«

Er rief dem Diener durch die geschlossene Tür zu: »Können Sie mich denn nie in Ruhe lassen, Davis? Ich kann selbst auf mich aufpassen«, und während des Sichwindens im Hin und Her zwischen Stolz und Demut, zwischen Fenster und Tür, zwischen dem Spiegel und der Leninbüste lag ihm die Stimme seiner Frau im Ohr, die mit heftigem Abscheu bemerkte: »*Die* Miene hast du nicht genügend geübt.« Durch die Stille hindurch vernahm er plötzlich, wie das Gespenst weit zurückliegender Dinnerpartys, das Knacken einer Nuß. Mucksmäuschenstill blieb er stehen, fast in der Erwartung, gleich das Bukett eines Portweins zu riechen, das Klirren von Gläsern zu hören, es blieb jedoch still – bis auf das Zischen der Gasflamme und das schwache Auf- und Zuklappen der Briefkästen auf dem Platz gegenüber. Erst als er im Zimmer erneut auf und ab zu schreiten begann, war das Geräusch wieder zu hören; unmißverständlich – da *war* eine Nuß geknackt worden.

Mr. Surrogate warf einen Blick zur Glasschale mit den Haselnüssen auf der Anrichte und schlich zum Bücherschrank. Dort standen in einem Regal die Meilensteine seines geistigen Weges: »Forward to Free Trade«, »Back to Protection« in den englischen und amerikanischen Ausgaben; nur mit »The Capital Levy« hatte seine schriftstellerische Arbeit auch den europäischen Kontinent erreicht, Verlage in Deutschland und der Tschechoslowakei gefunden. Voller Stolz hielt sein Auge auf die Dokumentation seiner sich mehrenden Demut: »The Nationalization of Industry, with an Appendix on Scales of Compensation«, welcher der kurze, triumphale Titel folgte »No Compensation«. Ein bißchen Platz blieb noch im Regal. Am Regalende stand schräg die amerikanische Ausgabe von »The Dictatorship of the Worker«.

Mr. Surrogate beugte sich vor und hielt sein Ohr gegen »The Capital Levy«; unmißverständlich – im Dunkel dahinter knackte eine Nuß.

Mr. Surrogate spreizte die Finger und zog mit einem Ruck gleich drei Exemplare von »No Compensation« zugleich aus dem Regal. Und sah – beim Abendessen überrascht, mit einer Nuß zwischen den Vorderpfoten – eine Maus. Mr. Surrogate war nicht weniger erschreckt als die Maus. Die beiden starrten einander eine ganze Weile an, ohne sich zu rühren. Die Maus ließ nicht mal die Nuß fallen. Sie hoffte vielleicht, auf diese Weise unbemerkt zu bleiben. Möglicherweise hatte sie ein menschliches Gesicht nie zuvor so aus der Nähe, fast in Reichweite ihres Schwanzes, gesehen, und das riesige, mondbleich trübe Rund mochte ihr wie ein Naturphänomen vorkommen. Rund um die Maus lagen über das ganze Bücherregal verstreut die Überreste unzähliger Mahlzeiten sowie – schlimmer noch – Brotkrumen, Nußschalen, Stückchen alter Briefumschläge, verworfener Manuskripte und Bonbonpapiere – Mr. Surrogate liebte Süßigkeiten. Offenbar hatte das Tier hier tagtäglich zu Abend gegessen – und zwar üppig. Mr. Surrogate zog sich vorsichtig zurück, und die Maus ließ die Nuß fallen und verschwand im Dunkel hinter »The Capital Levy«.

Er hatte die Hand schon ausgestreckt, um ihr solche Zuflucht zu rauben, als ihn Mitleid rührte. Sein Gesicht wurde weich und entspannt. »Arme kleine Maus.« Sein Mund öffnete sich, sein Herz flog dem Tier in seinem Versteck zu. »Arme, arme kleine Maus.« Er mußte an den bedeutenden russischen Romanschriftsteller denken, den im sibirischen Gefängnis die nächtlichen Besuche einer Maus getröstet hatten. »Wie mich – im Gefängnis der Welt«, und die Augen füllten sich mit Tränen, als er von »The Capital Levy« zurücktrat, um durchs Fenster die Straßenlaternen und die Platanen zu betrachten. Er ging zur Anrichte, wo er ein kleines Stück Käse fand.

Die Maus widerstand der Versuchung. Offenbar mißtraute sie Mr. Surrogate. Sie verhielt sich hinter »The Capital Levy« so reglos und still, daß Mr. Surrogate schon befürchtete, sie sei in einem Loch verschwunden. Mr. Surrogate war leicht irritiert – von einer Maus. Er nahm den Käse und erwärmte ihn kurz an der Gasflamme.

Der Geruch von erwärmtem Käse hatte sofort Wirkung. Die Maus kroch hervor, schnappte den Käse und verschwand hinter »The Capital Levy«. Sie hatte einen glänzend seidigen Rumpf und ein ungemein respektierliches Gehabe; man hätte beinah schon erwartet, an ihrer Hüfte einen Schlüsselbund baumeln zu sehen; sie zog es allerdings vor, für sich allein zu speisen, im Haushälterinnenzimmer. Ein zweites Stück Käse lieferte Mr. Surrogate nicht; er fühlte kein Mitleid mehr; die Langeweile Sibiriens rückte ihm schrecklich nah, als er sich den Menschen vorstellte, der für seine Kurzweil von einer Maus abhängig war. Die Uhr schlug Viertel vor sieben.

»Davis, holen Sie mir ein Taxi. Ich werde zu spät kommen.«

Mr. Surrogate suchte seinen Hut und schaute sich von der Tür einmal um. Die Maus hielt sich immer noch versteckt. Von seinem Buch »The Dictatorship of the Worker« hatte sie an einer Ecke geknabbert – und sie hatte das Bücherregal garantiert nicht nur zum *Essen* benutzt. »Davis«, rief Mr. Surrogate, »stellen Sie am Bücherschrank eine Mausefalle auf!«

*

Jules Briton trocknete sich die Hände am Tuch, das hinter der Theke hing, und hielt sich zum Warmwerden dicht an die kupferne Teemaschine. Eine französische Prostituierte lehnte sich an die Theke und sprach ihn an; sie hatte ihren Strich in der Lisle Street verlassen, um ein bißchen Kaffee zu schlucken. Jules antwortete in gewähltem, unnatürlichem Französisch; bei Lebzeiten seiner Mutter hatte er immer nur Englisch sprechen müssen, weil sie es ihrem Mann nachtrug, daß er sie mit einem bankrotten Geschäft sitzengelassen hatte und in die Heimat verschwunden war. Jules hatte Frankreich nie kennengelernt, aber seine Mutter hatte ihm mit gestrenger englischer Rechtschaffenheit ein Bild von etwas Schamlosem und Verantwortungslosem und – nachts, wenn sie unter Alkoholeinfluß nach verlorener Liebe jammerte – wundervoll Lebenslustigem eingebläut. Frankreich, das hieß für ihn – die Frauen, die paarweise langsam die Wardour Street hoch und wieder hinunter zogen, die falschen Münzen, die man in Zigarettenautomaten einwarf, die Messe in der düsteren, häßlich bemalten L'Eglise de Notre Dame, französische Illustrationen, französische Postkarten, Pariser. Es hatte für ihn das Verstohlene der Lust, die düstere Feierlichkeit der Religion, den Spaß an gestohlenen Zigaretten.

Die Cafétür öffnete sich. Jules winkte Conder zu, der durch den Dampf näher kam. »Ich hab was für Sie«, sagte Jules.

»Kommen Sie mit nach oben«, sagte Conder. Conders Ein-Zimmer-Wohnung lag im ersten Stock. An der Wand hing ein Bild der königlichen Familie aus der Vorkriegszeit – der König, die Königin, eine Schar unidentifizierbarer verschreckter Kinder in Seemannsanzügen, eine Prinzessin mit geknotetem Kraushaar. »Also«, sagte Conder, »was haben Sie denn?«

»Einen Rubel als Banknote«, sagte Jules. Er strich sie auf der Bettdecke glatt.

»Wo haben Sie die her?«

»Ich fand sie beim Ausfegen auf dem Boden.«

»Das ist wunderbar«, sagte Conder, »wirklich ganz wunderbar«, während er einen Schritt zurücktrat, sie betrachtete und sich mit einer Hand über die Glatze strich. »Daß ich einmal einen Rubel kriegen würde – das habe ich nie zu hoffen gewagt. Die dürfen nämlich nicht aus dem Land mitgenommen werden, verstehen Sie? Es sollte mich gar nicht wundern, wenn der Schein – na, sagen wir mal – einige Shilling wert wäre. Natürlich, nur für einen Sammler.« Er holte aus einer Schreibtischschublade eine Blechschachtel, die ursprünglich für Schokoladen-Kekse gedacht war, und schüttete den Inhalt auf dem Bett neben der Rubelnote aus. Wann immer er eine neue Münze oder einen neuen Schein erwarb, musterte er, was er schon besaß. »Ist der hübsch, der da – ein australischer Shilling. Und hier – griechische Lepta. Die türkische Münze dort habe ich in einem Bus gefunden. Ich könnte unglaubliche Geschichten darüber erzählen, was ich schon alles in Bussen vom Boden aufgehoben habe.« Er ging zärtlich mit den Münzen um, rieb sie mit dem Taschentuch ab, aus den Scheinen strich er die Knitter. Fremdländische Namen sprangen ihm leicht von der Zunge – Taels, Lire, Pengös, Schillinge, Zlotys und Centimos, Piaster, Annas und Lei, Centavos und Sens.

Jules schaute in Conders Rasierspiegel hinein und danach auf eine Kupfermünze. »Wissen Sie, ich sehe, glaube ich, Napleon III. sehr ähnlich. Wenn ich mir einen kleinen Bart wachsen ließe…«

»Von diesen irischen Münzen habe ich jetzt einen kompletten Satz«, sagte Conder.

»Ein Kaiserspitzbärtchen.«

»Diese Eisenmünze.«

Jules wanderte in Gedanken vom Kaiser nach Sedan, von Sedan nach Paris, von Paris zur Kommune.

»Besuchen Sie die Parteiversammlung? Wir müßten los.«

»Ein Symbol, das Fülle und Überfluß darstellt.«

»Conder«, sagte Jules, »was gibt's Neues über Drover?«

»Ich kenne die Schwester seiner Frau.«

»Ein Symbol, das Frieden darstellt.«

Conder legte die Münze vorsichtig zu den anderen auf der Daunendecke. »Was haben Sie da gesagt? Sie kennen seine Frau?«

»Ihre Schwester. Die wohnt bei mir.«

»Das könnte ein Interview wert sein«, sagte Conder mit mildem Interesse.

»Sie wird auf der Versammlung sein«, sagte Jules.

Conder sah auf die Uhr. »Wir sollten uns auf den Weg machen.« Das kurze Glück des Sammlers war vorbei; er war Journalist – und mit seinem Gehalt, seinem Beruf, seinem Leben wieder unzufrieden.

»Wird er gehängt?«

»Man kann nicht wissen«, sagte Conder. Von einem Journalisten wird erwartet, daß er die Welt im Innersten versteht, doch Conder hatte sein Leben lang erfahren, wie unbegreiflich die waren, die verurteilten und begnadigten, die belohnten und straften. Die Welt, so dachte er, als sie zwischen den Kaffee-Buden, an den erleuchteten Restaurants, den Läden für ausländische Zeitungen, den offenen Hauseingängen vorübergingen, wird von den Launen einiger weniger Männer regiert – den Launen eines Politikers, eines Journalisten, eines Bischofs und eines Polizisten. Diesen Mann hängen sie auf, jenen ließen sie frei; einer hatte Gelder veruntreut und saß im Gefängnis, andere seinesgleichen saßen im Parlament. Der Revolutionär Conder lief ob solcher Ungerechtigkeit leicht rot an; Conder wußte aber sehr wohl, daß nicht genügend System dahintersteckte, um es wirklich Ungerechtigkeit zu nennen.

»Ich hoffe, man hängt ihn nicht. Er ist auf Versammlungen gekommen. Gesagt hat er nie was.«

»Sie sollten den Bischof von London fragen.«

»Warum sollte der etwas wissen?«

»Er weiß mindestens soviel wie alle anderen.«

»Soll denn wirklich *alles* nutzlos sein? Petitionen? Irgend etwas?«

»Das ist es ja gerade. Man weiß es nicht. Es hat für jeden Mörder, der gehängt wurde, Petitionen gegeben. Gute, einfache Leute unterschreiben alles. Nehmen Sie diesen Fall von Vergewaltigung und Mord in Streatham. Wenn der Kerl geschnappt ist, werden Hunderte von Frauen in Streatham für ihn eine Petition unterschreiben.«

»Dann ist es sinnlos. Dann kann nichts dabei herauskommen.«

»Oh, man kann nie wissen. In fünfzig Fällen nützt es einmal doch. Der Minister wirft einen Blick auf die Unterlagen und liest einen Namen, der ihm bekannt ist. Es mag nur der gleiche Name sein und ein völlig anderer Mensch, aber das reicht – er sieht noch mal hin und denkt ein bißchen nach. Oder er hat eben vor einer Riesenversammlung gesprochen und Beifall geerntet – und deshalb fühlt er demokratisch und gibt was auf die Volksmeinung. Oder er hat gut zu Abend gegessen.

Möglicherweise hat er zuviel getrunken. Vielleicht ist er innerhalb von zwei Jahrzehnten der einzige Minister, der zu viel trinkt. Aber das gibt den Ausschlag. Man kann nie wissen. Man muß alles versuchen. Keiner von uns kann wissen, welche Gnade sie dazu bewegt, Drover zu hängen oder zu begnadigen. Da laufen Politik und Religion zusammen.«

Sie bogen in die Dunkelheit und Stille der Charlotte Street. Der Polizist an der nächsten Straßenecke beobachtete sie mit zynischer Belustigung, als sie näher kamen. Jules bemerkte plötzlich: »Wir spielen doch bloß.«

»Was denn?«

»Die Roten.« Mit hoher, kläffender Hupe raste eine Limousine vorüber; die Strahlen des Scheinwerfers fielen über die Straße her, so daß die Eingänge und Schaufensterfronten und Zeitungsplakate aus der Finsternis heraussprangen und zurücksanken. Der Wagen quietschte in weitem Bogen um die Kurve und verschwand Richtung King's Cross. Der Polizist an der Straßenecke salutierte. Jules fragte: »Wer war das?« Er hatte, als der Wagen passierte, einen Blick ins Innere tun können und im Lichtschein drinnen kräftig gebaute Männer mit weichen Hüten erkannt, die in zwei Reihen eng nebeneinander saßen und sich wortlos anstarrten.

»Das Überfallkommando«, sagte Conder.

Jules beeindruckte ihr Schweigen, und er mußte an das Gerede denken, das auf ihn zukam. Da würden Männer bis spät in die Nacht hinein Reden halten, England theoretisch von Grund auf ändern, die Armut auf dem Papier abschaffen. Er fühlte sich mißmutig und unbefriedigt, als er beim Polizisten um die Ecke bog und dessen belustigten Blick auffing. Er sehnte sich nach etwas, dem er leidenschaftlich folgen könnte, aber Kommunismus war Reden und nie Handeln, und Patriotismus war für ihn verwirrend; Engländer war er nicht, und Frankreich bedeutete ihm außer Heiligenstatuen und Napoleon III., Prostituierten und geklauten Zigaretten nichts. Er sehnte sich nach irgendwem, der ihm sagte: »Tu dies. Tu das. Geh hierhin, geh dahin.« Von der Theke und der Teemaschine, von den billigen »Weights«-Zigaretten und der herzlosen Oberflächlichkeit des Lebens in einem Café wollte er unbedingt erlöst werden.

»Wird wegen Drover heute abend was unternommen?«

»Vermutlich wird Surrogate eine Rede halten. Bennett wohl auch. Vielleicht kommt ein Abgesandter vom Busdepot.«

Er hätte sein Leben jeder Sache, jedem Menschen, selbst einer Frau geweiht, wenn er nur einen Grund gefunden hätte, so ernsthaft zu sein wie die sechs Polizisten auf ihrer Fahrt durch die Charlotte Street.

»Dieses Mädchen«, sagte Conder, »Drovers Schwester –«

»Die Schwester seiner Frau.«

»Ist sie hübsch?«

Jules nickte. An diesem Abend war ihm nichts recht. Kay ist hübsch, sagte er sich ganz bedrückt, und liebenswert und ein Leichtgewicht wie ich auch.

Sie kamen zu spät und hörten, während sie durch die unbeleuchtete Vorhalle schritten, vorbei an der unbesetzten Kasse, Fetzen von einer Rede. Die trostlosen Silben hoben und senkten sich wie ermüdete Füße. Im ganzen Saal war das Stampfen vom Hungermarsch zu hören, die häßlichen, zusammengebastelten Transparente sanken und stürzten in hoffnungslosen Unruhen unzähliger »Roter Sonntage«. Jules war von der Aufrichtigkeit der Tausenden tief bewegt, die nicht um Führung und Macht zankten, die bereit waren, in Armut und Geduld zu folgen. Drei Reihen vor sich sah er Kay Rimmer mit dem Kopf in den Händen weinen. Er flüsterte Conder zu: »Wir müssen Drover retten. Irgendwie. Wir sind zu Tausenden.« Bis zum Beginn der nächsten Rede glaubte er, die große Aufgabe gefunden zu haben, nach der er suchte.

»Es gibt unter uns niemand«, rief Mr. Surrogate, »der nicht gern mit dem Genossen Drover tauschen würde, niemand, der nicht freudigen Herzens selbst den gleichen Schlag gegen die kapitalistische Unterdrückung geführt hätte.« Beim Klang der eigenen Stimme fluteten die Realitäten ab wie das Meer bei Ebbe; er machte sich keinerlei Vorstellung von der Todeszelle, dem Kopf unter der Kapuze, dem Weg zur Hinrichtungsstätte; er sah Caesar zu Boden sinken und hörte Brutus reden. Er rief mit brechender Stimme über die Klappsitze und die grünen Gesichter im stillgelegten Kino hinweg an der weitesten Wand dem stehenden Marcus Antonius zu: »Wer ist hier so niedrig gesinnt, daß er ein Knecht sein möchte? Ist es jemand, so rede er, denn ihn habe ich beleidigt.« Irgendwo in dem Schatten begann eine junge Frau zu weinen, und Mr. Surrogate ließ seine Stimme von neuem durch die Straßen des kaiserlichen Rom schallen: »Es gibt zur Trauer keinen Grund. Jeder Glaube fordert Opfer. Mit dem Tod von Drover wird die Kommunistische Partei in Großbritannien auf eigenen Füßen stehen.« Der Intellektuelle mit der Hornbrille schrie »Hört! Hört!« und klatschte.

Ein Mann namens Bennet rief: »Und was wird an Maßnahmen ergriffen?«

Mr. Surrogate hob die Hand: »Darauf wollte ich gerade zu sprechen kommen. Ich bin kein Mitglied des Exekutivkomitees der Partei. Ich versuche nur, dem einfachen Parteimitglied Ausdruck zu verleihen. Ich schlage vor, zur Unterstützung der Witwe des Genossen Drover eine Sammlung durchzuführen und einen Teil der Mittel, die kürzlich in London für den Kampffonds gesammelt wurden, für ein angemessenes Denkmal zu verwenden.«

»Noch ist er nicht tot«, rief Bennett.

»Wir sollten uns darüber im klaren sein«, sagte Mr. Surrogate, »daß es nicht viel Hoffnung gibt. Natürlich, zum Schluß bekommt jeder ein Formular für die Petition mit nach Hause.«

Ein Mann in schwerem Überzieher erhob sich. »Mich ham de Busfahrer beauftragt«, sagte er, »herzukommen. Könntn wir nich jetzt gleich ne Resolution fassn und das Parlament auffordern...«

Neben Mr. Surrogate schoß der Intellektuelle mit der Hornbrille hoch. »Total unmöglich«, rief er. »Total unmöglich. Wir sind mehr als zehn Personen. Nach Paragraph 13 Absatz 2 Punkt 1 müßten wir alle mit Gefängnis rechnen. Völlig ausgeschlossen!«

»Hinsetzen!« rief Bennett, und Mr. Surrogate und der Mann vom Autohof setzten sich hastig hin. »Hinsetzen!« wiederholte Bennett.

Der Kassenwart sagte: »Von dir lasse ich mir keine Anordnungen geben, Genosse Bennett. Wenn die Versammlung –«

»Hinsetzen!«

Mr. Surrogate beugte sich über seinen Schnürsenkel. Er fragte sich verbittert, ob alle Bewegungen durch solchen Krawall von Individuen um die Führungsposition enden mußten. Ihm kam die erste Fabian Society in den Sinn, die Damen in den Walter-Crane-Kleidern mit dem kurzgeschorenen Haar und der Zigarette zwischen den Fingern, ihr Glauben an die Fähigkeit des menschlichen Wesens zur Vervollkommnung und an ihre gönnerhafte Förderung von Anstreichern und Installateuren. Er mußte an die Streitgespräche um Mitternacht denken, wenn er in der Droschke mit einer erwählten Begleiterin über die Chelsea Bridge nach Hause fuhr.

Er hörte über sich Bennetts Stimme: »So, jetzt können wir endlich zur Sache kommen.« Mr. Surrogate schaute hoch und zur Seite. Ihm war der Bewußtseinstrick, dank dessen er sich an so manchen Kampf für eine gute Sache erinnern konnte, leider nur allzu vertraut. Bei der Fabian Society war's die Erinnerung an die mitternächtliche Droschkenfahrt und die ersten, vorsichtig-tastenden, reinen Diskussionen über die »freie Liebe« und die Emanzipation der Frau mit einem Mädchen, das nicht einmal ernst sein konnte, wenn sie mit ihm im Bett war.

»Oder gibt's hier noch'n Intel-lektu-ellen, der sich gern red'n hört?« fuhr Bennett mit Blick auf Mr. Surrogate fort; Mr. Surrogate schaute jedoch zutiefst verzweifelt weg. Er hatte nun schon seit Jahren auf dem Durchmarsch durch alle Entwicklungsphasen des Sozialismus aufrichtig geglaubt, daß er eines Tages wirklich mit *dem Arbeiter* in Berührung kommen würde; doch von dieser Klasse hatte er außer dem Klempner, der einen Preisaufsatz der Fabian Society geschrieben, noch immer niemanden wirklich kennengelernt. Er war bisher der einzige – ein älterer Mann mit Nickelbrille und einem Hintergrund von Religiosität und Dorfschulbildung –, dem es durch und durch ernst gewesen war, der in Diskussionen mit Mr. Surrogate mit den Abstraktionen um sich werfen konnte, die Mr. Surrogate liebte: soziale Verbesserungen, Chancengleichheit, Produktionsmittel.

Diese Individuen! Mr. Surrogate schauderte es. Sie hatten ihn schon immer verraten. Frauen, die er emanzipieren wollte, hatten mit ihm geflirtet, und als ihn die herrlichen Abstraktionen des Kommunismus – Solidarität, Proletariat, Ideologie – in die Partei hineingelockt hatten, da hatte er dort nur einen Bennett gefunden. Es ärgerte ihn sogar, daß sich Drover jetzt als menschliches Individuum aufdrängte, das vor dem Tod gerettet werden sollte, statt als Opfer auf dem Altar zu liegen. Eine Idee bedeutete Begeisterung, Erhabenheit, ein Gefühl von FREIHEIT; menschliche Individuen taten einem mit ihrer Brutalität, ihrer Bosheit, ihrem fehlenden Verständnis nur weh. In einer Welt der Religionen, *politischer* Parteien und ökonomischer Glaubensbekenntnisse konnte er leben; aber der tägliche, persönliche Umgang mit Erlösern, Politikern und Bettlern konnte ihn wahnsinnig machen. Und noch immer konnte er unter seinen faszinierenden Abstraktionen nicht allein glücklich sein; er brauchte einen Gefährten, eine Gefährtin, die ihn in seinem Glauben bestärkten, daß *diese* Dinge – Kapitalismus und Sozialismus, Reichtum und Armut – wirklich real waren und nicht die *anderen* wie Champagner und Wohltätigkeitsbälle und Frauen, die in einem überfüllten Zimmer ihr zwölftes Kind zur Welt brachten.

»Ist dies Mädchen da?« fragte Conder.

Jules sagte: »Wir fangen sie anschließend ab.«

»Wäre das eine Geschichte für die Morgenzeitungen!« sagte Conder. »Aber wie könnte ich so etwas verwenden? Ich hätte die Partei verraten.« Verzweifelt fuhr er sich mit der Hand über die Glatze, sprach leise, hörte sich an, was Bennett zu sagen hatte, und dachte an mehrere Dinge gleichzeitig. Drovers Frau, das könnte ein gutes Interview geben; »nicht einfach schluckn un hinnehm wie die verdammtn Intellektuellen«; das wäre, falls noch andere Reporter anwesend sein sollten; »Flugblatt 36«; ich darf nicht riskieren, aus der Partei ausgeschlossen zu werden; wenn es in den Morgenzeitungen steht, wird man mich verantwortlich machen; »drei Freiwillige zur Verteilung der Flugblätter an den Toren«; man wird mich verantwortlich machen; man wird mich verantwortlich machen.

»Ich bin ein Delegierter der Busfahrer. Sie wollen wissen, was wegen Drover unternommen wird.«

»Zu Drover komme ich noch«, sagte Bennett. »Da gibt es die Petition zum Unterzeichnen. Erwartet ihr etwa, daß wir das Gefängnis stürmen? Was bringt es, Fensterscheiben einzuwerfen? Wenn se'n hängn wolln, dann hängn se ihn.«

»Im Busdepot sind die Gemüter erregt.«

»Dann macht doch im Depot ne Versammlung. Laßt euch von ein paar Intellektuellen Sprüch machn, bis ihr euch wohl fühlt. Ich bin hier, um Tatsachen ins Auge zu sehen.«

»Irgendwas muß geschehen.«

»In dieser Versammlung geht es um mehr als nur Drover. Wer ist dieser Drover eigentlich? Was hat er für die Partei getan? Ich weiß von nichts. Gerade jetzt liegen große Dinge vor uns, die dürfen wegen Drover nicht aufgeschoben werden.«

»Der gute alte Bennett!« rief irgendwer mitten im Saal. Alles lachte.

»Ich höre immer nur Drover hier und Drover da. Auf

Drover kommt's jetzt aber nicht an. Es geht uns doch nicht darum, nur einen Polizisten zu töten. Ich bin kein großer Redner. Ich bin ein Mann, der eine Aufgabe hat. Streikbrecher gibt es genug. Die ham wa auch in der Partei und ganz bestimmt heut abend auch hier im Saal. Schnüffler und Streikbrecher. Männer, die noch nie einen Handschlag ehrliche Arbeit geleistet haben, Schwätzer, Schreiberlinge. Wir müssen sie aus unseren Reihen ausjäten.«

»Es geht wirklich zu weit«, sagte Conder und schüttelt den Kopf. »Er zieht unsere Aufrichtigkeit in Zweifel.«

Kay Rimmer saß mit dem Kopf in den Händen und dem Blick auf dem Boden. Sie dachte an die langen Straßen, die jetzt zwischen ihr und Battersea lagen, an die Juden in der Charing Cross Road, die Huren der Coventry Street und an die lange Steigung von Piccadilly; am anderen Ende, hinter der King's Road und den Schuppen der Droschkenfahrer, hinter dem langsam und träge fließenden Fluß, den Lagerhäusern und Straßenbahnlinien, waretete Milly auf sie, Milly mit ihrem unerträglichen Schmerz, in deren Küche die Angst, in deren Wohnzimmer die Spannung, in deren Treppenhaus der Kummer nisteten. »Ich höre immer nur Drover hier und Drover da.« Drover, der sich nie aufgedrängt hatte, der in seinem eigenen Haus so still und ruhig gelebt hatte, als wäre er dort nur zu Besuch – und nun lag alles an ihm: Die Pflanzen waren ohne Wasser, weil das seine Aufgabe gewesen war, es gab kein Bier im Haus, weil er es geholt hatte. Ich will meinen Spaß haben, dachte sie, Jim geht mich nichts an, ich könnte Milly hassen dafür, und sie blickte hoch und sah die glatten Wangen und das aschblonde Haar von Mr. Surrogate.

»Dort ist Kay«, sagte Jules und winkte. Ihm fiel noch einmal auf, daß sie geweint hatte. Bennett polterte über seinen Kopf hinweg weiter. Sein Wüten war wie ein Sturm, der zwei Menschen in einem Raum durch seine Finsternis und die stickige Luft einander in die Arme getrieben hätte. Jules ließ sich in Gedanken gehen und malte sich aus, Kay zu lieben; mit nassen Augen wirkte sie menschlich, irgendwie persönlicher. Einen Moment lang klärte sich sein Bewußtsein, das von Selbstmitleid umnebelt, vor Ehrgeiz vage gewesen war; ihm ging auf, daß ihm möglicherweise nur eine Frau fehlte. Für einen, der kein Geld hatte, war Liebe Glücksache; man genoß sie, wann immer möglich, leider war's selten. Sie wollten immer irgendwas dafür, die Frauen – in ein Tanzlokal eingeladen werden, Pralinen, Kino; den Spaß nur um seiner selbst willen hielten sie ihrer unwürdig; oder aber sie wurden ganz sentimental und mit Leidenschaft monogam, und wenn er Lachen und Lieben und Leben um sich haben wollte, wollten sie still mit ihm im Dunkeln allein sein. Aber da war Kay anders; die war mit viel zu vielen befreundet, um sich in Ecken zu verkriechen; es schien ihm beinahe ungefährlich, sie zu lieben. Vor ihren Tränen hatte er keine Angst; das konnte nur bedeuten, daß ihr Gesellschaft lieb wäre; er wurde selbst ganz trübsinnig, wenn man ihn allein ließ, selbst für Conders Gesellschaft hätte er alles hergegeben, was er besaß, er fühlte sich verloren, verängstigt. Nur eine Frau, nur Lärmen, nur ein spielendes Grammophon oder menschliche Unterhaltung konnten ihn dann davor bewahren, wieder zurückzusinken, in sich selbst zurück, davor bewahren, auf der Schwelle seiner strengen Mutter begegnen, zurück, ins Zimmer hinter ihren trunken stöhnenden Schreien, zurück in den Streitereien nebenan, zurück zu den Küssen und den Süßigkeiten, zurück ins Kinderbett, ins Nichtsein zurück. Laut rufen, singen, in einer Menschenmenge sein, so wie hier – das war besser als im Dunkeln nach etwas zu suchen, das so hoffnungslos verloren war wie der Schutz des Mutterleibs. »Jules, du hast dies vergessen... Jules, du hast das vergessen... Verflucht, wie lang soll ich denn warten?« Und langsam kam er hervor, um sich zu entschuldigen, zu erklären. Und sie dachten – all seine Brötchengeber und die Kunden, mit denen er zu tun hatte, dachten, er sei faul, aber die eigenen Sachen vergaß er genauso, sein Taschentuch, den Mantel, wenn's draußen stürmte, und heute den Brief, der gekommen war, mit einer französischen Briefmarke – an ihn adressiert und an die neue Adresse nachgeschickt, und bis eben vergessen. »In der Mittagspause werd ich ihn aufmachen« –, aber in der Mittagspause spielte auf der Straße unten eine Drehorgel, zwei Mädchen drehten sich, daß die Kinderschürzchen flogen, im Kreise, ein Arbeitsloser klatschte in die Hände, damit sie nicht aus dem Takt kamen, den Takt dazu, und Jules konnte dastehen und lachen und schwatzen, für zehn Minuten fühlte er sich als Teil dieses Lebens auf der Straße, als Teil von London, als Teil eines ganzen Landes und nicht als einer, den der Tod der Mutter allein zurückgelassen hatte, der sich alles allein erkämpfen mußte in einem Land, das nur durch den Zufall der Geburt sein Land war.

Rein oberflächlich registrierte sein Bewußtsein, daß Bennett redete, daß Mr. Surrogate sich zu seinen Schuhen bückte, daß Kay seinen Blick suchte; diese Bilder tanzten ihm durch den Kopf wie Regen auf Glas, von dem nichts bleibt. Er war längst woanders, auf der Suche nach dem Verlorenen, mit dessen Verlust er sich nie ganz abgefunden hatte, nach totaler Abhängigkeit, nach einem ganz bestimmten Zweck und Ziel, für das er atmete, aufgewachsen, geboren worden war, beim Gedanken an die Unerträglichkeit des Alleinseins.

»Nun komm schon«, sagte Conder, »es ist vorbei. Ich habe doch gewußt, daß sie wegen Drover nichts unternehmen werden. Sie können doch immer bloß reden.«

»Warum kommen Sie dann?« fragte Jules.

Am Eingang wurden sie kurz gegeneinander gestoßen, jemand steckte ihnen Petitionspapiere in die Hand, dann gingen sie wieder neben einander und waren nur durch ein Stück Gehsteig und einen Lichtstreifen auf dem Pflaster getrennt. Die kurze, ungewollte Berührung zwischen ihnen rührte in Conder etwas auf; es war, als säße man nach einer Party mit einer fremden Frau in einem Taxi, und der zufällige Kontakt ließe von einer Straße bis zur nächsten Vertraulichkeit aufkommen. »Ich denke«, sagte er, »wenn alles so schrecklich im argen liegt, dann ist sogar das bloße Gerede von einer besseren Welt...« Er sah Jules von der Seite an – mit einem Gefühl der Scham, mit plötzlicher Hoffnung.

Die Straße war voll von lachenden Leuten auf dem Nachhauseweg. Jules wäre gern einer von ihnen gewesen. Er sagte zu Conder: »Das ist Kay«, und zu Kay: »Das ist Conder.« Conder zog seinen Hut, und Kays Blick ruhte unglücklich, gelangweilt und mit verschleierter Bosheit auf seiner Glatze.

»Können wir Sie nach Hause begleiten?« fragte Conder.

»Ich will aber noch nicht nach Hause«, sagte Kay. »Es ist ja noch früh.« Sie lehnte an einen Laternenpfahl und preßte ihre Wangen gegen das Eisen.

»Dann komm mit in den Park«, sagte Jules.

»Dort ist's kalt.«

»Ein Café.«

»Ihr kommt beide mit mir«, sagte Conder, »und wir trinken zusammen etwas im ›Fitzroy‹.«

»Im ›Fitzroy‹ bin ich schon so oft gewesen. Mir reicht's. Können Sie nicht mal was Neues vorschlagen, was Aufregenderes?«

Conder griff sich an den Kopf. »Ich hätte euch ja gern zum Essen eingeladen, aber ich bin für Viertel vor elf verabredet.« Kay lächelte ungläubig. Den Männern fiel nicht mal eine neue Ausrede ein.

»Wir könnten ja für eine Stunde ins Kino gehen«, sagte Jules.

»Ich will nicht ins Kino und nicht ins Café oder'n Pub, und nach Hause oder im Park rumlaufen will ich auch nicht.« Die zwei Männer standen mit verblüfften und irritierten Mienen da. Sie müßten eigentlich doch verstehen, überlegte sie, wie's zu Hause sein würde – da wartet Milly, sie kann nicht schlafen, sie zieht sich nicht einmal aus, sie ist hoffnungslos mit einem Mann verstrickt, der nicht mehr bei ihr ist, der nie wieder bei ihr sein wird. Mit beunruhigter Sinnlichkeit fragte sie sich, was das wohl für ein Gefühl sein mochte, so an einen Mann gebunden zu sein. Diese Männer, die hier um sie herumstanden und sie zu einem Kaffee oder auf ein Bier oder ins Kino einluden, kämen nicht mal im Traume auf die Idee – es war in ihren langweiligen, bedrückten Gesichtern zu lesen –, daß sie sich in dieser Minute, an diesem Abend, wirklich nur eins wünschte – nämlich zu erfahren, was ein Mädchen empfindet, wenn es so sehr an einem Mann hängt.

Jules sagte: »Es ist gleich Viertel vor elf, Conder.«

Sie blickte von einem zum anderen, von Conder – klein, schäbig, Glatze, Tintenfinger, die Nägel stumpf vom Maschineschreiben – zu Jules, der so schrecklich verloren wirkte und, so redete sie sich ein, in den man sich bestimmt leicht verlieben konnte.

»Fällt denn keinem von euch beiden was Lustiges ein? Ich möchte doch so gern lachen.« Sie erkannte plötzlich, daß Jules es begriffen hatte: Wenn Conder nicht dagewesen wäre, hätte er jetzt mit ihr schlafen können, diese Erkenntnis machte sie allerdings ganz nervös, und als Conder auf die Armbanduhr schaute und sagte: »Also, ich muß wirklich los«, da setzte sie ihren ganzen Charme ein, um Conder zu halten, da lächelte und da schmollte sie wie der schwache Abklatsch einer berühmten Filmschauspielerin in einer Nebenrolle in einem alten, verblaßten Film. »Ach, ich weiß schon Bescheid, Sie interessieren sich ja gar nicht für mich. Sie haben in Wirklichkeit gar keine Verabredung.«

»Sie müssen mir glauben, Miß Kay«, sagte Conder, »ich wüßte niemand, bei dem ich lieber wäre als bei Ihnen und mit dem ich mich lieber unterhalten würde. Darf ich Sie bald einmal vor der Fabrik abholen und zum Mittagessen ausführen. Wenn es nicht eine so wichtige Verabredung wäre – …«

»Worum geht's denn?«

»Ach, Frauen können doch nichts für sich behalten«, sagte Conder mit einer eindrucksvollen Verbeugung.

Sein Bild von sich geriet dermaßen ins Flimmern und Flackern, daß er selbst ganz konfus und unsicher wurde, wer er eigentlich war – der Revolutionär, der intime Kenner von Scotland Yard oder, etwas auch für ihn selbst Neues, der Meisterspion. Er zog den Hut und verschwand, im Angehen gegen den Wind mit leicht gesenktem Haupt, rasch um die Ecke, in der Charlotte Street.

»Kay«, sagte Jules.

»Schau mal«, rief sie, »da kommt Mr. Surrogate.« Mr. Surrogate kam – bleicher als beim Hereingehen – allein aus dem Kinoraum. Er hatte sich auf einer Toilette eingeschlossen, bis ihm die Luft rein zu sein schien; denn er wollte auf keinen Fall Bennett über den Weg laufen. Das hätte, wie er sich sagte, böses Blut geben können, und Spaltungen durften in der Partei nicht entstehen; und wann immer er Schritte vernommen hatte, die sich an die Waschbecken heranpirschten, hatte er regelmäßig und überzeugend die Spülung gezogen. Als er jetzt den eigenen Namen fallen hörte, verdüsterte sich sein Gesicht; beim Anblick eines Mädchens unter der Straßenlaterne hellte es sich allerdings sofort wieder auf. Er stapfte verlegen über den Gehsteig. Das war ja wie in den alten Tagen der Fabian Society. »Nun, Genossin? Wie wäre es mit einer gemeinsamen Tasse Kaffee?« Er schaute sie sich genauer an. »Sie sind ja das Mädchen, das geweint hat.«

»Jim Drover ist mein Schwager.«

Mr. Surrogate war wie vor den Kopf gestoßen. Drover war das Opfer, das gebracht werden mußte, und Drover war schließlich Genosse und mit Drovers Tod würde die Kommunistische Partei Großbritannien endlich selbständig und erwachsen. »Es tut mir leid«, sagte er. Menschliche Individualität betrachtete er als Verrat an der Sache.

»Es muß Ihnen nicht meinetwegen leid tun«, erklärte sie. »Es geht um meine Schwester. Die leidet. Ich hoffte, ihr irgendwas an Neuigkeiten mitbringen zu können. Ich möchte nicht nach Hause und ihr sagen müssen, daß überhaupt nichts unternommen wird.«

»Die Partei kann nichts für ihn tun«, sagte Mr. Surrogate.

»Ich mach mir Sorgen um Milly. Die ist so ein stiller Mensch. Bei ihr weiß man nie, was sie denkt. Aber eins weiß ich: daß sie zusammen glücklich gewesen sind. Die beiden waren so langweilig, da mußten sie wenigstens glücklich sein.« Mr. Surrogate hätte sie beinahe laut angeschrien, sie solle damit aufhören. Vor menschlichem Leid und Unglück zuckte er instinktiv zurück. Er sehnte sich nach den kahlen, holzgetäfelten Wänden der eigenen Wohnung, nach dem wärmenden Schein der Gasflamme, dem Spiegel und dem schönen Kamin. Nur ein einziges Mal war dort eine leidende Person eingedrungen, und die Frau konnte weggeschoben und beim Lesen eines Buches völlig vergessen werden.

»Sie waren fünf Jahre verheiratet.«

»Nun verstehen Sie doch«, sagte Mr. Surrogate, »es wird aber immerhin eine Petition geben.«

»Daran glaubt sie nicht.«

»Man kann außerdem einiges andere tun – privat. Leute aufsuchen. Ich werde Caroline Bury ansprechen.«

»Wenn ich Milly doch nur irgendwas berichten könnte.«

»Werden Sie. Ich verspreche es Ihnen.« Irgendwie mußte die positive Aufbruchstimmung des Abends wiederhergestellt, von solchem Jammer isoliert werden. »Begleiten Sie mich. Wir werden darüber diskutieren.«

»Soll ich?«

»Geh nur, Kay«, sagte Jules. Er hoffte, Mr. Surrogate würde ihn einladen mitzukommen; er hätte auch gern etwas für Drover getan; er wäre lieber auf eine kleine Party als zu Bett gegangen – ein bißchen was trinken, lange Diskussionen über das, was getan werden mußte, und zum Schluß ein bißchen Musik. Daß er ihr zuriet, machte Kay wütend. »Es ist schon spät«, sagte sie.

Mr. Surrogate war wie vor den Kopf gestoßen; er hatte sich gegen das menschliche Leid gestemmt und dabei völlig vergessen, daß hier ein Mädchen vor ihm stand, mit dem er über die alte brennende Frage der Emanzipation der Frau diskutieren könnte. »Was für ein bourgeoises Vorurteil!« sagte er. »Das hätte ich nicht erwartet.« Er winkte ein Taxi herbei.

*

Conder öffnete die Tür zum Rauchzimmer; in einer Ecke saß, wie immer, die geziert elegante Frau im schwarzen Samtkleid neben dem Tisch mit den Flaschen. Über dem Kamin hing das Foto eines Admirals mit blasiertem Gesicht und schiefsitzender Mütze; an den Wänden hielt eine Tafel fest, daß sich in diesem Raum von 1914 bis 1918 ein Marineoffiziersklub getroffen hatte.

»Jemand nach mir gefragt?« erkundigte sich Conder.

»Nein, Mr. Conder. Mr. Simpson war heute abend nicht da, und Mr. Barham auch nicht. Es ist sehr still hier gewesen.« Sie sprach die Worte so vornehm aus, daß alles wie Quack Quack klang.

»Ich schaue mal kurz in die Bar.» Conder ging nach unten. Er machte die Tür zur Bar aber gar nicht erst auf; durch die Glasscheibe erkannte er nämlich Bennett, der mit dem Rücken zu ihm stand und eben ein Bier an die Lippen führte. Er war von Freunden umringt, deren Lärm und Gelächter das Treppenhaus überrannte, so daß Conder sich schon von einem feindseligen Pöbel umzingelt glaubte und einen Augenblick mucksmäuschenstill stehenblieb. Da wurde von außen die Tür geöffnet; ein Mann mit weichem Hut kam herein, bei dem die Zivilkleidung wie eine Verkleidung wirkte. »Hallo, Mr. Conder«, sagte er. Conder rückte den Zeigefinger an die Lippen. »Schscht«, sagte er und zog sich treppaufwärts zurück. »Schscht.« Der starke Mann folgte und tat im Vorbeigehen einen ausgiebigen Blick in die Bar. »Was ist denn mit Ihnen los?« fragte er.

»Das werde ich Ihnen später gleich erklären. Ein Drink gefällig? Sie kommen spät.«

»Wie angeneehm, ein neues Gesicht zu seeehn«, flötete die Frau im schwarzen Samtkleid.

»Zwei Bier. Bass«, sagte Conder. Die Frau schwebte, in jeder Hand eine leere Flasche, in ihre Ecke zurück – so hatten vor dem Krieg Damen der feinen Gesellschaft ihre Gäste betreut.

»Was ist denn los?« sagte der Mann und dann – er hob sein Glas: »Wohl bekomm's.«

»Ich bitte Sie, Patmore«, sagte Conder, »Sie könnten mich in Schwierigkeiten bringen! Unten ist Bennett. Der wartet doch nur auf einen Anlaß. Wenn *der* mich hier in Ihrer Gesellschaft sähe –«

»Aber Mr. Conder! Dürfen Sie denn einen Freund nicht zum Bierchen einladen?«

»Ihnen sieht man doch an der Nase an, was Sie sind, Patmore – Polizist oder Gerichtsvollzieher. Für etwas anderes kann man Sie gar nicht halten!« Beim Gedanken an Bennett dort unten in der Bar wurde ihm angst und bange; er wurde nervös. »Ihr Typen von Scotland Yard, Patmore, steckt den Kopf in den Sand, wie Vogel Strauß, und dann glaubt Ihr, daß euch niemand sieht. Ruttledge habt ihr wieder auf freien Fuß gesetzt. Vom Mörder in Streatham habt ihr keine Spur. Zu packen kriegt ihr doch nur so einen armen Teufel wie Drover.«

»Wollten Sie *darüber* mit mir sprechen, Mr. Conder?«

»Und der Commissioner mag ja wissen, wie man im Dschungel ein paar Eingeborene hängt – für London ist er jedenfalls unbrauchbar.«

»In *dem* Punkt würde ich Ihnen nicht einmal widersprechen wollen, Mr. Conder. Es gibt unter uns bei Scotland Yard eine ganze Menge Leute, die ihn nicht leiden können. Er will – und da liegt das Problem – einfach zu viel wissen. Er läßt keinen in Ruhe arbeiten. Bei Scotland Yard ist aber alles höchst kompliziert. Man kann einfach nicht alle Details über Fingerabdrücke wissen, wenn man absolut alles über Blutspuren wissen will. Und das kapiert er einfach nicht. Er muß in allem seine Finger drinhaben. Sie würden sich wundern, wenn Sie wüßten, wo er heute abend gewesen ist. Er hat wirklich selber schuld, wenn er sich irgendwann einmal die Finger verbrennt.«

Conder stellte sein Glas ab, urplötzlich, das Bier schwappte auf die Marmorplatte des Tisches. »Was ist *das*?« Da fiel wer die Treppe hoch... »Um Himmels willen, Patmore, hören Sie auf. Schluß mit der Fachsimpelei. Sie kommen hoch.«

Die Frau im schwarzen Samtkleid rauschte zur Tür. »Ruuhee bitte. Mr. Rowlett, Ruuhee bitte«, hauchte sie geziert jemand entgegen. Mit hochrotem Kopf stürzte ein junger Mann herein. »Verstehen Sie mich doch, Miß Chick!« rief er.

»Ich freu-hee mich ja, Sie zu seeehen«, sagte Miß Chick.

»Die Jungs haben mich die Treppe raufgejagt. Die in der Bar sind alle total betrunken. Eigentlich müßte man die Polizei rufen.« Sein glasiger Blick fiel auf Patmore; und schon war er eiligst verschwunden. »Sie müssen nicht schlecht von ihm denken«, sagte Miß Chick und schwebte wieder in ihre Ecke zurück zu den Bierflaschen.

»Hier sind wir nicht sicher, Patmore«, sagte Conder. »Dieser Bennett ist ein mißtrauischer Kerl. Der würde mir nie glauben, daß wir hier völlig harmlos zusammenstehn.«

»Ich möchte von Ihnen nur eins wissen, Mr. Conder – was ist heute abend über Drover gesprochen worden?«

»Wieso?«

»Wir müssen wissen, was die Leute von dem Fall halten.«

»Da haben wir es wieder! Typisch Scotland Yard! Ihr zerbrecht euch den Kopf über einen Kerl, den ihr geschnappt habt, habt aber keine Ahnung, wer Mrs. Crowle aufgeschlitzt haben könnte. Ich will Ihnen was sagen, Patmore. Ein Journalist erlebt ja so manches, aber so eine Geschichte wie die mit dem Koffer hab ich mein Leben noch nicht erlebt. Ein altmodischer Kasten, so etwas nahm meine Mutter auf Seereisen mit, und voll von Blut. Mit blaugestreiftem Hemdenstoff ausgeschlagen, und voll mit Blut.«

»Dazu hätte ich einiges zu sagen, Mr. Conder. So langsam, wie Sie meinen, sind wir auch wieder nicht.«

Conder, die glänzende Glatze vornüber gebeugt, süffelte sein Bier; er dachte nicht mehr an Bennett, als er der Geschichte lauschte, die in einem schnellen Wagen durch die finsteren Straßen auf Euston zu führte. »Und nur wegen so ein paar Fingerabdrücken geht ihr her und laßt Ruttledge laufen.«

»Wir hatten keinen Anlaß, Ruttledge länger festzuhalten.«

»Aber wegen Drover seid ihr noch immer nervös.«

»Darum geht es doch, Mr. Conder. Was hat sich heute abend wegen Drover getan? Natürlich, es hat Reden gegeben. Ist aber auch irgend etwas organisiert worden? Eine Demonstration? Propaganda-Aktionen? Hat es irgendwelche Reaktionen zu Drover gegeben?«

»Sie verlangen sehr viel, Patmore«, sagte Conder. »Sie verlangen von mir, daß ich meine Freunde verrate. Noch zwei Bier, Bass, Miß Chick.«

»Wir tauschen Geschichten aus, Mr. Conder. Mehr nicht. Ich könnte *Ihnen* für Ihre Mittagsausgabe eine erstklassige Sensation liefern.«

»Und die Geschichten können Sie mir – natürlich exklusiv – ganz fest versprechen?«

»Gewiß, Mr. Conder.«

»Also gut. Ich will es Ihnen berichten. Zuerst hat Surrogate gesprochen, dann Bennett und dann ein Mann vom Busdepot einen Anlauf versucht. Das ist alles. *Unternommen* wird wegen Drover nichts. Klar, die Petition werden alle unterschreiben. Aber Sie dürfen es mir glauben – Drover ist längst vergessen. Als hätte er es schon hinter sich. *Wer* sie interessiert, das ist dieser Bursche in Aldershot, der zwei Monate dafür gekriegt hat, daß er Flugblätter verteilte. Für den werden sie Krach schlagen.«

»Danke, Mr. Conder. Genau das wollte ich wissen.«

»Dann trinken Sie jetzt Ihr Bier. Kommen Sie mit.«

»Wie geht's den Kindern, Mr. Conder?«

»Den Kindern – ach ja, den Kindern. Denen geht's gut. Das heißt, eins hat Keuchhusten.« Während Patmore sein Bier austrank, holte Conder aus und erzählte vom neuen Heim, vom defekten Badezimmer; jedes Wort, jeder Satz, jedes schiefe Bild enthielt eine Anklage, eine sorgfältig aufgesetzte Anklage, damit ja kein Hintertürchen offenblieb für einen Freispruch, für ein Leben ohne Kinder, ohne Frau, ohne Haus.

»Die Rechnung, Miß Chick.«

»Gute Nacht, Miß Chick.«

Er öffnete die Tür; draußen stand Bennett.

Ob er gelauscht hatte? Unmöglich, das zu erkennen. Er schwankte mit den Händen in den Hosentaschen angetrunken auf dem Treppenabsatz. Conder hörte, wie Patmore sich im Rauchzimmer von Miß Chick lieb und teuer verabschiedete; er hörte Miß Chick sagen: »Es war schöön, Sie bei uns zu seehen. Hier ist es sonst immer soo still«; er sah Bennett leicht vor und zurück schwanken; weiterzugehen traute er sich nicht, aus Angst, daß Bennett ihm den Weg versperren könnte; zu warten traute er sich nicht, aus Angst vor dem, was Patmore enthüllen könnte. Dann trat Patmore auf den Treppenabsatz heraus und sagte auf seine bemüht joviale Art: »Tut mir leid, wenn ich Sie habe warten lassen, Mr. Conder. Aber so ein reizendes Mädchen.« Conder trat einen Schritt vor, Bennett trat beiseite, und Patmore redete die Treppe herunter ununterbrochen in einem fort. Für Conder schien jedes Wort in Polizeistiefeln daherzukommen.

»Der Mann scheint sich für uns zu interessieren«, sagte Patmore, »hat uns die ganze Zeit nachgestarrt. Freund von Ihnen?« Conder hatte noch nie derart am ganzen Leib gezittert. Auf dem Gehsteig blieb er eine Zeitlang stehen, nachdem Patmore sich von ihm verabschiedet hatte, und versuchte, sich eine Zigarette anzuzünden, aber das Streichholz erlosch ihm zweimal zwischen den Fingern. Dann fühlte er sich bedroht von der

Leere der Straße und rannte bis zur nächsten erleuchteten Ecke. Ein Bus rumpelte vorbei, und das Licht seiner Scheinwerfer huschte über die blanke Schaufensterscheibe eines leerstehenden, unbeleuchteten Ladens. Scharlachrote Papieraufkleber verkündeten: »Ausverkauf wegen Geschäftsaufgabe.« Er rannte ein Stück weiter und lehnte sich gegen eine Ladenfront. Eine Frau mit zerfurchtem und wieder restauriertem Gesicht sagte: »Warum so eilig, Schatz?« und ging ohne Hoffnung weiter. »Ausverkauf«, stand auf dem Anschlag vor dem Laden. »Ausverkauf wegen Feuerschadens.« Es war ein Pfandleihhaus, und das Schaufenster war mit einem Eisengitter gesichert. Armbanduhren, alte Schmuckarmbänder, eine Standuhr, Porzellanfiguren, ein Gewehr, Regale, die die Geschichten von Hunderten aufgelöster Haushalte erzählten. Er war herausgerissen aus seinem Gefühl unzufriedener Sicherheit, und ihm schien, als ob die Straße rundherum in Trümmer fiele, als ob Feuersbrünste, Geschäftsaufgaben und Alterszerfall Löcher in ihr Gesicht rissen. Er kam erst wieder zu sich, als er in einer Telefonzelle die Nummer seines Nachrichtenchefs wählte. Mit der Hand am Hörer und den Lippen an der Sprechmuschel wurde sein Herzschlag wieder normal.

»Hier Conder. Ich habe einen Aufmacher für die Mittagsausgabe. Exklusiv. Die Mordsache Ruttledge wahrscheinlich. Das Überfallkommando war unterwegs Richtung Euston. Das gibt bestimmt eine erstklassige Story ab? Wie? Ja? Nein. Würden Sie eine Meldung über die Petition für Drover aufnehmen? Um den Fall warm zu halten. Der Yard ist an der Sache nach wie vor interessiert. Ich weiß nicht, warum«, aber er nahm widerspruchslos die Weigerung seines Nachrichtenchefs hin, die ihm durch zehn Meilen Kabel in die zerstörte Straße entgegenwehte: »Der Chef hat kein Interesse an Drover.«

*

Mr. Surrogate lehnte sich im Taxi zurück und schloß halb die Augen. Er ließ sich in die Vergangenheit zurückfallen, eine Vergangenheit, in der für Bennett und Drover kein Platz war, wohl aber für eine junge Frau, die, als die Droschke über die Chelsea Bridge ratterte, gegen ihn geschüttelt wurde. »Die Rechte der Frau«, sagte er.

»Sie vertreten gewiß nicht die längst überholte Auffassung –« und bald darauf, als das Taxi die Gower Street überquerte, erklärte Mr. Surrogate: »Die Geburtenkontrolle«, und wohlwollend legte er Kay Rimmer eine Hand aufs Knie, »dazu müssen Kliniken eingerichtet werden.« Eine Straßenlampe warf einen Lichtstrahl in das dunkle Wageninnere, und Mr. Surrogate, der Miß Rimmers erwartungsvolles Lächeln erkannte, zog urpötzlich die Hand wieder zurück. Bloß nichts übereilen; wie leicht man doch mißverstanden werden konnte; in dem Haus, das zu modernen Einzelwohnungen umgebaut worden war, stapfte er vor ihr her die Treppe hoch, leise, mit sachten Schritten, er befürchtete, der Hauseigentümer könnte aus seinem Wohnraum unmittelbar neben dem Eingang aufkreuzen. Er war heilfroh, daß Davis nicht hier im Haus schlief.

»Ich wohne hier ganz für mich allein«, sagte Mr. Surrogate ein bißchen steif und betrübt, »meine Frau ist tot.« Er machte Licht, und um ihn herum wuchsen weiße Wände in die Höhe. »Nehmen Sie sich doch eine Nuß, während ich Feuer mache.« Er kniete, und von seinem Streichholzende züngelten sanft zischende Flammen empor.

»Wie schön Sie's hier haben«, sagte Kay Rimmer. »Und so viele Bücher!«

»Dort drüben, die stammen von mir«, sagte Mr. Surrogate.

»Bücherschreiben muß wunderbar sein.«

»Man bringt Dinge in Bewegung. Versucht es jedenfalls. Hätten Sie gern die Wohnung gesehen? Klein, aber fein. Natürlich«, setzte Mr. Surrogate mit ehrerbietend gesenkter Stimme hinzu, »fehlt hier die weibliche Hand. Eine Männerhöhle.« Aber der Begriff »Höhle« war reichlich deplaziert; Mr. Surrogate ging von Zimmer zu Zimmer, machte Licht und, wo er ging, sprangen die weißen Holztäfelungen, Cremewände und blaßgrünen Tapeten in Stellung. Er sah sich nicht um; der schweigenden Zustimmung in seinem Rücken war er sich bewußt. Einen passenderen Geschmack hätte keine Frau beweisen können; die wenigen Sachen, die in Salon und Eßzimmer die Kahlheit lockerten, waren mit untrüglichem Stilempfinden ausgewählt – eine Teedose aus Papiermaché, eine Glasmalerei, ein schmaler, lackierter Empire-Tisch im Jadezimmer. Mr. Surrogate stapfte voran, machte Licht, wies auf nichts hin; mit dem bescheiden geneigten Blondkopf hätte er genausogut der schlechtbezahlte Führer durch diese wertvollen Räume sein können; der wilde, unterdrückte Stolz, mit dem er sich vor dem vollkommenen eigenen Geschmack verneigte, wäre niemand aufgefallen.

»Mein Schlafzimmer«, sagte er trocken, öffnete eine rosa Tür und schaltete gleich mehrere Lampen an. Beim Anblick der rosa Wandbehänge, des Halbrundbettes und des seidenen Bettüberwurfs mit seiner verschwenderischen Pracht abgefallener Blütenblätter ließ Kay Rimmer sich zu einem Freudenseufzer hinreißen.

»Oh«, rief er, als sie des riesigen Spiegels und seines Spiegelbilds gewahr wurde, das ihr mehr schmeichelte als ein noch so glattzüngiger Mann je vermocht hätte. »Oh!« wiederholte sie angesichts des einzigen Bildes an den Wänden. »Was für eine schöne Frau! Wer ist das?«

Mr. Surrogate antwortete, ohne hinzuschauen: »Meine Frau.« Sie hing seinem Bett gegenüber. Was er Morgen für Morgen als erstes sah, war *ihr* Gesicht. Sie grüßte ihn, noch bevor er Davis begegnete, mit ihrer Schönheit, ihrer Boshaftigkeit, ihrer Unangreifbarkeit.

»Müssen Sie die aber geliebt haben«, sagte Kay Rimmer leise im Bann dieses Gesichts, und Mr. Surrogate war – einen Moment nur – versucht, ihr die Wahrheit zu sagen – daß seine Frau zur Sühne dort hing, zur Sühne für den Widerwillen, den er für sie empfunden hatte, zur Befriedigung seines Hangs zur Demütigung und zur Erinnerung daran, daß eine Frau ihn immer und überall durchschaut hatte. »Kommen Sie, ich zeige Ihnen die Küche«, warf er rasch ein.

Die Küche mit ihren weißen Fensterflügeln, dem weißen Geschirrschrank, dem weißen Tisch, dem weißen Email-Gasofen und dem tiefen Blau von Wänden und Decke war wie eine Schneewächte. An den Wänden glitzerten die Lichter aus den Hinterräumen der gegenüberliegenden Häuser; im Seitengäßchen unten jammerte der Anlasser eines Autos. »Man kann genau sehen, was jeder macht«, sagte Kay Rimmer vom Fenster. Im obersten Stock konnte sie durch eine Spalte in den Vorhängen eine Frau beim Bürsten des Haars beobachten; ein breites Doppelbett wartete auf seine beiden Schläfer; ein Dienstmädchen deckte den Frühstückstisch; ein Mann schrieb Briefe; aus dem Fenster seiner kleinen Wohnung über der Garage lehnte ein Chauffeur und rauchte seine letzte Pfeife.

»Alle machen was anderes«, sagte sie und sah wieder das Zimmer mit dem Doppelbett vor sich, und ihre Gedanken ruhten auf dem Bettüberwurf, und sie mußte an Jules denken – der Spatz in der Hand ist besser als die Taube auf dem Dach – und an die schöne, tote, teilnahmslose Frau an der Wand. Ihr Körper war zur Hingabe, zum Vergnügen bereit; der tiefe Friede der Sinnlichkeit deckte die Ängste und Wirren des Tages zu; sie fühlte sich nie so geborgen wie im Bett oder in den Armen eines Mannes.

*

Conrad Drover ging den ganzen weiten Weg nach Battersea zu Fuß, mit dem Aktenkoffer in der Hand. Er brachte es nicht fertig, auch nur einen Penny für Bus oder U-Bahn auszugeben, der eventuell der Petition für seinen Bruder nützen konnte. Sein Bruder war der einzige Mensch auf Erden, den er liebte, und es war das erste Mal, daß der Bruder ihn brauchte; es war das erste Mal, daß der Starke ohne Grips nicht mehr weiter wußte. Bislang war es immer so gewesen, daß der kluge Kopf den Starken gebraucht hatte, Klugheit auf Dummheit angewiesen war. Während des ganzen Weges über die Oakley Street und das Embankment konnte er die Bilder nicht abschütteln – von einem Kind, das zum Ende des Spielplatzes flüchtete, wo der Bruder einsam und allein einen Ball gegen die Mauer schlug; wie ein Finger, der über Glas rieb, kreischten die Straßenbahnen die Biegung zur Battersea Bridge hoch und ins schlecht beleuchtete Straßennetz dahinter weiter; auf dem Fluß trieben die Möwen in den Schlaf. In die Finsternis der Mittelschulzeit hinein stürzte Conrad allein, ohne seinen Bruder, mit seinem Namen, der über den Asphalt hin und her gespielt wurde: »Und heißt Conrad, Conrad, Conrad.« Sein Bruder saß in einem Stahlkäfig und fuhr durch den Regen; er verdiente pro Woche drei Pfund; Conrad saß an einem Schreibpult und spürte den Haß in seinem Rücken, in der Schule, im Büro; die kühle Anerkennung seiner Tüchtigkeit hinter der Glastür zum Zimmer des Schulleiters, des Firmendirektors; Conrad verdiente sechs Pfund in der Woche.

Sein Handrücken berührte die kalten Gitter des Polytechnikums von Battersea; Conrad Drover lief weiter, hin zu der Frau, die er mehr liebte als jede andere Frau. Er öffnete den Brief seines Bruders an seinem Schreibtisch und las voller Verzweiflung: »Habe Dienstag geheiratet«; es dauerte Wochen, bis er merkte, daß Milly ihn der Einfalt, Gelassenheit und Stärke seines Bruders gar nicht geraubt hatte.

Am Gitter warnte ein Schild. »Es ist verboten, mit Steinen gegen das Polytechnikum zu werfen.«

Keiner der beiden hatte je etwas für seinen Bruder tun können; sie hatten sich in der gemeinsamen Bewunderung für ihn und in der gemeinsamen Ohnmacht ihm gegenüber getroffen; sie saßen gewissermaßen in seinem Schatten weitab der Welt, die sie umbrandete und umtoste. Jetzt war er fort; nun war es ihre Aufgabe, stark zu sein. Im Gerichtssaal hatte Conrad den ganzen Tag über im Gebet gefleht, ihm möge Dummheit verliehen werden, auf daß er nicht erkennen müsse, was sich hinter den drei weißen Perücken, den seidenen Roben, dem Flüstern, dem Auf- und Niedersetzen versteckte: »Ich stelle anheim, Mylord, daß in Anbetracht des Falles Rex gegen Hindle...«; hinter dem Hüsteln und der völligen Teilnahmslosigkeit. Ein Kind rannte auf der Jagd nach einem Ball in ihn hinein; Conrad suchte an einem Gitter krampfhaft nach Halt. Beim Gedanken an Kay empfand er Verbitterung: »Der Direktor würde mich hinauswerfen. Bei dir ist das was anderes. Du hast Grips.« Falls ich je einen Sohn haben sollte, dachte er, dann werde ich dafür beten, daß er dumm zur Welt kommt.

Der älteste Richter legte den Kopf auf die Hand und sagte erschöpft: »Wir haben dem Herrn Strafverteidiger zeitlich die größtmöglichen Zugeständnisse gemacht. Er hat aber viel Zeit mit irrelevanten Dingen vertan.« Der Scharfsinn und die Findigkeit, mit der versucht wurde, den Angeklagten zu retten, schien ihn zu überraschen, aber ohne Leidenschaft und Engagement; Ankläger und Verteidiger nickten und dienerten und tauschten Komplimente aus; in der unterschiedlichen Deutung des Falls Rex gegen Hindle wurden sie ein einziges Mal bissig; aber nachher sah Conrad die beiden auf dem Flur Arm in Arm unterwegs zum Mittagessen. »Ich hatte natürlich keine Chance.« »Sie waren hervorragend. Ich habe doch gesehen, wie beeindruckt die Notare waren.« Und in Piccadilly, auf den Stufen zum Berkeley Hotel, hatte er später den dürren Mann mit dem gelbsüchtigen Gesicht sagen hören: »Ein Kinderwagen auf einem Taxi„ – und dann hatte er gelacht. Conrad Drover hatte ihn wiedererkannt. Am selben Tag, an dem über das Schicksal seines Bruders entschieden wurde, brachte der Stellvertretende Polizeipräsident es fertig, über einen blöden Witz zu lachen. Sein Bruder war einfach nur einer von vielen, die im Namen der Gerechtigkeit aufgeknüpft wurden. Der alte Richter sagte mit freundlicher Stimme: »Der Verteidiger hat mit größtem Geschick die Frage nach dem Motiv ins Spiel gebracht. Er hat nachzuweisen versucht, daß die Geschworenen fehlgeleitet wurden...« Gleich hinter Conrad hatte ein junger Anwalt gesagt: »Ich geh in die Verhandlung vom alten Symond rüber. Hier ist nichts Interessantes mehr zu erwarten. Wir treffen uns beim Essen im Saal.« Als die Tür aufging, konnte Conrad hören, wie draußen in der langen Passage gefegt wurde. Der alte Richter erklärte: »Wir sind zu dem Schluß gekommen, daß kein Grund vorgebracht wurde, um die Entscheidung der Geschworenen außer Kraft zu setzen.«

Sein Bruder lebte gegenüber den Gittern und Lorbeerbüschen des Polytechnikums in einer Kellerwohnung. Conrad senkte den Blick und sah den gelblichen Schein von der Küche her unter seinen Füßen. Die Stockwerke drüber verliefen dunkel in den Himmel. Das Haus stand da wie ein Denkmal über einem Grab, und ein Licht zeigte, daß im Grab jemand wachte. Er klingelte und wartete. Es war alles wie immer, bis hin zu den Fußschritten und dem Licht, das hinter der Tür erschien, ja, er ging sogar wie immer schweigend hinter Milly her über die Steintreppe nach unten zur Küche. Sie hatten sich nie viel zu sagen gehabt, aber, wahrhaftig, dachte er, als sie die Tür öffnete und ihn ins Leuchten der Gasflammen inmitten des sauberen, trocknenden Geschirrs hineinführte, wahrhaftig, es war das erste Mal, daß sie ganz allein waren. Man mußte nicht mit Milly allein sein, um sie mehr zu lieben als jede andere Frau. Sie war nicht schön. Sie war klein und blond und mager, und sie hatte zu große Hände und hohe, stark hervortretende Bakkenknochen und ein Gesicht, in dem alles zu großzügig war, um schön zu sein. Manche Frauen waren wie eine geprüfte Buchhaltung – alles war im ordentlichen Verhältnis in zwei parallele Spalten eingetragen, geprüft und für korrekt befunden, aber Millys Buchführung glich einer bankrotten Firma, da war nichts ausgeglichen; doch dieser mangelnde Ausgleich hatte etwas wahnsinnig Großzügiges an sich.

In der Küche gaben sie sich zur Begrüßung förmlich rasch einen Kuß – als wäre das ein unvermeidlicher Akt der Höflichkeit, bevor man sich Wichtigerem zuwandte. Er sah auf den Tisch beim Herd. »Du hast heute abend noch nichts gegesssen.«

Sie sagte: »Ich habe keinen Hunger«, und log: »Ich habe zum Tee viel gegessen.« Eine Täuschung sollte die Lüge nicht sein. Sie war als Hinweis gemeint, und so verstand er sie auch, daß alle Worte und Gesten zwischen ihnen die übliche, alte Bedeutung haben sollten. Gegen Gefühle war sie so schlecht geschützt und so hilflos, daß sie praktisch vor allem Angst hatte, was er tun könnte. Er sagte: »Laß mich ein bißchen Speck braten« und sie wagte nicht zu widersprechen. Während in der Pfanne der Speck brutzelte, begann er zu erzählen, und er erzählte alles so schnell, daß seine Worte fast unverständlich wurden. »Gestern hatten wir einen interessanten Fall. Verdacht auf Brandstiftung. Wir sind der Meinung, der Mann hat einen Teil seines Ladens selbst in Brand gelegt. Wir wollten seine Schadensersatzforderung schon anfechten, da hat er sie ganz überraschend zurückgezogen. Wir lassen die Sache damit auf sich beruhen. Er hat das Feuer auch selber gelöscht, die Sache ist also überhaupt nicht aktenkundig geworden. Der Mann heißt Bernay. Abgebrannt ist nur ein Raum, ziemlich viel Sachen sind verbrannt, noch mehr verdorben. Warum hat er also die Schadensersatzforderung zurückgezogen? Hat er befürchtet, wir könnten ihm die Brandstiftung nachweisen? Das glaubt unser Direktor nicht. Unser Direktor glaubt, der Schadenersatz sei dem Mann scheißegal; er habe das Zeug einfach nur loswerden wollen. Vielleicht war's Diebesgut, Hehlerware, und die Polizei hatte ihn schon im Auge, und er kriegte das spitz. Uns geht die Sache jedenfalls nichts mehr an.« Er blickte plötzlich ganz entsetzt auf und beobachtete sie über den Herd durch den dünnen Rauch, der vom spritzenden Fett hochstieg. Ohne daß sie ein Wort gesagt hätte, spürte er, daß ihre Gedanken um die Wörter Feuer, Polizei, Brand kreisten. »Nein«, sagte er. »Nein. Du mußt jetzt auf *dich* achten. Es gibt noch Hoffnung.« Die Worte waren Bündel von Granaten, die ihr entgegengeschleudert wurden.

»Du glaubst nicht dran.« Mit Qual und Anteilnahme musterte er ihr weißes, verzweifeltes Gesicht; ihre Schulter war von der Last fünf glücklicher Jahre leicht geneigt. Ihm wurde mit urplötzlicher Klarheit bewußt, daß Ungerechtigkeit nicht bloß einem alten, müden Richter vorbehalten war oder einem Polizisten, der in Piccadilly einen Witz machte; sie war Bestandteil des Menschen, so wie auch das Altern und unentrinnbare Krankheiten zum Körper gehörten. Gerechtigkeit war nichts Natürliches wie die Luft, die wir atmen; glücklich waren Menschen, die haßten und neideten und heirateten, weil ihnen das Geld oder andere praktische Vorteile brachte. Die konnte der Tod des Partners nicht treffen, er konnte nur Menschen weh tun, die liebten. Unerträglich das Gewicht solch glücklicher Jahre, der Tage im Park, der Nächte in den Kinos, in geteilten Betten, am gemeinsamen Tisch und im miteinander getragenen Leid.

Sie sagte: »Es würde mir nichts ausmachen, wenn er hier sterben würde. Ich könnte für ihn sorgen. Wir wären Tag und Nacht beisammen.« Sie überzeugte sich, wie glücklich sie mit ihm zusammen wäre, wenn er ein paar Stufen höher stürbe, und einen Moment lang leuchteten ihre Augen mit dem falschen Glanz eines Tagtraums, daß er wirklich im Schlafzimmer oben stürbe. Angesichts ihrer Verzweiflung geriet seine Liebe für den Bruder ins Schwanken. »Warum hat er das bloß getan?« schimpfte er.

»Der Polizist wollte mich schlagen«, sagte sie. »Alle waren erregt.« Sie begann am ganzen Körper zu zittern, als befände sie sich erneut inmitten der wütenden Menge nahe am Hyde Park Corner. Sie drängten über die Rotten Row, und dabei wirbelten sie Staub auf, der wie dünner Rauch aufstieg, und die Reiter, die ihnen entgegenkamen, wendeten die glänzenden, gestriegelten Pferde und trotteten hastig zurück, während die Menge sie anschrie und auslachte. An der Statue des Achilles schwenkte ein arbeitsloser Mann eine Fahne.

»Ich bin Kay begegnet. Sie war unterwegs zu einer Parteiversammlung. Die Partei muß etwas für ihn tun.«

Als berittene Polizei mit gezogenen Schlagstöcken von der Row aufzog, machte die Menge kehrt und rannte. Der Mann an der Achilles-Statue schlug mit seiner Fahnenstange auf zwei Polizisten ein, die ihn zu Boden rissen und ihm die Arme auf den Rücken drehten. Er schrie um Hilfe, aber die Menge war ganz damit beschäftigt, vor der Polizei zu fliehen, die sie im Keil zu den Ausgängen trieb. Die riesigen grünen Flächen des Parks waren mit schäbigen Menschen gesprenkelt, die davonrannten.

»Die werden nichts für ihn tun«, sagte Milly und zuckte noch einmal zurück, vor dem erhobenen Gummiknüppel und dem Schmerz, der nie kam. Der Polizist verblutete kniend, schreiend und keuchend auf dem Rasen, und die Menge war plötzlich ganz weit weg, und sie waren zu dritt mit dem Gras und einem Parkstuhl und in Katastrophenstimmung ganz allein. Das Gesicht des Polizisten war vor Tränen naß.

»Du mußt etwas essen. Sieh mal, der Speck ist gar.«

»Ich habe keinen Hunger.« Conrad zog einen Stuhl heran und zwang sie, sich hinzusetzen. Er nahm einen gewärmten Teller aus dem Ofen und legte den Speck drauf. Daß er sie zum Essen zwingen konnte, machte ihn beinahe glücklich.

»Kannst du denn nichts unternehmen, Conrad? Du bist doch so klug.« Bei ihr klang das nicht beleidigend wie bei Kay.

»Ich werde mich um dich kümmern, bis er zurückkommt. Du brauchst einen Mann im Haus.«

»Ich habe kein Zimmer für dich.«

»Ich werde mir hier auf dem Fußboden ein Bett zurechtmachen.«

»Also gut. Aber ich brauche niemand. Mir fehlt nichts.« Doch im nächsten Moment widersprach sie sich. »Kann ich denn selbst gar nichts tun? Sag mir doch, was ich tun kann.« Er zog einen Stuhl an den Tisch und setzte sich neben sie. »Mir wird schon was einfallen. Hab keine Angst.« Doch wie er mit dem Kopf in der Hand gestützt so tat, als dächte er nach, war ihm selbst ganz schwindlig vor Angst. Sie flehte ihn an. Sie bat ihn um Hilfe, und das einzige, was er gelernt hatte, um von Nutzen zu sein, war Addieren und Subtrahieren, Multiplizieren und Dividieren. Die ganze Firma hing von ihm ab, die Direktoren, die in ihren Autos vorgefahren kamen und im Sitzungssaal über dem grün bezogenen Tisch aufmerksam nickten, die Aktionäre, die aufsprangen und gereizt wissen wollten, was diese Zahl zu bedeuten habe, wieso jene Zahl in der Bilanz nicht erläutert sei; aber die Abhängigkeit eines einzigen Menschen machte ihn vor Angst schwindlig.

»Wenn er nicht da ist, habe ich Angst«, sagte sie. Jim hatte während der letzten fünf Jahre in der Küche immer im selben Sessel an immer derselben Stelle gesessen, und sie hatten miteinander geredet und gelacht und eigentlich kaum gemerkt, wie sehr seine heitere Stumpfsinnigkeit ihre Nerven und Klugheit beruhigt hatte. »Sag mir doch, was ich tun soll. Er hat immer gesagt, den Grips hättest du.«

Conrad fixierte die Zeitungen, die ausgebreitet auf dem Küchentisch lagen. Sein Geist nützte die Gelegenheit, der Aufgabe auszuweichen und wanderte quer über die Satzspalten und hängte sie hier und da an eine Überschrift: »Mr. MacDonald auf dem Weg nach Lossiemouth«; »Sind Sie versichert?«; »Erkennen Sie die Sterne.«

»Wir müssen es über Beziehungen versuchen. Alles läuft über Beziehungen«, erklärte er und dachte an die Brüder im Direktorium und den Neffen im Büro. Doch beim Gedanken daran, wie bedeutungslos er und Milly waren, sank ihm gleich wieder der Mut. Er hörte die Welt summen von den Stimmen von Generälen und Politikern, Bischöfen, Doktoren und Schuldirektoren, die alle genau wußten, was sie wollten und genau wußten, was alle anderen wollten: »Ich habe da einen Cousin, einen Onkel, einen Neffen, eine Nichte«, die Welt vibrierte und summte nur so vor lauter Drahtziehern. Inmitten dieser harten, selbstsicheren, kultivierten Gesichter ging Millys Gesicht unter. Er zählte nicht zu dieser Welt; die anderen von Armut, Schmerz und Katastrophen insultiert. Um Gerechtigkeit konnte man die nicht anflehen – für sie war Gerechtigkeit gleichbedeutend mit Gefängnis.

»Aber wie?«

»Lernen Sie die Sternzeichen erkennen«, las er. »Sind Sie versichert? Mr. MacDonald –«, ein Foto zeigte den Prinzen von Wales bei der Eröffnung eines neuen Arbeitslosenheimes; er war von Männern in Gehrock und Zylinder umgeben; am Rande des Bildes drängten sich Frauen in Pelzmänteln, die den Goldenen Schlüssel bestaunten. Auf einem anderen Foto trat ein Offizier mit seiner Braut durch ein Spalier gekreuzter Degen aus dem Eingang der Kirche von St. Margaret ins Licht der Öffentlichkeit. Auf derselben Seite schien eine Frau mit Kameebrosche in schäbiger Kleidung fehl am Platz: »Mrs. Coney, die Frau des ermordeten Polizisten.«

»Hast du das hier gesehen?«

Das Foto entriß sie einen Augenblick der Dumpfheit ihrer Verzweiflung. Ihr Glück war stets mit Tupfern von Groll und Argwohn durchschossen gewesen. Ihr mit Arbeit und Lohn zufriedener Mann war Kommunist gewesen, und nicht Milly, die außer mit seiner Liebe mit allem unzufrieden war und die ganze Welt da draußen mißtrauisch beäugte. Sie war nie überzeugt gewesen, daß sie in Ruhe gelassen würden, um sich aneinander freuen zu können. Millys Argwohn war eine Art von Selbstschutz gewesen, ein Appell an andere Leute, sie »in Ruhe zu lassen«. Mit einem Blick auf das Foto sagte sie jetzt im üblichen Tonfall übertriebener Abneigung: »Sie erinnert mich an – Sie sieht aus wie –«, aber sie war ihrer einzigen Waffe beraubt, die Frau, diese feindselige Unbekannte, die aus dem Foto trostlos in die warme, saubere Küche hineinstierte, erinnerte sie an rein gar nichts – nur an den Polizisten auf den Knien, der im Park aus Angst und vor Schmerzen weinte.

»Geh sie besuchen«, sagte Conrad. »Wenn *sie* die Petition unterschreiben würde – das würde in allen Zeitungen stehen. Das würde etwas bewirken.« Das Foto schien neben den Berühmtheiten plötzlich gar nicht mehr deplaziert; auch Mrs. Coney war einflußreich.

»Das würde sie nie tun.«

»Geh morgen gleich hin und versuch's. Ich weiß ja, wie schwer es dir fallen wird, sie anzubetteln –«

»Das wird mir nicht schwerfallen«, sagte Milly. »Das habe ich nicht gemeint. Ich habe überlegt, was ich tun würde. Wenn Jim umgebracht worden wäre und diese Frau da, diese Coney, die aussieht wie eine ausgehungerte Ratte, würde zu mir kommen und mich bitten, ihr zu helfen.« Conrad betrachtete sie zufrieden; er hatte etwas gefunden, was sie tun konnte; sie war nicht mehr verzweifelt; sie war wieder ganz die alte; sie war wieder gehässig. »Na also«, sagte er, »und was würdest du an ihrer Stelle tun?«

»Ich würde ihr das Haar ausreißen und das Gesicht zerkratzen wollen«, sagte Milly, »aber, ehrlich, weiß du, ich glaube – ich würde die Petition wohl unterschreiben. Man kann Geschehenes doch nicht ungeschehen machen, oder?« Aber die Redewendung, die unzählige Male gebraucht worden war – wenn Milch verschüttet, Glas zerbrochen, ein Kuchen angebrannt war, klang mit einem Mal hoch. Wie eine hohe Mauer trennten sie fünf glückliche Jahre von dem, was jetzt war. Was auf der anderen Seite lag, war nur Erinnerung. Es kostete Anstrengung, sich an die Einzelheiten ereignisloser Abende zu erinnern. Sie würden sich nie mehr wiederholen. »Denk nach. Was könnten wir sonst noch tun? Denk nach. Denk!«

Conrad dachte. Aber das einzige, was ihm einfiel, war der Gedanke an die letzte Begegnung mit dem Bruder, an einem Ort von der Größe einer Telefonzelle, wo man sich nicht gleichzeitig sprechen und sehen konnte. Ein Blick durch die Glasscheibe. Ein Wort durch die Leitung. Conrad streckte die Hand über Mrs. Coneys Gesichtszüge und sagte: »Eins müssen wir uns klarmachen.« Sein Bruder hatte ihn gefragt: »Wie geht es Milly? Kümmere dich um Milly.« Es gab da etwas, das Milly bestimmt nicht bedacht hatte; darauf wäre sie mit ihrer stillen Art, ihrem großzügigen Wesen, ihrer Gehässigkeit nie gekommen; das entsprach ihm, seiner Klugheit, seiner Fähigkeit zu addieren und zu subtrahieren, zu bilanzieren und für die doppelte Buchführung. »Wir sollten bedenken – wenn er begnadigt wird, muß er achtzehn Jahre im Gefängnis verbringen. Er ist jetzt achtunddreißig. Wenn er herauskommt, wäre er sechsundfünfzig – und du fünfundvierzig.«

Sie überrumpelte ihn. »Ich habe dran gedacht. Aber sicher hab ich daran gedacht. Nur was nützt so ein Denken? Er würde doch lieber leben als sterben. Ich werde morgen zu ihr hingehen.« Das lange Schweigen, das diesem Widerspruch folgte, zeigte jedoch, daß sie daran nicht gedacht hatte. Der Gedanke an das, was ihr entgehen würde, überkam sie abrupt, ohne Vorbereitung; sie spürte ihn wie ein Welken der Haut, diesen Tod ihres geschlechtlichen Lebens. Wenn er aus dem Gefängnis käme, wären Leidenschaft und Lebensspaß ihr vergangen. »Von einem Mann im Gefängnis kann man sich nicht scheiden lassen«, erklärte Conrad. Er hatte Angst, daß sie wütend werden konnte; sie war nur erstaunt. »Ich würde mich nie von ihm scheiden lassen. Wir lieben uns.«

»Selbstverständlich«, sagte er. »Das kann ich verstehen. Ich liebe ihn auch. Mehr als jeden Menschen sonst. Ich liebe ihn noch mehr als ich dich liebe.«

»Du hast keinen Grund, mich zu lieben.« Er hätte ihr gern erklärt, daß er dazu den gleichen Grund hatte wie sein Bruder; er hätte ihr gerne beschrieben, wie er sie sah – ihr feines, blondes Haar, die hohen Backenknochen, den großen Mund und die großen Hände und den schlanken Körper; den Mut ihrer Gehässigkeit und die Treue ihrer Verzweiflung. »Dazu hast du keinen Grund«, sagte sie noch einmal. »Wir haben über dich gelacht. Kay und ich. Ach«, sagte sie mit einem tiefen Seufzer über das Glück der lästerlichen Vergangenheit, »wenn du wüßtest, wie oft ich dich eine alte Vettel genannt habe. Du mit deinem bleichen Gesicht und deinen nervösen Zuckungen. Und jetzt«, fuhr sie mit einem unwillkürlichen Lächeln fort, »bist du besser als ein Haus ohne Mann. Nach fünf Jahren Ehe kommt's einem komisch vor, allein im Haus zu sein, nur mit einer jungen Frau. Und dann«, sagte sie großherzig, »bist du's, der Grips hat.«

»Davon hält Kay nicht viel.«

»Ach, was Kay denkt, muß dich nicht kratzen. Kay will von einem Mann immer nur eins, und das ist kein Grips.«

»Ich werde morgen abend kommen«, sagte Conrad. Sie stand vom Tisch auf und kam und setzte sich ganz dicht neben ihn auf die Tischkante. »Du solltest nach Hause ins Bett«, sagte sie. »Du siehst ja todmüde aus. Du hast viel zuviel gearbeitet. Es war lieb, daß du herkamst. Bei dem Gedanken an meine Aufgabe morgen fühl ich mich schon viel besser. Ich wüßte nicht, wie sie nein sagen könnte.«

»Du solltest dir keine zu großen Hoffnungen machen.«

Milly sagte mit einem Aufblitzen von Wut: »Du erwartest immer zu wenig. Sieh dich mal an – du siehst aus, als ob sie dich rausgeschmissen hätten, und in Wahrheit bist du Büroleiter und kriegst sechs Pfund die

Woche. Warum machst du dir nicht jeden Tag klar: Ich hab Erfolg. Ich hab Erfolg? Wenn ich dich einen Monat lang hier hätte, würdest du anders aus der Wäsche schaun.«

»So? Wie denn? Sag's mir.« Er lehnte sich beim Gedanken an ihre Gesellschaft mit einem albernen, unsicheren Lächeln nach hinten.

»Ich würde dir Porridge zu essen geben. Ich würde dafür sorgen, daß du viel schläfst. Du bist ja völlig mit den Nerven runter. Streck mal die Hand aus. Sieh mal, wie die zittert! Du könntest ja nicht mal richtig mit einer Pistole umgehn. Du, wenn ich dich einen Monat lang hier hätte, würd ich einen richtigen Mann aus dir machen. Es geht dir ja jetzt schon besser. Guck mal – du lächelst ja. Du bist bereits anders.«

»Du bist anders. Ich hab dich noch nie so viel reden gehört.«

»Bisher hab ich nie reden müssen«, sagte sie. In ihrem Gesicht flatterten Ausgelassenheit und Vergessen wie ein Stückchen Papier im Wind; es schwebte auf einer Luftströmung einen Moment lang oben in der Luft und stürzte dann im Abwind des Elends zu Boden. »Ich kann doch bloß reden, reden, reden. Sonst kann ich nichts tun.«

»Du bist genauso mit den Nerven runter wie ich.« Er faßte sie an den Händen und sagte: »Hilf mir – ich helfe dir. Red mit mir wie vorhin, und ich werde, ich werde –«

»Was kannst du schon tun? Niemand kann helfen. Diese Frau da wird uns auch nicht helfen können. Keiner. Sie haben ihn und werden ihn nicht wieder loslassen. Es paßt niemand, wenn Menschen glücklich sind. Wären wir nicht so glücklich gewesen, dann säße er jetzt nicht dort. Dann hätte er den Mann nicht niedergestochen. Dann wärn wir beisammen. Ich hab nie glücklich sein wollen. Davor habe ich immer Angst gehabt.«

»Mir wird was einfallen«, sagte Conrad.

*

Sie dachte mit Dankbarkeit an sein Versprechen, ging dann aber die Steinstufen zu ihrem Schlafzimmer im Erdgeschoß ohne ein ganz besonderes Gefühl der Hoffnung nach oben. Ihr schien das ganze Haus, auch die höheren Stockwerke, die sie nicht kannte, zugig und leer. Sie war die einzige Bewohnerin des Hauses – seit sechs Wochen; seit die alte Frau mit dem Schnurrbart in einem Zweisitzer mit einem jungen Mann am Steuer auf und davon war – auf dem Klappsitz und dem heruntergelassenen Verdeck türmten sich ein Bettgestell, zwei Stühle und ein Frisiertisch. Einen Tag später waren die Gerichtsvollzieher erschienen und Stufe für Stufe schwere Möbelstücke heruntergelassen worden, so daß ihre Schlafzimmerwände bebten und von der Decke im Kellergeschoß der Verputz herabrieselte.

Milly zog sich aus, den Schlafrock an und begann sich das Haar zu bürsten. Draußen knarrte die Haustür im Wind; der Luftzug bewegte die Fußmatte. Jeder hätte reinkommen können, weil das Schloß kaputt war, und sie wunderte sich, daß sie Conrad nicht gebeten hatte, bei ihr zu bleiben. Und schon wieder war sie über die Veränderung verblüfft – darüber, daß sie sich auf Conrad verließ. Solange Jim da gewesen war, hatte er irgendwie für sie nicht wirklich existiert, hatte er nur eine Eigenschaft dargestellt, an der es Jim fehlte, die Kraft des Verstandes, Nervosität. Jetzt war er ein Mann im Haus, ein Tropfen Mitmenschlichkeit, der die gähnende Leere des Hauses nicht gar so groß machte. Sie war in vielen Nächten – wenn Kay ausgegangen war und Jim Nachtschicht hatte – stundenlang mit knarrenden Türen und vom Winde bewegten Matten allein gewesen, aber das war ihr egal gewesen, sie hatte im Bett gelegen, ins Dunkle geschaut und immer an ihr Glück gedacht – sie wußte doch, es würde nicht ewig dauern. Die Thermosflasche mit heißem Tee und der Sandwichteller in der Küche hatten ihr als Gesellschaft vollauf gereicht.

Über ihr quietschte eine Bohle, und die Matte flatterte. Sie dachte: Bald wird Kay heimkommen. Was hat sie bloß die ganze Zeit gemacht? Wird man Jim helfen? Aber sie glaubte nicht daran – sie sah wieder die Grünfläche des Parks und die wegrennenden Männer vor sich. Sie drehte sich um, vom Spiegel zum leeren Bett, ging aber nicht zu Bett. Sie beäugte es mit traurigem Widerwillen – die aufgeschlagene weiße Bettdecke, die beiden Kopfkissen. Sie kannte es kaum wieder. Es war so leer wie das ganze Haus und kalt wie der Windzug unter Türen. Er müßte drinliegen – von der Fahrerei den ganzen Tag über erschöpft, doch wieder lebendig, wenn sie sich zu ihm legte. Neben ihm im Bett hatte sie sich stets in Sicherheit gefühlt – sie spürte die Form seiner Knochen wie eine starke Mauer. Jetzt war das Bett die Landkarte eines unbekannten Kontinents, ein leerer Raum, der viele Jahre hindurch erforscht zu werden wartete, und sie dachte wieder wie betäubt: »Wenn er davonkommt, werde ich fünfundvierzig sein.« Die Leere der Stockwerke über ihr drückte von neuem auf sie herab wie die Leere der vor ihr liegenden Jahre. »Er würde bestimmt lieber leben als sterben«, dachte sie, aber sicher war sie sich nicht. Sie hatte immer gewußt, was er wollte – wenn sie beisammen, wenn sie in anderen Zimmern waren, wenn sie zu Hause und er im Busdepot war: die Gedanken seines schwerfälligen Geistes waren in ihrem Kopf immer aufgeblitzt. Weil sie sich jetzt aber seine Umgebung nicht vorstellen konnte und nicht wissen konnte, ob er nun wachte oder schlief, war die Verständigung gestört. Obwohl sie sich liebten, waren sie bewußtseinsmäßig wie zwei Länder im Kriegszustand, wenn die Telefondrähte herunter- und die Schienenstränge aufgerissen sind.

Die Tür quietschte schon wieder. Sie saß auf der Bettkante und dachte: Wenn Kay nur endlich nach Hause käme! Sie fand den Gedanken an die leeren Stockwerke über ihr allmählich kaum mehr zu ertragen. Staub, zerbrochene Fensterrahmen, die huschenden Mäuse hinter den Fußleisten – ihr war sogar wohler gewesen, als die seltsame alte Frau mit dem Schnurrbart oben gewohnt hatte. Auch der mußte es erbärmlich gegangen sein in ihrer Angst vor dem Gerichtsvollzieher, in ihrer Absicht, samt ihrem Bettgestell, den zwei Stühlen und dem Frisiertisch heimlich zu verschwinden, und vor einem Jahr erst, bevor es Milly für notwendig hielt, die leeren Räume mit menschlichem Leben zu füllen, hatte unterm Dach eine Mutter mit ihren sechs Kindern in zwei Zimmern gelebt. Jetzt hätte sie sich über das nächtliche Schreien und Weinen, über den Lärm auf den Stiegen, das wie ein blubbernder Pudding auf dem Herd unentwegt brodelnde Leben gefreut.

Sie sagte ganz laut: »Ich halte das nicht mehr aus«, und rannte plötzlich zur Tür. Es war, als ob die eigenen Fußspuren auf den staubigen Bohlen die Räume weniger leer wirken ließen, als ob sie sie mit Stückchen und Splittern vom eigenen Unglücklichsein bevölkern könnte. Im Treppenhaus war das elektrische Licht abgeschaltet, waren die Glühbirnen gestohlen worden. Sie tastete sich hoch, Stufe um Stufe; die Haut wurde ihr vor Kälte steif. Wenn eine Bohle knarrte, wurde ihr nicht angst. Ein Landstreicher hätte die Nacht mühelos im ungenutzten Treppenhaus verbringen können, aber sie wäre auch nicht zusammengezuckt, wenn ihr Hand auf ein Gesicht gestoßen wäre. Was ihr solchen Mut gab, konnte sie sich selbst nicht erklären – mochte es daran liegen, daß der Tod für sie nichts mehr an sich hatte, wovor sie zurückschrecken müßte, oder lag es daran, daß der Gedanke, ermordet zu werden, sie nicht länger entsetzte, weil ihr Mann ein Mörder war? Die Stiegen waren jedoch so leer wie die Zimmer, die sie durchwanderte und die vom Mondschein, das durch die Scheiben ohne Vorhänge fiel, in blaue, kalte, schäbige Gevierte verwandelt wurden – wie die abgeschmolzenen Eisblöcke beim Fischhändler. Im Kamin eines Zimmers fand sie ein Büschel ausgekämmter Haare, so groß wie ein Babykopf, und auf dem Fußboden eines anderen Zimmers eine unbezahlte Rechnung für ein Korsett. Sie stieg bis unter das Dach in die beiden Zimmer, wo es nur noch nach abgestandener Luft roch und, wie ein Bündel von brauner Strickwolle, eine tote Fledermaus lag. Sie mußte von oben durch den Kamin hereingekommen sein und den Weg ins Freie nicht zurückgefunden haben.

Unten ging eine Tür auf und zu, und Milly schleifte auf dem Weg nach unten den Schlafrock über die nackten Stufen hinter sich her. Auf dem Treppenabsatz im ersten Stock wehte ihr eine Parfümwolke entgegen, und sie sah Kay im Lichtschein ihres Schlafzimmers die Handschuhe abstreifen. Milly empfand Scheu gegenüber der jüngeren Schwester. Sie selbst stand am Rand der Einsamkeit mit der Leere der verlassenen Zimmer in ihren blauen, betretenen Augen, während Kay von draußen eine Welt von Männern mit sich hereinbrachte. Vor Kay fühlte sich Milly unerfahren und dümmlich naiv.

»Was ist, Milly? Was machst du da oben?«

»Ich hab nicht schlafen können. Bist du auf der Versammlung gewesen?«

»Ja.«

»Werden sie irgend etwas unternehmen?«

»Die Petition ist von allen unterschrieben.« Milly kam die Treppe herunter und in ihr Zimmer und setzte sich aufs Bett. »Aber«, rief Kay über den Flur, »das ist nicht alles. Mr. Surrogate wird was tun. Er wird seine Beziehungen einsetzen. Eine Dame, die er kennt.«

Milly zog den Schlafrock aus, drehte das Licht aus und ging zu Bett. Über den Flur schien das Licht aus Kays Zimmer zu ihr herüber. »Ich bin mit ihm nach Hause gegangen«, sagte Kay. »Hat der eine schöne Wohnung. Seine Frau ist tot, von ihr gibt's dort ein herrliches Bild. Ich hab gedacht, er wollte mit mir ins Bett, hat er aber nicht getan. Er hat nur geredet. Über Ehe und Geburtenkontrolle. Wie in einer Familienberatungsstelle. Morgen abend treffe ich ihn wieder, dann werden die Funken fliegen.«

Die Tür knarrte, die Matte bewegte sich, Kay redete. Der Wind pirschte durch Battersea und hinterließ eine feuchte Stelle auf der Fensterscheibe. »Es hat geregnet, und er hat mich den ganzen weiten Weg mit dem Taxi heimgeschickt.« Milly dachte: Ich werde fünfundvierzig sein, und in der wirren Verzweiflung dieser Vorstellung schlief sie für einen Moment ein. »Morgen abend!« sagte Kay und bürstete sich hundertmal das Haar. Milly träumte mit einem Zittern aus Angst und Lust, daß Jim sie mit seinem Körper zudeckte, und sofort war sie still und glücklich und tief befriedigt. Doch im nächsten Augenblick schrak sie auf – weil ihr Conrads zitternde Hand in den Sinn kam. Da könnte eine Frau genausogut ein Blatt heiraten, dachte sie mit stolzer Häme; denn Jim war stark wie eine Mauer, selbst seine Dummheit hatte noch Kraft und Stärke. Aber dann erinnerte sie sich an den Park, das Gefängnis, den Richter und war wütend über seine Dummheit und Stärke. Sie erinnerte sich an die leeren Zimmer, an das Büschel ausgekämmter Haare, die unbezahlte Rechnung und die tote Fledermaus. Was nützt mir deine Liebe, wenn du mir das antust?

Kay sagte: »Er hat ein ganz, ganz süßes rosa Schlafzimmer.« Sie saß mit der Stirn fast gegen das Glas des Spiegels und hörte, wie jede Nacht, das Stampfen der Maschinen, das Rattern der herausfallenden Schachteln.

*

»Lassen Sie mich hier aussteigen«, sagte der Commissioner an der Ecke zur Great College Street, und als ihm die Hand des Sekretärs auf das Knie fiel, wurde er auf altväterlich irritierte Art steif. »Nicht vergessen«, sagte der Sekretär, »der alte Beale verläßt sich auf Sie.« Seit sie das Gefängnis verlassen hatten, war er immer familiärer geworden; daß er jetzt vom »alten Beale«, und nicht vom »Herrn Minister« sprach, verriet das Ausmaß der Anbiederung. Der Commissioner fragte sich – ohne jegliches Selbstvertrauen –, was er tun sollte, wenn der junge Mann auch ihn einfach mit Namen, ohne seinen Rang, anreden würde. Er war solch plötzliche Vertraulichkeiten nicht gewohnt; er kam aus einer Umgebung, in der ihn die vielen Neffen und Untergebenen mit »Sir« anredeten. Er erwiderte, so rasch er konnte: »Selbstverständlich. Ich – ehm – bin nicht vergeßlich«, und entfloh auf die Straße. So unbehaglich hatte er sich noch nie gefühlt, und es brauchte die ganze alte Westminster Street mit ihrer spärlichen Beleuchtung, ihren abgetragenen ehrbaren Fassaden und der Aura ihrer Salons von adligen Witwen, um seine Fassung zurückzugewinnen. Hinter den hohen Fenstern der oberen Stockwerke erzählten alte Damen in Seide alten Herren mit weißen Schnurrbärten, deren Interesse am Rennsport den ekstatischen Augenblick des Zieleinlaufs von Persimmon nie überlebte, von ihrer Begegnung mit Mr. Browning in Florenz. Gut sechs Meter unter ihren Fenstern schritt die gepflegte Altherrengestalt mit dem gelben Gesicht, in Gedanken bei Flossie Matthews, die auf Streatham Common vergewaltigt worden war.

Das Licht in seiner Wohnung verriet, daß Mrs. Simpson dort auf ihn wartete. Er hatte ein leichtes Abendessen für sechs Uhr bestellt, damit er ohne Unterbrechung an den Berichten über die Fälle von Streatham und Paddington arbeiten konnte. Der Commissioner schaute vor dem Betreten des Eingangs über die Schulter zurück. Es war pure Gewohnheit; im Fernen Osten war es notwendig, die Straße hinter sich stets im Blick zu behalten; es war überlebenswichtig. Er machte die Tür zu seiner Wohnung auf, und schon entfloh das blasse, hellhäutige Gesicht des Sekretärs seinem Bewußtsein; er war vom tröstlichen angehäuften Mist seines ganzen Lebens umgeben – den Eingeborenen-Waffen, den Pfeifenständern, den geschnitzten Kürbisflaschen, den gravierten Tabakdosen und Mrs. Simpson mit Doppelknoten aus grauem Haar und ihrer verärgerten Ergebenheit. Ihr kleines Faltengesicht war von der Größe eines Schrumpfkopfes der Kopfjäger. Er hatte die Tür noch nicht hinter sich geschlossen, als ihr Jammern begann: »Eine halbe Stunde Verspätung. Ich hab' schon gemeint, Sie kommen überhaupt nicht mehr heim. Sie haben um ein frühzeitiges Abendessen gebeten.«

Die Mühe, Mrs. Simpson zu antworten, machte er sich nie. Sie kannten sich genau. Sie redete gern. Und er blieb gern still.

»Das Abendessen ist Ihnen ja sowieso schon verdorben.„

Er folgte ihr ins Eßzimmer und bemerkte die Notiz auf dem Telefonblock sofort. »Bitte Superintendent Crosse anrufen.«

»Er rief vor zwanzig Minuten an. Er hat Sie im Hotel zu erreichen versucht, Sie seien aber schon fort gewesen, hat er gesagt. Ich habe ihm gesagt, ich hätte keine Ahnung, wo Sie sich herumtrieben.«

»Bitte Central 2375.«

»Ich fände es wirklich bedauerlich, habe ich ihm gesagt. Ich habe ihm gesagt, er hat früh zu abend essen wollen, und jetzt verderben Sie ihm die Mahlzeit.«

»Sind Sie das, Crosse?«

Mrs. Simpson rauschte aus dem Zimmer und schlug die Tür zu.

Der Commissioner lauschte schweigend ein Weilchen der mürrisch-argwöhnischen Stimme, die ihm mitteilte, der Mörder von Mrs. Janet Crowle sei bekannt. Er erfuhr es von dem kleinen, schrecklich diskreten Tabakwarenhändler, der »am ganzen Leibe zitternd« um halb sechs Uhr beim Yard hereingeschneit war. Es war erstaunlich, wie oft man bei einem Fall bis zur letzten Minute wie vor einer Mauer stand, und dann wurde die Flut von Informationen mit einem Mal schon fast peinlich. Crosse hatte das Verhör des Tabakwarenhändlers noch nicht beendet, da meldete sich bei ihm die Wäscherei, und zehn Minuten später erzählte auf dem Revier in Euston eine verschreckte Hausmeisterin ihre Geschichte.

»Sie werden ihn heute abend einlochen?«

»Ja. Sie sagt, er ist den ganzen Abend zu Hause. Er besitzt einen Armee-Revolver.«

»Was haben Sie veranlaßt?«

»Ich laß das Haus von zwei Männern bewachen. Ich will keinen Ärger mit Schießereien. Die Hausmeisterin läßt uns unauffällig hinein, und wir schnappen ihn, bevor er zu seiner Kanone greifen kann. In einer halben Stunde fahren wir los.«

Der Commissioner sah auf die Armbanduhr. »Ich bin in zwanzig Minuten da.«

»Das ist völlig unnötig, Sir«, sagte die Stimme noch mißtrauischer.

»Keine Sorge. Das Kommando haben Sie. Ich möchte nur sehen, wie so etwas hier gemacht wird. Man muß doch – ehm – die Tricks kennenlernen. Was haben Sie gesagt?«

»Nichts, Sir.«

»Ach, übrigens, Crosse. Würden Sie das bitte sofort erledigen? Es betrifft Drover. Der Minister möchte die öffentliche Wirkung einer Begnadigung geschätzt haben. Veranlassen Sie, daß man sich auf den Revieren mal umhört. Unauffällig. Senden Sie die Berichte vertraulich. Für Fehler wird niemand – ehm – verantwortlich gemacht werden. Sie könnten möglicherweise etwas über Journalisten erfahren. Tun Sie, was Sie können. Das überlasse ich Ihnen, nur schicken Sie mir die – ehm – Berichte. Fangen Sie gleich an. Wir haben nur ein paar Tage Zeit.«

Der Commissioner legte auf. Er wußte recht gut, was Crosse jetzt sagte, wie seine Beschwerden, seine Kritik jetzt durch die engen Korridore von einem der kleinen Glaswartezimmer ins nächste weiterwanderten. »Wißt ihr das Neuste? Wiß ihr, was er jetzt anstellt? Mischt sich ein. Steckt seine Finger in alles. Kann keinen bei der Arbeit in Ruhe lassen.« Die Bewegung weg vom Telefon war zu schnell gewesen, und er mußte sich mit leicht gesenktem Kopf einen Augenblick an der Tischkante festhalten. Ihm war nach jeder raschen Bewegung schwindlig. Ihm fehlte nichts; es war das Alter. Nach sechsundfünfzig Jahren konnte in der Welt jedem schwindlig werden.

Die Kürbisflaschen, Pfeifenständer und Eingeborenen-Waffen hörten bald auf sich zu drehen, der Commissioner spürte jedoch eine seltsame Unlust, die Wohnung zu verlassen und zum Yard zurückzukehren. »Mischt sich ein. Steckt die Finger in alles rein.« Sechs Monate fortwährender Kritik und Obstruktion hatten ihn nervlich mitgenommen. Im Fernen Osten hatte er sich immer eingemischt; es war von ihm erwartet worden; sie hatten seinen Rat gebraucht. Die Dreijahresperioden der Dienstzeit im Fernen Osten erlaubten es niemand, sich festzubeißen, aber die kleinen Glasräume zu beiden Seiten der Flure in Scotland Yard waren wie tiefe Unterstände in einem verwickelten Schützengrabensystem. Er konnte nicht eine Frage stellen, ohne irgend einen Inspektor in seiner Selbstachtung zu treffen. Sie konnten nicht verstehen, warum er so vorging. Er stellte für sie keine Gefahr dar; er war nicht beauftragt worden, im Yard »aufzuräumen«; ihm war Arbeit übertragen worden, und er wollte nur lernen, seine Arbeit richtig zu machen. Er öffnete die Tür des Eßzimmers und sagte Mrs. Simpson in der Küche leicht erschöpft: »Also, ich brauche – ehm – nicht, nicht, ich meine – ehm – ich gehe aus.«

»Und was ist mit dem Essen? Da racker ich mich ab, mach Überstunden, wenn ich dringend zu Hause gebraucht würde, und was krieg ich als Dank…«

»Essen Sie es selber, Mrs. Simpson.«

Sie stürzte – klein, grau, wutentbrannt – aus der Küche hervor, während sie sich die Hände noch an der Schürze sauber wischte. Hinter ihr waberte Dampf, roch es nach anbrennendem Essen. Mrs. Simpson war keine gute Köchin, aber der Commissioner merkte nicht, was er aß. Er aß mit zur Seite gewandtem Kopf und dem Blick auf die Zeitung oder einen Polizeibericht; wenn er gelegentlich einmal bemerkte, das sei eine gute Mahlzeit gewesen, so wollte er damit sagen, daß ihm der Rapport oder die Zeitung Freude gemacht hatte.

»Gute Nacht, Mrs. Simpson.« Doch ihre Wut und ihre Treue ließen ihn mit der Hand am Türgriff verharren; er konnte ihr nicht den Rücken kehren, bevor sie sich's von der Seele geredet hatte. Sie war alt und verdorrt, unvernünftig und maßlos in ihrem Zorn, doch er sah auch etwas, das sie mit ihm gemeinsam hatte; man mochte diese Qualität ganz vage als Liebe umschreiben, als Sturheit, als Einsamkeit oder gar als Verzweiflung. Je einsamer man war, desto stärker klammerte man sich an die Arbeit, das einzige, das ganz bestimmt richtig war, der einzige menschliche Wert, der bei allen Regierungswechseln und Sinnesänderungen seine Gültigkeit behielt. »Diese Mörder«, sagte Mrs. Simpson haßerfüllt, »die machen mich rasend. Hängen will ich sie sehen. Erledigt. Dieser Drover!« Sie bebte in den Küchenschwaden unter der Last ihrer Jahre, und der Tod ließ ihren Haß blind werden und ins Unangemessene wachsen. »Das schöne Essen. Was für 'ne Verschwendung!«

Im Yard stellte er fest, daß seine Anordnungen bereits ausgeführt worden waren. Sie waren darauf bedacht, ihm nie Anlaß zu berechtigtem Tadel zu geben; sie führten seine Befehle so stramm durch wie sie das bei einem Mann, den sie mochten, nie und nimmer getan hätten. Da hätten beide Seiten schon fünfmal gerade sein lassen, da hätte es hie und da verzeihliche Nachlässigkeiten gegeben, bei ihm aber paßten sie auf, daß nur sie selbst Grund zur Klage hatten – seine Einmischung. Alle Polizeireviere waren über seine Instruktionen in puncto Drover bereits informiert. Der Tabakwarenhändler war sogar im Yard festgehalten worden – für den Fall, daß der Commissioner ihn zu sehen wünschte, und über die Entwicklungen im Mordfall von Paddington lag bereits ein sorgfältiger Bericht auf seinem Schreibtisch. Er versuchte, die Wand aus Höflichkeit und Mißbilligung zu durchbrechen – umsonst. »Ich werde mich nicht damit abgeben, das zu lesen, Crosse. Das ist Ihre Aufgabe. Heute abend bin ich Ihr, Ihr – ehm – Untergebener. Ich möchte bloß – möchte bloß etwas lernen.« Das Gesicht von Superintendent Crosse blieb so ausdruckslos wie eine weißgetünchte Wand.

Sie packten sich in einen einzigen Wagen. Über den Restaurants und den Cafés und den Pubs der St. Martin's Lane balancierte der hellerleuchtete große Globus des Coliseums. Um den Trafalgar Square zogen endlos im Kreise die Busse – wie Zirkuspferde. Das schrille Quieken der Sirene des Wolseley drang durch einen Verkehrsstau. Autobremsen kreischten, ein Polizist hob den Arm, und schon waren sie in die Charing Cross Road ausgefädelt, die vorübergehend ohne Verkehr war. Die Huren strömten den Bürgersteig herunter und auf der anderen Seite wieder hoch; das Schaufenster eines Musikladens war voll mit platten Latinovisagen auf Schlagernoten, drinnen spielte ein Verkäufer mit leidenschaftlicher Melancholie »My Baby Don't Care«. Reihenweise kiekten die Männer in Peepshows, und »A Night in Paris« und »What the Butler Saw« und »For Women Only« rauschte und jaulte und knallte es ihnen im Ohr. In einer Schießbude schoß irgendwer mit einer Flinte um Zigarettenpäckchen und Porzellanvasen.

»Haben Sie eine Waffe bei sich, Sir?« fragte Crosse.

»Ich besitze keine«, sagte der Commissioner.

Am St. Giles's Circus fegte ein Windstoß den Regen gegen die Scheiben, und beim Lyons Corner House lüftete er die Plakate eines Zeitungsverkäufers, so daß der Commissioner, als sie hinter einem Bus festsaßen, in Kürze ein Resümee der Abendnachrichten erhaschte, weil ein Plakat nach dem anderen aufflatterte: »Heim nach Lossiemouth«, »Die 3.30-Uhr-Wettergebnisse«, »Versichert?«, »Berufung verworfen«, »Sieger im Mittagsrennen« und dann wieder zusammenfiel – wie alte Nachrichten, die die Zeit unter sich begräbt.

»Sie hätten eine Pistole nehmen sollen, Sir.«

Bei der U-Bahn-Station Goodge Street bog der Wagen links ab und dann wieder nach rechts die Charlotte Street hoch.

»Bisher habe ich nie eine nötig gehabt.«

Der Superintendent schluckte. Er wollte etwas Abfälliges äußern, irgend etwas, das den Fernen Osten mit seinen Dschungeln in der Gefahrenrangliste auf den angemessenen Platz verwies. »Er hat eine, Sir.«

»Er wird nicht den Mut haben, sie einzusetzen«, sagte der Commissioner. Er hatte mit einem Spazierstock in der Hand über dreißig Kilometer Dschungel durchquert und würde doch im Umkreis von drei Kilometern von Scotland Yard jetzt nicht mit einem Revolver herumlaufen. Er glaubte nicht daran, daß der Mann, der Mrs. Janet Crowle ermordet, der ihre Leiche zersägt und in einem Koffer bei der Gepäckaufbewahrung der Paddington Station aufgegeben hatte, mutiger war als der Mörder, der, um einer Gefangennahme zu entgehen, die eigene Hütte in Brand gesteckt hatte und in den Flammen gestorben war. Wenn man gegen solche Männer mit einem Spazierstock auskam, kam man in London ohne Waffe aus.

Der Wagen schoß kurz über die Euston Road, schoß seine schrille Warnung an den Möbelgeschäften, Radioläden und Stundenhotels vorbei zum Wachtmeister im Streifendienst und kurvte dann wieder von der grell erleuchteten Straße weg zurück in die Dunkelheit. Aus einem Tabakwarenladen trat ein Mann hervor und winkte, und der Wagen glitt an die Bordsteinkante und hielt. Hinter ihnen flimmerte und rumorte die Euston Road, und doch sprach hier keiner ein Wort, rührte sich keiner außer dem Mann, der die Tür des Wagens zu öffnen suchte. Crosse half ihm von innen, lehnte sich hinaus und fragte leise: »Nun?«

»Er geht aus«, sagte der Mann. »Er hat die Hauswirtin um heißes Wasser und ein sauberes Handtuch gebeten. Sie hat ihm gesagt, sie müsse erst einen Kessel aufsetzen, ist nach unten geschlüpft und hat es Jenks erzählt.«

»Wir schnappen ihn uns am besten im Haus«, sagte Crosse. »Welches ist es?«

»Fünfzig Meter weiter auf der linken Seite. Wo Jenks im Hauseingang steht.«

»Wo liegt sein Zimmer?«

»Oberste Etage. Das Zimmer nach hinten hinaus. Auf der Rückseite des Hauses geht die Feuerleiter bis vor sein Fenster. Die Vorhänge hat er nicht zugezogen, sagt die Hauswirtin. Vor dem Abendessen zieht er sie nie zu. Ein richtiges Gewohnheitstier.«

»Liegt das Fenster in seinem Blickfeld?«

»Vom Lehnstuhl aus blickt er zur Tür.«

»Hat er das heiße Wasser schon bekommen?«

»Wenn sie's heraufträgt, gibt Jenks uns ein Zeichen«, und als er das sagte, glühte in der Straße ein winziges Flämmchen auf und ging gleich wieder aus. »Da«, sagte der Mann. »Jetzt bringt sie ihm's Wasser.«

»Auf geht's«, sagte Crosse, »schnell aus dem Wagen. Zwei Mann postieren sich am Eingang, wo Jenks steht, ein weiterer am hinteren Eingang, und einer läuft die Feuerleiter nach oben. Ich gehe mit Jenks zusammen die Treppe hoch. Wie erreicht man die Feuerleiter?«

»Neben dem Eingang rechts führt ein Durchgang zum Hinterhof«, sagte der Mann. »Übersehen kann man die Feuerleiter wirklich nicht.«

»Die Feuerleiter übernehme ich«, sagte der Stellvertretene Polizeipräsident.

»Es wäre besser, wenn Sie hier unten blieben, auf der Straße«, meinte Crosse. »Aber zum Streiten hab ich jetzt keine Zeit. Also los, aber leise.« Sie überquerten die Straße und gingen auf dem Bürgersteig im Gänsemarsch hinter ihm her – massive Männer mit weichen Hüten auf Zehenspitzen im schwerfälligen Gang; natürlich und leichtfüßig war nur der Stellvertretende Polizeipräsident am Schluß; ihm hatte das Dschungelfieber alles überflüssige Fleisch weggebrannt. In Richtung Euston fuhr sachlich ein Taxi vorbei, aus dem Fenster lehnte ein junger Mann mit Hornbrille und sah ihnen mit offenem Mund zu. »Hi!« sagte er mit einer beschwipsten Stimme, »hi«; sie gingen gekünstelt weiter wie eine Entenschar, während das Taxi davonfuhr und der junge Mann noch immer aus dem Fenster lehnte und »Hi« rief, angetrunken, verwundert und amüsiert; als das Taxi in die Euston Road einbog, klopfte er gegen die Trennscheibe und rief dem Fahrer zu, er solle sich einmal umdrehen. »Komische Kerle«, hörten sie ihn schreien. Lichtschein hinter höherliegenden Fenstern, die in Spitzengardinen eingehüllt waren, reichte nirgendwo bis in die schwarze Schlucht, in der sie liefen. Sieben Meter tief waren sie in einer Nachtwelt begraben, die ihnen allein gehörte – unmittelbar über ihnen Lampen hinter verschlossenen Fenstern, in ihrem Rücken ein Flimmern und Rumoren – der schwache Abglanz einer Welt in Aufruhr: bis zur Sperrstunde um Mitternacht. Aus einem Hauseingang flüsterte jemand: »Jetzt wäscht er sich.«

Crosse ließ anhalten und flüsterte zurück: »Wieviel Zeit haben wir noch?«

»Er wäscht sich immer gut, wenn er abends ausgeht, sagt die Hauswirtin. Bis zur Hüfte. Sie sagt, auf Sauberkeit hat er immer Wert gelegt.«

Der Commissioner lächelte, als er durch eine Passage mit Ziegelsteinboden behutsam zum hinteren Ausgang schritt. (Hinter sich hörte er Crosse seine Revolver entsichern.) Mit den Händen am Eisengeländer kamen ihm unzählige Geistliche in den Sinn, die von unzähligen Kanzeln herab Reinheit und Sauberkeit als der Gottesfurcht nächste Tugend predigten – vom Geländer drang die Kälte durch die Handschuhe, und leise hochzusteigen war schwierig, weil seine genagelten Schuhe auf den Stahlstufen Krach schlugen – und den reinen Leib priesen als Zeichen für eine reine Seele. Er mußte an Crippen denken, der sich während seines Prozesses täglich rasierte und es in kleinen Dingen peinlich genau nahm. Es waren solche Widersprüche, solche moralische Maximen, die eben nicht zutrafen, die es einem Menschen unmöglich machten, sein Leben auf irgendein höheres Fundament zu gründen, als seine Arbeit zu verrichten. Ein lebenslänglicher Umgang mit Verbrechern konnte einen nur dazu bringen, die moralischen Grundsätze der Priester und Schullehrer vom zugrundeliegenden Chaos abzureißen.

Einen Augenblick brannte der Mond durch den umwölkten Himmel und versilberte Geländer und Stufen der Feuerleiter, legte über ihm die kauernde Kaminkappenhorde bloß und dämpfte das Licht im obersten Zimmer. Der Mond reiste im Autotempo zwischen den Wolken, und mit ihm krängte der ganze Globus. Der Commissioner klammerte sich ans Geländer und senkte den Kopf, als ein neuer Schwindelanfall ihn packte. Und auf jeden solcher Anfälle folgte eine wahnsinnige Angst – keine Angst vor dem Tod, nein, sondern eine Angst vor der frühzeitigen Pensionierung, eine Angst, gegen die er seine ganze Tüchtigkeit einsetzte, sein Zaudern, das seine Energie konservierte und seine Übergenauigkeit. Mit solchem Schaudern im Kopf stieg er die letzten Stufen hoch.

Ein Mann sprach. Er konnte die Stimmen hören, bevor er das Gesicht sah. Das Fenster ein bißchen weiter oben stand offen.

»Kommt zu Jesus«, sagte die Stimme. »Kommt zu Jesus.« Der Commissioner kletterte langsam höher; unten im Hof gab es kein Licht, und nachdem der Mond verschwunden war, herrschte überall Dunkelheit. Nur die Birne im Zimmer ließ einen kleinen Teil der Stahlplatte und ein oder zwei Stufen drunter erkennen. »Oh, kommt zu Jesus, ihr alle, kommt zu Jesus.« Der Commissioner war mit der Stimme allein. Der Polizist am hinteren Ausgang in tiefster Finsternis gab keinen Laut; Crosse und seine Männer hatte das Haus geschluckt. »Ihr dürft nicht glauben, daß ich euch nicht verstehe. Oh, ich habe selber gesündigt, Freunde, glaubt mir, auch ich habe gesündigt.« Der Schuh des Commissioner schlug an der vorletzten Stufe einen Funken, aber die Stimme fuhr in ihrer geradezu absurden Salbadrigkeit und unerträglichen Theatralik fort. »Ich habe ein blutendes Herz, ihr Freunde. Wenn Ihr in mich hineinsehen könntet...«

Der Commissioner stand auf der Plattform und spähte zum Fenster hinein. Er griff seinen Stock fester und horchte – nach Crosse. Er nahm keineswegs an, daß der

Mann schießen würde, aber von der Flut der süßen Worte war er ein wenig verwirrt. Der Mann stand vor einem Spiegel und knöpfte sich über seinem nackten breiten Brustkasten mit den zwei rötlichen Haaroasen eine Jacke mit hohem Kragen zu. Der Commissioner stutzte kurz, als er die blaue, mit Litze besetzte Uniform sah – dann entdeckte er auf einem Stuhl eine Mütze mit rotem Band. »Ich war ein so großer Sünder wie der größte Sünder in eurer Mitte. Aber ich habe zu Jesus gefunden, und mir ward Vergebung zuteil.« Der Commissioner schwang seinen Stock und lauschte nach Tritten im Treppenhaus, und der Mann bewegte sich, schürzte die Lippen und drehte den Kopf, um zu sehen, ob er auch hinter den Ohren sauber war. Er spitzte beim Sprechen den Mund, wie um zu pfeifen, und die Worte platzten heraus wie klebrige kleine Bonbons.

»Ach, wenn ihr nur wüßtet, Freunde, wie süß Vergebung ist, welch ein Balsam, welch ein Frieden.« An seiner Aufrichtigkeit ließ sich nicht zweifeln. Er war so aufrichtig wie ein Schauspieler-Prinzipal auf der Bühne, der für die Dauer eines Akts, einer Szene, eines Monologs sich der Pfeile und Steinwürfe unerhörten Glücks vor dem voll besetzten Parkett und den ehrfürchtigen billigsten Rängen bewußt ist.

»Wenn ihr die Flammen der Hölle an euren Herzen zehren spürt, Freunde, dann sagt nicht: ›Es ist zu spät.‹ Dann ist der Augenblick gekommen, sich Jesus zuzuwenden, und, ach, den Trost und den Frieden der Vergebung zu erlangen.«

Der Commissioner überlegte. Hat er die Tür abgeschlossen? Er wird aus dem Fenster entfliehen. Wo hat er bloß seinen Revolver?

»Ich habe die Flammen gespürt, aber mir ist vergeben worden. Ich habe die Flammen gespürt, jetzt spüre ich Frieden.« Er zog die Lippen zurück und prüfte Zähne und Zahnfleisch, während seine Stimme wie abwesend summte: »Frieden und Trost, Frieden und Trost.« Er zog ein loses Streichholz aus der Tasche und reinigte die

Zahnlücken, dann rieb er sich die Zähne mit dem Taschentuch rein. »Frieden und Trost, Frieden und Trost«, sagte er, knöpfte sich die Taschen zu, legte sich die großen, plumpen Hände über den Schädel und strich sich das widerspenstige, rote Haar glatt, fast als wäre er ein segnender, firmender Bischof.

Von draußen riß jemand an der Tür.

Der Mann drehte sich um; Friede und Trost verdorrten auf seinen Lippen. »Wer ist da?« Keine Antwort – aber das Schloß wackelte und zitterte. Der Heilsarmist drehte sich um zum Fenster, und im Lichtfleck auf der Stahlplattform sah er den Commissioner stehen, in der Rechten schwang er den Stock, und wie in Erwartung einer Attacke stand er da mit den Beinen gespreizt. Bevor das Schloß nachgab, war der Mann am Bett und tastete unter den Kopfkissen; und während die Tür sich vor dem Krachen einen Spaet auftat, war er mit erhobenem Revolver wieder am Fenster. »Weg da vom Notausgang!«

Der Commissioner beobachtete ihn, schwang seinen Stock, sah einen Augenblick lang vor sich nicht das borstige Haar und das feiste, verzweifelte Gesicht, sondern eine alte Frau, die zu sehr an ihrem Geld gehangen hatte und die Hände hob und schrie und schrie, während von der Paddington Station her Qualm und Rauch an ihrem Fenster hochzogen und ein Güterzug in Richtung Westbourne Grove stampfte und in einem viel höheren Ton schrill pfiff, als sie ihn je hätte ausstoßen können, so daß ihren Schrei niemand hörte; so wie das Ehepaar, das unter ihr wohnte, auch die schrecklichen leisen Geräusche vom Sägen nicht hören konnte.

»Gehen Sie weg da –«, aber da brach die Tür auf und er fuhr herum, um sich der Gefahr zu stellen, konnte sich aber nicht entscheiden, auf wen er nun schießen sollte und war immer noch unentschieden, als sich die Handschellen um seine Gelenke schlossen. Der Commissioner kletterte durch das offene Fenster nach innen, Jenks untersuchte voller Neugier die Waffe, wiegte und wog sie in der Hand, zog das Magazin heraus, und

Crosse steckte den Schlüssel für die Handschellen in die Tasche und sagte: »Sie sind festgenommen unter der Anklage des Mordes an Mrs. Janet Crowle am vierten an der Paddington Street. Alles, was Sie sagen –«

Jenks sagte: »Es ist ein 1916er Modell. Die haben einen trägen Abzug.«

»Los«, sagte Crosse, »setzt ihm die Mütze auf.« Das Zimmer war inzwischen voller Männer, die Gegenstände einsammelten. Einer nahm die Mütze und setzte sie dem Mann auf den Kopf. »Collins, Sie bleiben hier und räumen mit Jenks zusammen auf«, sagte Crosse. Er gab dem Mann einen so kräftigen Stoß zwischen die Schultern, daß er stolperte. »Ab, marsch. Sie haben uns schon lange genug aufgehalten.« Der Mann ließ sich schmerzerfüllt die Treppe hinabsacken, als ob er zusammengeschlagen worden wäre. »Sie sollten sich schämen«, sagte er, »mich zu schlagen.« Er fing mit gedämpfter Stimme wieder von Jesus an und daß ihm vergeben sei. »Heilige Märtyrer«, sagte er, und dann unten am Fuß der Treppe, »die Gemeinschaft der Seligen.« Er hatte sich gegen Scham und vor Vergeltung hinter einer undurchdringlichen Mauer verschanzt; nur ein klein bißchen Angst berührte ihn kurz einmal.

»Nein«, sagte der Commissioner. »Nein. Ich seh mir morgen früh Ihren Bericht an. Ich möchte heute abend, heute abend noch die Akten zum Streatham-Fall studieren.« Er zog seinen Mantel sorgfältig an den Splittern der Tür vorbei, und dabei fiel ihm ein, was der Sekretär gesagt hatte, als sie im Berkeley ihren Sherry tranken: »Es ist ein Schlachtfeld.« Aber er hatte damit etwas anderes gemeint, an das sich der Commissioner nicht erinnern konnte. Ich denke, dachte er, das ist ein Sieg, aber so etwas wie einen endgültigen Sieg gibt es nie. Er sah auf die Armbanduhr und überschlug, daß er sich vor den Streatham-Akten vielleicht doch zwanzig Minuten für eine kleine Mahlzeit gönnen könnte; eine totale Zeitvergeudung wäre das nicht, denn beim Essen konnte er über Drover nachdenken.

3

Mr. Surrogate stand später als üblich auf. Um 8.30 Uhr kam Davis ins Zimmer und zog die Jalousien hoch, und ein Fluten von bleichem Herbstsonnenschein füllte das Waschbecken und breitete sich über dem Bett aus. Mr. Surrogate grunzte und drehte sich auf die Seite. Er wurde erst um elf wieder wach.

Die Maschinen in der Streichholzfabrik blieben fünf Minuten lang stehen, während alle ein Glas Milch tranken und so taten, als äßen sie ein trockenes Keks. Einige steckten den Keks in die Tasche, um ihn in der Mittagspause ins Klo zu werfen; andere ließen ihn unter den Abfall von ausgeschiedenen Streichholzschachteln auf den Boden fallen.

Conder lutschte ein Bonbon und sah in die trübselige Zukunft. »Bring das zu den Hilfsredakteuren«, sagte er und sah seine Exklusiv-Story in den Händen des Boten treppab entschwinden; bald würde sie Blei sein und bald eine gedruckte Spalte, und vierundzwanzig Stunden später wäre es eingestampft. Es schien Conder nicht fair, daß die Erzeugnisse seines Geistes zum gleichen Kreislauf verdammt sein sollten wie sein Körper. Etwas von ihm sollte zurückbleiben. Sein Körper müßte verfallen, doch irgendein bleibendes Echo vom defekten Badezimmer, vom Kind mit dem Keuchhusten sollte dauern. Er begann wieder zu schreiben: »Krach bei Roten hinter verschlossenen Türen.« Von ihm kam nie ein Bericht ohne erhöhten Wahrheitsgehalt. Dazu verdammt, Banalitäten zu verzeichnen, sah er seine einzige Hoffnung auf postume Unsterblichkeit in einer malerischen Lüge, die, in einer alten Akte vergraben, irgendwann einmal die Aufmerksamkeit eines Historikers erregen mochte.

Mr. Surrogate rollte sich auf den Rücken, öffnete die Augen und begegnete dem weiten, unschuldigen starren

Blick seiner Frau. Das Bild wurde ihr mehr als gerecht; denn schön war sie nicht gewesen und unschuldig auch nicht. Ein naturgetreues, realistisches Porträt hätte Mr. Surrogate an dieser Wand nicht ertragen können, doch gelang es ihm manchmal, sich einzureden, daß er dort die echte, wesensmäßige Frau vor sich hatte, daß sie jetzt nicht mißtrauisch, boshaft, schlagfertig und alleswisserisch war, daß sie ihn jetzt so verstand, wie er verstanden werden wollte. Beim Anziehen erzählte er dem Porträt, daß schließlich nicht jeder Witwer aus Achtung für eine tote Frau davon Abstand genommen hätte, sich mit einem reizvollen und willigen Mädchen zu betten. Er verwendete den Ausdruck »betten« seines angelsächsischen Klangs halber; mit gallischen Frivolitäten hatte er nichts im Sinn; »sie hätte sich bestimmt mit mir gebettet«, sagte er sich und vor seinem inneren Auge wälzten sich einen Moment, auf Binsen, ernst und gesittet, vor dem Aufbruch zu ihren geschwungenen Schiffen, flachsblonde Krieger. Ihm fiel ein, daß er sich für den Nachmittag mit ihr verabredet hatte, und beschloß, die Wirkung des neuen abstrakten Films im Academy auf ihr intelligentes, aber ungebildetes Köpfchen zu beobachten. »Sie ist ein lohnendes Studierobjekt«, erklärte er seiner Frau, die geziemend an der Wand hing.

Wenn sie doch bloß dort und in der kleinen Urne mit der Eingravierung – »Der Gattin in Liebe, der Künstlerin in Verehrung« – bliebe! Doch in Caroline Burys Salon sprang sie ihm von allen Wänden entgegen. Er war ganze drei Minuten mit ihr allein; ohne sich wegdrehen, ohne wegschauen zu können; das Bild da hatte sie im Greenwich Park gemalt, das in Antibes; an die Situation in Cornwall, als ihr der Einfall zum Bild da drüben gekommen war, konnte er sich peinlich genau erinnern – sie hatte ihn sofort links liegen gelassen, um die Idee zu notieren; er hatte sich hinterher in einem Brief an Mrs. Bury bitter beklagt, daß sie sein Mannestum mißachte. Und nun wandte er sich im düster verhängten Raum wirklich unter Qualen dem einzigen noch lebenden

Menschen zu, der ihn wahrhaft kannte, dem er in der Vergangenheit sein Zaudern, sein Zögern, seinen Mangel an Entschiedenheit in allem offenbart hatte, seine Gemeinheiten wie seine Bekundungen beflissener Großzügigkeit, sein geistiges Durcheinander. »Wie geht es dir, Caroline? Es ist lange her«, doch er zuckte zurück vor der Erkenntnis, daß die Zeit nicht nur verrann, sondern auch das Haar grau, den Körper unbeweglicher machte und dem menschlichen Geist immer weniger Hoffnung ließ.

Caroline Bury betrat den Raum mit einem Flair von Unbestimmtheit und Distinktion. Sie machte den Eindruck, als wisse sie gar nicht, wen sie in ihren eigenen vier Wänden antreffen, welch seltsame Persönlichkeit sie inmitten all der Antiquitäten und des Nippes, mit denen ihre Wohnung überladen waren, überhaupt ansprechen würde. Auf einem antiken Fresko oder einem fernöstlichen Grab wäre ihr hageres, eingefallenes Gesicht sofort in seiner Schönheit aufgefallen, doch im Theater oder in einer Buchhandlung oder auf einer Straße von heute mochte es höchstens Neugier wecken. Mr. Surrogate hatte sie nie außerhalb ihrer vier Wände gesehen.

Sie guckte ihn kurzsichtig an und schnarrte mit einer an Mißtönen reichen Stimme einen Gruß, doch er mußte wiederum erkennen, daß dieser Klang – wie vom Aneinanderreiben von Metallscheiben – in einem anderen Zeitalter und auf einem anderen Kontinent als schön empfunden sein mochte. »Ich möchte mit Ihnen sprechen, bevor die anderen kommen.« Mr. Surrogate wußte, daß in ihrem Gehirn die ganze Korrespondenz seiner Frau gespeichert war; obwohl ihn solches Wissen verlegen und verbittert machte, konnte er dem Kompliment, das ihr Interesse für ihn bedeutete, einfach nicht widerstehen. In diesem Raum hatte immerhin einmal Henry James seine Sätze wie ein Schachtelsystem konstruiert, die im Innersten ein kleinstes Detail der Umgangssprache verstecken; hier hatte Wilde eine Sturzflut von

Aphorismen losgelassen; hier hatte Thomas Hardy laut nachgedacht, was eigentlich alles überhaupt sollte.

»Berichten Sie mir von Drover.«

Mr. Surrogate hatte davon gesprochen, daß er ihr Engagement für Drover zu gewinnen versuchen wolle; da hatte er aber bereits gewußt, daß das nicht mehr nötig war. Wenn Caroline Bury an ihrer Tafel den Schriftstellern lauschte, so schien sie erfüllt von einem leidenschaftlichen Interesse an der Literatur; wenn sie den Politikern zuhörte, so schien sie die letzte, noch übriggebliebene Gastgeberin eines politischen Salons; wer sie gut kannte, der wußte, daß Literatur und Politik einfach nur die Bereiche waren, die sie sich ausgesucht hatte, um ihrer Leidenschaft zu frönen, wohltätig zu sein – sie war auf eine Art und Weise wohltätig, die so satirisch, so praktisch ausgerichtet war, daß sie an Zynismus grenzte und es war eine Art von Wohltätigkeit, die kein noch so stolzer oder eitler Mann je zurückwies.

Er erzählte ihr demütig bescheiden, leicht widerwillig, was er wußte, und beobachtete, wie das Räderwerk eines hohen Verstands sich in Gang setzte. Er empfand ein Gefühl der Eifersucht. Unter der Geschichte von Drover, ganz dicht unter der Oberfläche der Wortfolge »Polizist – seine Frau – Hyde Park – Berufungsklage« begraben, so notdürftig begraben, daß dazwischen immer wieder das alte Gerippe erkennbar wurde (»Das erinnert mich... übrigens... wie Sie wissen«), lag seine eigene persönliche Geschichte, also das erste Beispiel der karitativen Leidenschaft Caroline Burys, von dem er wußte.

»Natürlich kann ich mich erinnern. Aber erzählen Sie weiter. Ich möchte etwas über Drover erfahren.«

Die graue See schlug über den Kieselstrand; auf der Asphaltpromenade trommelte der Regen. Mr. Surrogate – ein viel schlankerer und viel jüngerer Mr. Surrogate – lief im Selbstgespräch mit einem zerknüllten Telegramm in der Hand im Regen auf und ab. Er war seit sechs Monaten verheiratet und mittellos und seine Frau krank in London, und der Arzt sagte, sie müsse unbedingt in den Süden. Naß bis auf die Haut ging er zurück zum Haus Justin Burys, wo er das Wochenende verbrachte, und beim Mittagessen war er niesend und weinend und am ganzen Körper zitternd zusammengebrochen. Es war seine erste totale Demütigung, und wenn er sich in den Jahren danach wieder und wieder selbst demütigte, so wußte Mr. Surrogate nicht einmal selbst, ob er das im Wissen darum tat, wie hervorragend es sich beim erstenmal ausgezahlt hatte. Caroline Bury hatte die beiden nach Hyères geschickt. Kurz darauf starb Justin in Spanien, im heißen Sommer des Jahres 1921 an einer Erkältung.

»Erinnern Sie sich an Ihr Haus am Meer?«

»Selbstverständlich. Aber machen Sie weiter. Wie alt ist seine Frau?« Als er schloß, sagte Caroline Bury mit einem vogelähnlichen Kreischen ungläubig staunend: »Aber das ist absurd. Er darf nicht gehängt werden. Eine bloße Laune.«

»Donnerstag wird er gehängt«, sagte Mr. Surrogate.

»Wie absurd! Wir müssen etwas unternehmen. Ich werde den Mann von der Kriminalpolizei – wie lautet sein Titel? –, den Commissioner zu mir zu Mittag einladen.«

»Kennen Sie eigentlich jeden, Caroline?«

»Seit seiner Rückkehr aus dem Fernen Osten habe ich ihn noch nicht gesehen. Aber wir waren einmal sehr eng befreundet. Obwohl er entsetzlich aufgeblasen ist.«

»Er wird gar nichts tun können.«

»Mein lieber Philip, nun seien Sie doch nicht so mutlos. Das Ganze ist völlig absurd, und deshalb kann etwas getan werden.« Mr. Surrogate öffnete die Lippen, um gegen solche Grundvoraussetzung zu protestieren – das Leben konnte insgesamt *unmöglich* absurd sein –, ließ es aber bei einem Räuspern. Was sollte dabei schon herauskommen? Caroline Bury besaß Glauben und Zuversicht. Er wußte eigentlich nicht, woran sie glaubte, ob es der Gott der Juden, Roms, der Anglikaner, von Mrs. Eddy oder der spiritistische Gott Mrs. Besants war, aber so vage ihr Glaube auch sein mochte, er war jedenfalls unerschütterlich; möglicherweise war er so unerschütterlich, *weil* er undefinierbar war. Es war völlig sinnlos, ihr zu beweisen, daß Christus nur ein Mensch gewesen war; dann würde sich nämlich nur herausstellen, daß das Gottmenschentum Christi überhaupt kein Bestandteil ihres Glaubens war. Sie konnte auf das göttliche Wesen Christi verzichten, sie kam auch ohne das Alte Testament und die Evangelien und die Apostelgeschichte aus. Sie konnte auf den Koran verzichten, sie konnte sogar auf die heiligen indischen Schriften verzichten; all das war von untergeordneter Bedeutung. Wichtig war nur, *daß* sie glaubte.

»Der hat nichts zu tun mit –«

»Er wird wissen, mit *wem* man reden muß. Wenn nur die Labour Partei noch an der Regierung wäre – dann hätte ich den Innenminister hier zu Mittag eingeladen. Aber Beale! Über Beale weiß ich *nichts*.«

»Er ist ein völlig verbohrter Abstinenzler.«

»Er ist eine Null. Und Nullen interessieren mich nicht.«

Auf Mr. Surrogates Miene spielte schwach ein Lächeln; er strich sich das Haar glatt. Auf dem Parkett draußen knarrten Schuhe. Caroline Bury sagte: »Das wird Crabbe sein. Kennen Sie Crabbe?«

»Persönlich«, sagte Mr. Surrogate, »nicht. Sein Werk selbstverständlich, ja.«

»Seit ihm der Order of Merit verliehen wurde, ist er fast unerträglich geworden.«

Der Raum war im Nu voller Menschen.

Beim Essen saß ihm Crabbe gegenüber – ein alter Mann mit weißem Schnurrbart und geröteten Kummeraugen. Er hatte seit zehn Jahren kein Buch mehr geschrieben und genoß allgemeine Bewunderung. Aber er war fest überzeugt, daß es alle auf ihn abgesehen hatten. Obwohl er als schwierig bekannt war, wurde er noch immer überall eingeladen, teils wegen seines Ansehens und des hohen Verdienstordens, teils, weil er vor über fünf Jahren zu Mittag einmal ein ganze Runde brillant maliziös unterhalten hatte und Gastgeberinnen annahmen, das könnte sich jeden Augenblick wiederholen.

Crabbe schwieg, der Lyriker Sean Cassidy aber nicht. Er saß am einen Ende der Tafel und redete pausenlos über Astrologie. Daß Cassidy Englisch mit starkem irischem Akzent sprach, machte das ohnehin schwierige Verständnis der Grundideen Zarathustras nicht leichter. Aber Cassidy hatte sein Gutes. Er sorgte dafür, daß die allgemeine Unterhaltung nicht unter dem aufdringlichen, klar verständlichen, leicht amerikanischen Akzent von zwei Kulturkritikern erstarb, die die Ideen eines schwedischen Theologen diskutierten.

Als Mr. Surrogate spürte, wie Crabbe ihn mit entbrannten Augen fixierte, begann er mit der schweigsamen jungen Frau neben ihm ein Gespräch über den Völkerbund. »Früher habe ich einmal an ihn geglaubt«, sagte er und bekannte gleich darauf: »Vielleicht bedeutet er einen brauchbaren ersten Schritt auf dem Weg zum Weltstaat.«

»Einem Weltstaat unter dem Zeichen von Hammer und Sichel?« fragte die junge Frau. Mr. Surrogate lächelte beifällig und nippte an seinem Glas Rheinwein. Er versuchte, durch Crabbe hindurch auf die Uhr an der Wand zu schauen. In einer halben Stunde würde Kay ihn erwarten. Er fühlte sich vom Wein jung und stark. Gott sei Dank, dachte er, bin ich nicht alt und passé wie Crabbe; noch hängen junge Frauen an meinen Lippen. »Gewiß, unter Hammer und Sichel«, doch unter Caroline Burys scharfem Blick stürzte er sich sofort in Demut und Bescheidenheit. Ich bin wollüstig, eingebildet, gemein und feige; er hätte seiner Nachbarin am liebsten die ganze schäbige Geschichte seiner Ehe gebeichtet und sich aller intellektuellen und moralischen Prätentionen entkleidet – und was bliebe übrig von ihm? Ein *Mann*, dachte Mr. Surrogate, während er sein Weinglas zwischen den Fingern drehte, und als Mann um nichts besser als ein Verbrecher, der auf die Hinrichtung wartet, aber nichts desto weniger, dachte er – und in dem für ihn typischen permanenten Stimmungsumschwung stieg sein Lebensmut himmelan, so daß die übrigen Gäste im Nu unter ihm zurückblieben und wie kleine, flache Punkte zwischen den Tellern schienen – ein *Mann*, das Wesentliche Ich.

Crabbe räusperte sich, und es wurde augenblicklich still. Alle lauschten. Nur Cassidy nicht. Crabbe räusperte sich noch einmal und begann zu würgen. »Ein Knorpel«, sagte jemand, und sein Nachbar klopfte Crabbe den Rücken. »Porphyrios«, erklärte Cassidy, »erwähnt in seinen Ausführungen zum Sternzeichen des Krebses...« Crabbe schluckte, mit einem Mal ging es ihm wieder gut, der Nachbar aber klopfte ihm wie geistesabweisend weiterhin auf den Rücken. Crabbe schaute giftig drein; er war offensichtlich überzeugt, daß man es auf ihn abgesehen hatte. Alle begannen wieder zu reden. Mr. Surrogate sagte: »Unter gewissen Umständen wäre ich bereit, Genf als Notbehelf zu akzeptieren.«

»Der Mond im Zeichen der Jungfrau beeinflußt den Bauch und die Eingeweide.«

»Wie er die Unitarier behandelt!«

»Wenn«, sprach Mr. Surrogate, »die Nachrichten aus Genf den Geist der Brüderlichkeit nicht minder stark ausstrahlten wie Haß –«

Crabbe beugte sich vor, über den Tisch, und räusperte sich. Es wurde augenblicklich still. Alle lauschten. Crabbe sah Mr. Surrogate haßerfüllt an. Seine alten Augen schwollen und wurden ganz klein. »Genf«, sagte er, »Genf habe ich noch nie empfangen können –« Er schien nach Worten zu suchen, schien leicht konfus durch dies unerwartete Eindringen des aktuellen zeitgenössischen Lebens in die ihm gewohnte Umgebung der ausgedehnten Felder, der Flachküste und der hohen, leeren Kirchen von Norfolk. Doch alles horchte ehrfurchtsvoll gespannt auf das, was der Schöpfer von

Dinah Cullen und Joseph Sentry und dem verrückten Corbett über Genf zu sagen hätte. »Moskau habe ich gehört«, sagte Crabbe, »Rom habe ich gehört, New York auch, aber Genf kann ich nicht empfangen. Welchen Radioapparat haben Sie?« spuckte er Mr. Surrogate wütend an.

»Also wirklich«, sagte Mr. Surrogate, »ich bedaure. Sie haben nicht richtig gehört. Ich bezog mich doch nicht –«

»Erzählen Sie bitte nichts von einem Kristallempfänger«, sagte Crabbe. »Ich mag ja alt sein. Verblödet bin ich noch nicht. Was mir über Kristallempfänger nicht schon alles erzählt worden ist! Was die Leute mit so einem verbesserten Empfang schon alles gehört haben wollen!«

Mr. Surrogate seufzte erleichtert, als er die Treppe hinunterging, als er die Tür aus dem achtzehnten Jahrhundert hinter sich ins Schloß fallen hörte. Das war's. Er hatte getan, was er konnte. Alles weitere konnte er getrost Caroline Bury überlassen. Nach der Arbeit das Vergnügen – als er dann aber feststellen mußte, daß Kay am Oxford Circus nicht schon auf ihn wartete, war er enttäuscht. Er kaufte sich eine Abendzeitung – abgesehen von den Startlisten für die Rennen von morgen und der Kurzmeldung über die Ergebnisse des 2.30-Uhr-Rennens hatten sie nicht viel zu berichten. Die ganze Oxford Street entlang waren die Geschäfte geschlossen; die Straße war beinahe menschenleer. An der Nordseite liefen Grüppchen von Leuten vom Land hin und her und gafften die Schaufensterpuppen mit schwarzen Stoffgesichtern an. Mr. Surrogate sah auf die Uhr und kaufte sich eine andere Abendzeitung. »Der Mord in Paddington: Überfallkommando im Einsatz. Blitzaktion bei Euston Station. Mann verhaftet.« Merkwürdig, dieses Interesse für Kriminelles, dachte Mr. Surrogate und wandte sich einer anderen Spalte zu. »Drama bei Roten. Zusammenstöße hinter verschlossenen Türen.« Er las den ganzen Bericht. Wie diese Presseleute übertrieben;

ein bißchen Spektakel, überreizte Nerven, schlechte Laune, mehr nicht. Er blätterte die Seite um: »Mr. MacDonald überreicht Golf-Trophäe. Das ehrwürdige königliche Spiel. Freundlicher Empfang in Lossiemouth.«

*

Milly legte die Zeitung, während sie sich den Hut aufsetzte, aufgeschlagen auf die Frisierkommode. Mrs. Conney beobachtete sie aus der Mitte der Haarbürsten mit gefühlloser Mißbilligung. War das Foto nach dem Tod ihres Mannes aufgenommen worden? Möglich –, aber dann war nicht die Spur von Trauer zu erkennen. Es konnte natürlich ein altes Foto sein, und Milly versuchte sich vorzustellen, was für eine Ehefrau sie gewesen sein mochte – angesichts der Kameebrosche verlor sie dazu den Mut. Die Kameebrosche war wie ein Orden, der für irgendeinen Akt unmenschlicher Geradheit verliehen wurde. Mit dem straff nach hinten zum Knoten zurückgekämmten Haar und der hohen Stirnfront war sie aus dem gleichen Holz geschnitzt wie die Frauen, die ihre Söhne für Krieg und Vaterland »hingaben« und im Kirchgemeinderat für Ehrenmale aus Marmor kämpften. Das Gesicht erfüllte Milly mit Verzweiflung.

In der Leitung war ihre Stimme vor Verzweiflung wie hohl. Conrad erkannte sie nicht, als er den Federhalter beiseite legte und mit dem Blick noch die Zahlenreihen auf dem Papier vor ihm verfolgte. »Wer ist da? Bitte sprechen Sie lauter. Ich kann Sie nicht verstehen.« Es war die Stimme des Chefbuchhalters, mit der er sprach. Sie hatte mit ihm persönlich nichts zu tun; er hatte sie zum Selbstschutz entwickelt, um Bürojungen zurechtzuweisen, die Radiergummis stahlen, und um auf Anfragen des Vorstands zu antworten.

»Ich wollte nur mit Mr. Drover sprechen.«

»Am Apparat.«

»Ach, Conrad,bist du's?« Da erkannte er die Stimme und warf einen raschen Blick durch die Glastür auf die gebeugten Rücken der Buchhalter und hinter sich zur Tür des Direktionszimmers; er war zwischen den Glaswänden allein, zwischen Vorgesetzten und Untergebenen völlig isoliert. »Ja, Milly, was ist?« Er hatte Mühe, sich so rasch vom Buchhalterton zu lösen. Seine Zunge klapperte noch von Zahlen, er wußte, daß ihm die Ungeduld anzuhören war.

»Ich wollte dir nur Bescheid sagen. Als Kay nach Hause kam, da hat sie gesagt...«

»Wird von der Partei etwas unternommen?«

»Die Petition. Alle wollen sie unterschreiben. Aber Conrad, hör. Noch was. Mr. Surrogate will uns helfen. Er will eine einflußreiche Dame ansprechen.«

»Nun hör mal gut zu, Milly.« Er hielt den Mund dicht an die Sprechmuschel; ihr vertraute er sein tiefes Mißtrauen an. »Glaub denen nicht zu sehr. Und dem, was sie vorhaben. Das sind Fremde. Die zeigen eine Zeitlang Interesse, aber wenn die Dinge schiefgehen, verlieren sie das Interesse. Denen bedeutet das überhaupt nichts. Wir müssen die Sache selbst in die Hand nehmen.« Durch die Tür vor sich konnte er ganz schwach das Kratzen der Buchhalterfedern hören; irgendwer las dort laut eine Reihe von Zahlen vor; als er sich umdrehte, fiel hinter ihm dunkel der Schatten des Direktors durch die Tür, der in seinem Zimmer auf und ab marschierte und ins Diktaphon tönte. »Wir sind allein.«

»Ich bin unterwegs zu dieser Frau.«

»Ich komme heute abend vorbei, Milly.«

»Ich habe gedacht –, aber wahrscheinlich geht das nicht –: Könntest du nicht mitkommen?«

»Wenn du bis zur Mittagspause warten könntest.«

»Ich traue mich nicht zu warten. Kannst du nicht eine Stunde früher weg?«

»Wenn ich doch nur könnte.« Er stützte den Kopf in die Hände und stierte auf die Papiere auf seinem Schreibtisch; die kleinen, schwarzen Zahlen stiegen ihm wie aufschwärmende Fliegen ins Gesicht. »Unmöglich.« Er hörte das Geräusch des eingehängten Hörers und Stille durch die Leitung fluten. Er war wieder mit den Männern allein, die er verabscheute und fürchtete, weil er ihnen mißtraute. Selbst der unfähigste Buchhalter intrigierte gegen ihn. Er konnte es spüren, um an seine Stelle zu rücken; sein Glasraum war ein winziges Floß, das Rettung und Sicherheit bot, und rundherum schwammen alle in der Hoffnung, ihn hinunterzustoßen, in der Hoffnung, ihn im Schlaf zu überraschen; er hatte die leichtere Position, aber ihm fehlte ihre Fähigkeit, ewig auf dem Sprung zu sein, so absolut konzentriert und gerissen zu lauern; er wurde von anderen Dingen abgelenkt, die seine Aufmerksamkeit erforderten – vom Bruder, der im Gefängnis saß, von Milly auf der Vorstadtstraße in Angst und Verzweiflung. Aber er traute nicht einmal Milly; wahrscheinlich liebte sie seinen Bruder, wie er selbst seinen Bruder liebte; jedes Wort der Ermunterung oder Zuneigung, das sie ihm schenkte, sagte sie nur seines Bruders wegen.

Als sie den sich hinziehenden Hügel der Vorstadt mit den kleinen Halbfachwerkhäusern mit den schokoladenbraunen Karniesen auf beiden Straßenseiten hochging – »Erstrebenswerter Wohnsitz. Nur 50 Pfund Anzahlung« – spürte sie keinerlei Angst. Sie war mutig, weil sie mit einem Mal wütend war. Die Verhältnisse waren nicht in Ordnung, wenn Conrad nicht einmal ein, zwei Stunden freibekommen konnte, um seinem Bruder zu helfen. Sie zog heftig an einer Glocke, und die kleine, graue Frau, die zur Tür kam, fuhr sie zornig an: »Ich will Mrs. Coney sprechen.«

»Ich bin Mrs. Coney.«

Milly sah sie ganz baff an und bemerkte die Kameebrosche, das graue, aus der Stirn zurückgekämmte Haar und das schwarze, bis oben zugeknöpfte Kleid; was die Zeitung allerdings nicht zu erkennen gegeben hatte, das waren die Proportionen; sie war bloß eine Miniaturnachbildung der harten, unerträglichen Frau auf dem Foto.

»Entschuldigung. Könnte ich mit Ihnen sprechen?«

»Ich weiß gar nicht, also, ich bin mir nicht sicher, ob ich Zeit habe. Sind Sie von der Presse?« Ihr unsteter, gehetzter Blick spähte Milly über die Schulter, zuckte ängstlich zurück beim Gedanken an Batterien von Kameras, Stativen, Mikrofonen. Milly dachte: Die ist butterweich. Die weiß nicht wohin. Die hat Angst vor mir. Die macht, was ich will. Sie sagte ganz freundlich, als wäre es ihre Pflicht, Mut zu machen und zu beruhigen: »Ich bin Mrs. Drover.«

»Ja? Ja?« Der Name sagte ihr absolut nichts.

»Mein Mann sitzt im Gefängnis.«

Milly merkte, daß Mrs. Coney ein bißchen Mut schöpfte – wie einen Eimer Wasser aus einem tiefen, versiegenden Brunnen. Sie zog die Tür vorsichtig zu. »Tut mir leid«, sagte sie. »Ich habe nichts zu waschen oder zu flicken. Ich mache alles selbst.«

Milly stellte den Fuß in die Tür. »Sie verstehen nicht. Es war mein Mann, der Ihren Mann –«

Mrs. Coney stieß beim Zurückweichen gegen einen hölzernen Bären, der zwei Regenschirme in seinen ausgebreiteten Tatzen hielt. »Oh.«

»Ich habe mit Ihnen sprechen wollen«, sagte Milly. Sie folgte ihr in den schmalen Flur und machte die Tür hinter sich zu. Mrs. Coney blickte überrascht mit freudiger Erleichterung zu ihr auf und sagte: »Ich hatte geglaubt, es wäre schon wieder die Presse. Ich könnte es nicht mehr – sind Sie auch bei Ihnen gewesen?«

»Nein. Mein Mann lebt ja noch.« Mit ihren ein Meter siebzig ragte Milly wie ein Turm über die Frau.

Mrs. Coney sagte nervös: »Jetzt trinken Sie mit mir eine Tasse Tee. Entschuldigen Sie die Unordnung. Ich war gerade beim Reinemachen.«

Der Flur war an einem Ende mit Tischen verbarrikadiert. Auf dem Fußboden standen zwei oder drei Töpfe mit Farnen; der Teppich war zusammengerollt. Die Luft flimmerte vor tanzendem Staub. »Würd's Ihnen was ausmachen, in die Küche zu kommen?« Überall die Spuren einer betriebsamen unfähigen Frau, einer Frau, die den Staub aus einem Zimmer ins nächste wirbelt, die aus Sparsamkeitsgründen billige Auslandseier kaufte, aber die Gasflamme abzudrehen vergaß.

Milly stieß mit plötzlichem Zorn hervor: »Ich bin nicht hergekommen, um zu sagen, daß es mir leid tut.«

Mrs. Coney fuhr mit dem Kessel in der Hand so heftig vom Gasherd herum, daß Wasser auf den Linoleumfußboden spritzte. Sie sagte ganz erschrocken: »Es ist bestimmt ein Versehen gewesen. Ich mache Ihnen keinen Vorwurf.« Sie stellte den blubbernden Kessel wieder auf den Herd und tat Tee in die Kanne.

»Er hat mich nur verteidigt.«

»Bestimmt.«

»Sie haben sechs Löffel hineingetan.«

»Ach du liebe Zeit! Wird das ein starker Tee. Trinken Sie ihn gern stark?« Sie setzte sich an den Küchentisch Milly gegenüber und hielt ihre Teetasse mit hochgespreiztem, abstehendem Finger, während sie Milly unverwandt ansah. »Sie sind älter als Ihr Mann, oder?« fragte Milly.

»Zehn Jahre«, sagte Mrs. Coney. Dann meinte sie leise: »Ich habe mir immer gedacht, er wird mich überleben. Daß ich zuerst weg sein würde. Ich hätte mir nie gedacht, daß ich mal allein sein würde.«

»Komisches Gefühl, oder?« sagte Milly.

»Komisch? Ich laufe durch die Zimmer, rein und wieder raus. Ich finde keine Ruhe. Möchten Sie ein Stück Kuchen, meine Liebe?«

»Es ist wirklich nett von Ihnen«, sagte Milly, »daß Sie mich so behandeln«, aber sie wußte sehr wohl, daß Mrs. Coneys Güte, daß die weiße Stirn und Kameebrosche und Haltung verschreckter Ehrbarkeit überhaupt nichts zu bedeuten hatten. Es lag nur an der ganzen Situation, daß sie so positiv tugendhaft wirkte. Mrs. Coney befand sich im Umkreis von Tod und Verbrechen und unerbittlicher Gerechtigkeit; unter solchen Umständen erschienen selbst Blässe und Unentschlossenheit und eine ganz gewöhnliche Nettigkeit plötzlich würdevoll.

»Ich hatte ja solche Angst, daß Presse vor der Tür stand, liebe Frau. Mit großen, surrenden Kameras sind sie gekommen und wollten, daß ich ihnen was erzähle. Einen Film wollten sie mit mir machen, haben sie gesagt«, sagte Mrs. Coney bleich vor Erstaunen beim Gedanken an Wettspiele und Trinkgelage und Orgien im alten Rom.

»Was haben Sie denen erzählt?«

»Ich habe gar nicht gewußt, was ich sagen sollte. Also haben sie mir gesagt, ich soll sagen, ich will Gerechtigkeit oder so ähnlich«, fügte Mrs. Coney mit Anzeichen von Beschämung und Furcht hinzu und beäugte Milly über den Rand der Teetasse, während sie in die Tasse pustete, um den Tee zu kühlen. Es kam Milly in den Sinn, wie leicht die ganze Angelegenheit nur zwischen ihnen beiden allein hätte ausgeräumt werden können. Mrs. Coney wollte keine Vergeltung; sie wollte nicht, daß der Mann einer anderen Frau abgeschlachtet wurde, weil sie ihren Mann verloren hatte; sie waren zwei Frauen derselben Klasse, die die Dinge miteinander bereden und sich einigen konnten. Es waren die Oberen, die sich eingemischt hatten mit diesen Gesetzen, die sie selber gemacht hatten, die sich die Honorare verdienten, die sie selber festgesetzt hatten, die sich Hunderte von Pfunden in die Tasche steckten, während der Prozeß lief. Tod um Tod – so forderte es das Gesetz, aber dieses Gesetz war nicht von Jim oder von Mrs. Coney oder von ihr gemacht worden: Könige und Priester und Anwälte und reiche Männer hatten es gemacht. – Manchmal ließen sie einen laufen, aber das wurde nicht von Mrs. Coney entschieden; auch das würden die Politiker und die Juristen entscheiden, die von dem Menschen, den sie laufen ließen, nichts wußten und noch weniger empfanden. In irgendeiner Zeitung oder irgendeinem Buch hatte Milly irgendwo einmal die Worte gelesen: »Judgement by your peers.« Sie hatte das so verstanden, daß Lords über einem zu Gericht sitzen und war deshalb ausgelacht worden. »Das bedeutet, daß du von deinesgleichen verurteilt werden müßtest«, hatten die anderen gesagt, doch wo, das wollte sie jetzt von Mrs. Coney wissen, gab es einen Richter, der lebte wie sie lebten, mit drei Pfund die Woche? Und die Geschworenen? Geschäftsleute und feine Herren. »Es ist nicht fair«, sagte Milly, und den Tee und Mrs. Coney und den langen Heimweg hatte sie über diesem erstickenden Gefühl von Ungerechtigkeit völlig vergessen.

»Gesetz ist Gesetz«, sagte Mrs. Coney und pustete mit dem kleinen Finger gespreizt auf ihren Tee.

»Donnerstag hängen sie ihn auf.«

»Es tut mir ja so leid, meine Liebe«, sagte Mrs. Coney. Sie konnte auf alles nur mit Unterwürfigkeit reagieren. »Arthur hatte immer ein hitziges Temperament. Manchmal hat er mich geschlagen.« Sie schloß kurz die kleinen, stechenden Augen und hielt sich wie in unerträglicher Sehnsucht nach einem Schlag an der Tischkante fest.

»Ich habe ein Petitionsformular mit«, sagte Milly. »Werden Sie's mir unterschreiben?«

Mrs. Coneys Pupillen weiteten sich. Sie war plötzlich mißtrauisch und vorsichtig. »Ich unterschreibe nie gern. Was steht denn drin?«

»Sie wollen doch nicht, daß ich Ihnen den ganzen Quark vorlese«, sagte Milly. »Wir bitten den König, daß er Jim nicht aufhängen läßt.«

Mrs. Coneys Schultern zuckten, ihr Kinn wich zurück, sie hob die Teekanne vom Tisch. »Ich möchte Seine Majestät nicht belästigen«, sagte sie. »Der König hat so schon genug zu tun. Noch eine Tasse Tee, meine Liebe?«

»Er wird's doch gar nicht selbst sehen«, erklärte Milly ungeduldig. »Das geht an einen von diesen Leuten im Parlament.«

»Ich unterschreibe nicht gern«, wiederholte Mrs. Coney. »Arthur hat nie gewollt, daß ich Dinge unterschrieb. Da kommen Leute an deine Tür und du unterschreibst was für sie – ich rede nicht von Ihnen, meine

Liebe – und du kannst nie wissen, auf was du dich da einläßt – einen Staubsauger, ein Radio, Schlafanzüge. Arthur hat immer gesagt: setze deinen Namen nie unter was Vorgedrucktes.«

»Ich will Ihnen aber doch gar nichts verkaufen«, sagte Milly. »Wenn Sie wollen, können Sie ja alles durchlesen.«

»Ich mache Ihnen ja keine Vorwürfe. Man wird eben nur vorsichtig. Ich kann's ohne Brille gar nicht lesen.«

»Dann lese ich's Ihnen vor.«

»Könnten Sie das Blatt nicht hier lassen, und ich würde Arthurs Bruder bitten, sich's anzusehen, und dann schicke ich's Ihnen zu?«

»Nein«, sagte Milly, »dazu ist keine Zeit. Hören Sie. Sie wollen doch nicht, daß Jim gehängt wird?«

»Seine Strafe sollte er kriegen«, sagte Mrs. Coney.

»Und ob er bestraft wird?« sagte Milly. »Achtzehn Jahre Gefängnis. Ich das vielleicht keine Strafe?«

»Ich *unterschreibe* nichts, ohne vorher Arthurs Bruder zu fragen. Aber Sie können denen sagen, daß ich nicht will, daß er gehängt wird.«

»Das reicht nicht. Bitte, Mrs. Coney«, aber sie begriff viel zu spät, daß sie bei dieser demütig mißtrauischen Frau mit Betteln nicht weiterkam. Mrs. Coney kostete im Leben zum ersten Mal ein Gefühl von Macht. Obwohl es sie immer befriedigt hatte, sich zu unterwerfen, gab es an diesem völlig neuen Geschmack irgendetwas, daß sie sich die Lippen leckte. Aber frei heraus kämpfen, das konnte sie nicht. Wie ein Maulwurf grub ihr Verstand im Dunkeln weitläufige Gänge, um dann an ganz unerwarteten Stellen sichtbar zu werden. »Ich halte nichts davon, mich in Rechtsdingen einzumischen.«

»Das ist noch gar keine Einmischung. Mit Politik hat das nichts zu tun. Sie dürfen nicht meinen, daß ich Kommunistin bin. Wenn er kein Roter gewesen wäre, säße er jetzt nicht in der Tinte.«

»Was? Ein *Roter* ist er? Ich würde nie einen Finger krümmen, um einen Roten zu retten.« Es war ein komisches Gefühl, einen Menschen, den man so genau wie den eigenen Körper kannte, mit dem gleichen Etikett wie eine Menge von anderen behaftet zu sehen. Milly protestierte: »Er hat nie jemandem was zuleide getan.«

»Wenn er aber doch ein Roter ist! Die wollen uns alles wegnehmen. Das hätten Sie nicht von mir verlangen dürfen. Das hätten Sie doch wissen müssen. Diebe!« Mrs. Coneys Blick streifte wie wild durch die Küche und merkte alles, was sie auf keinen Fall verlieren wollte – die versilberten Serviettenringe, den Taufbecher auf einem Wandregal, das Schweizer Brotschneidebrett und – ihr Blick durchbohrte die Tür – die Farnkräuter und den Bären aus Holz mit den beiden Schirmen im Flur, und doch zeigte sich selbst hinter dieser Furcht, hinter diesem Haß der gleiche Geist der Unterwürfigkeit, so daß jeder, der sie beobachtete, sofort erkannt hätte: All das ließe sich ungestraft stehlen. Sie würde den Dieb hassen, wenn er nach den Ringen griffe; sie würde mit ihm reden, wenn er das Schweizer Brotschneidebrett eingesackt hätte; aber kämpfen würde sie um ihren Besitz nie und nimmer.

Milly sagte: »Sie müssen unterschreiben.«

Mrs. Coney antwortete stur mit einer Hand über dem Deckel der Teekanne: »Für einen Roten würde ich nie was tun.« Sie war einem Argument so unzugänglich wie eine tote Frau, wie eine Frauu, die glücklich war, tot zu sein, und deren einzige Sorge war, daß die Nägel, die ihren Sargdeckel verschlossen, wieder herausgezogen werden könnten. »Die Roten wollen uns alles nehmen. Vor denen ist man nicht sicher.«

»Jim gehört zur gleichen Klasse wie Sie«, sagte Milly.

»Das ist nicht wahr. Mein Arthur wäre irgendwann Inspektor geworden.« Im ansonsten leeren Raum ihres Bewußtseins stieg ihr toter Arthur Stufe um Stufe und mit jedem Schritt nach oben änderte sich seine Uniform, erst kamen Streifen am Ärmel, dann Litzen, dann verschwand auch der Helm und an Stelle des Helms kam eine Mütze – ein gemachter Mann!

»Sie wollen also nicht unterschreiben?«

»Nein. Jedenfalls – nicht, bis ich mit Arthurs Bruder gesprochen habe.« Als über ihrem Kopf ein Glöcklein bimmelte, sprang sie auf. An das plötzliche Hereinbrechen der elektrischen Klingel hatte sie sich nie gewöhnen können; das Zittern des Drahts durch den ganzen Flur in der guten alten Zeit hatte vorgewarnt. »Ach«, sagte sie, »meine Liebe, würden Sie für mich öffnen?«

»Wer ist's denn?«

»Ich kann die Kameras nicht mehr ertragen«, sagte Mrs. Coney. »Schicken Sie die Pressemenschen fort. Ich habe ihnen nichts zu sagen.« Ihr kam, als sie Milly durch ihre verengten Augen anflehte, mit diesen Augen, die nicht mehr ausdrückten als ein Paar pechschwarzer Schmerzperlen, die Erinnerung an den Tg, da ihr Mann starb und wie ihr eine höfliche, freundliche, herablassende Stimme an der Haustür die Nachricht mitgeteilt hatte, und bevor sie noch die Stative auf den Gehsteigen entdeckt und als Stative erkannt hatte, hatten die Linsen der Kameras ihre Bestürzung und ihr Entsetzen eingefangen und als ein Stieren von dumpfem Unverstand festgehalten. »Sagen Sie denen, ich bin nicht zu Hause.«

Milly stand auf. Den ganzen Flur hindurch dachte sie angestrengt nach; neben dem hölzernen Bären blieb sie kurz stehen; dann machte sie die Tür auf. Ein Mann mit Glatze zog seinen Hut. »Mrs. Coney?« sagte er.

»Warten Sie«, sagte Milly und lief zurück durch den Flur. Er kam rasch hinter ihr her; er lief auf Zehenspitzen; er hatte Lackschuhe an. Sie drehte sich um, und er beobachtete sie, den Hut in der Hand, mit einem Ausdruck unnachgiebiger Demut. »Ich habe gesagt: warten Sie!« Milly wußte, daß ihr beinahe die Stimme versagt hatte. Wenn sie ihre Schlacht nicht bald gewinnen könnte, würde sie aufgeben; kämpfen war sie nicht gewohnt, das Kämpfen hatte sie immer Jim überlassen, er hatte dafür gesorgt, daß besoffene Nachbarn aus der Wohnung verschwanden oder auf dem Jahrmarkt für beide einen Weg durch die Menge gebahnt.

»Ich bitte um Entschuldigung«, sagte der Mann sanft und machte auf den Fersen kehrt. »Ein Mißverständnis –«, und er ging zum Eingang zurück; als er jedoch neben dem Bären stehenblieb, ganz kurz, und mit den Knöcheln gegen den Schädel des Bären klopfte, da wurde Milly die innere Härte des Mannes klar; damit bekam man es zu tun, wenn man Nachrichtenwert hatte, mit sanftzüngigen Unbekannten im eigenen Haus, die alles anfaßten und prüften und kritisierten und mit keinem Wort aussprachen, was sie dachten.

Sie machte die Küchentür hinter sich zu und sagte: »Da ist ein Mann von der Zeitung.«

»Haben Sie ihm gesagt, daß ich aus bin? Ist er weg?«

»Ich habe ihm gesagt, er soll warten.«

»Warum hassen Sie mich?« sagte Mrs. Coney und begann zu weinen. Sie saß mit ihren ausdruckslosen Augen kerzengerade auf ihrem Stuhl, wie der Gipsabdruck einer Statue zu Ehren der Geradlinigkeit, der das Wasser am Gesicht heruntertropfte. Sie zog ein buntes, spitzenbesetztes Taschentuch hervor und tupfte sich die Wangen ab.

»Wenn Sie das hier unterschrieben haben, schicke ich ihn weg.«

»Er wird aber nicht gehen.«

»Ich bringe ihn zum Gehen«, sagte Milly.

»Sie sind eine böse Frau. Ich habe nichts zu schreiben.«

»Da, nehmen Sie diesen Bleistift.«

»Sie haben das Ganze geplant.«

»Oh, nein«, sagte Milly. »So viel Grips habe ich gar nicht. Es ist Glück. Es ist das erste Mal, daß ich Glück habe, seit Ihr Mann mich schlagen wollte.« Sie begann vor bitterer Freude selbst zu weinen, als sie das Gekritzel auf dem vorgedruckten Papier sah – »Rose Coney« – und dachte, ich habe was für ihn tun können, ich habe für ihn gekämpft, ich habe ihm genützt, und sie war voller Dankbarkeit für Conrad, der ihr zu dieser Erleichterung verholfen hatte, sie war – Jims Feinde ausgenommen – aller Welt gegenüber dankbar. »Ich würde für Sie genauso viel tun«, sagte sie, »wenn ich könnte. Doch Ihr Mann ist tot. Ihm kann nicht geholfen werden. Aber meinem ja. Ich würde für ihn alles tun.«

Der Mann stand wieder im Flur. Er hielt eine Vase in der Hand, die er sich von unten ansah. »Mrs. Coney?« fragte er wieder.

»Nein. Sie will Sie nicht sehen.«

»Es macht mir nichts aus zu warten.«

»Ich würde nicht warten, wenn ich Sie wäre. Sie könnten was Wichtiges verpassen, wenn Sie hier warten.«

»Ach, ich bin Warten gewöhnt«, sagte er. Er wurde vertraulich, während er im Flur auf und ab ging, eine Vase abtastete, dem Bären einen Finger ins Maul steckte. »Anders habe ich noch nie was herausbekommen.» Er machte ein Gesicht wie eine Fassade mit verschlossenen Fensterläden, das Leben, das sich dahinter im Zwielicht der stillen Räume abspielte, blieb den Menschen draußen verborgen. »Stört Sie's, wenn ich rauche?« Er steckte sich eine Zigarette an und streichelte ein grünes Blatt. »Sie sollte Tee an die Pflanzen gießen. Dieser Bär kommt aus der Schweiz. Niedliche Zähne hat er.« Er sprach irgendwie traurig still. »Ich habe ein ganzes Zimmer mit solchen Sachen gesehen. Alles Holzschnitzereien. Am Rheinfall bei Schaffhausen. Und eine Melodie haben sie auch gespielt – Papierkörbe, Zigarettendosen, Obstschalen. Und die Kuckucksuhren riefen immerzu kuckuck.«

»Sie wollen nicht wieder gehen?«

»Ich bin Warten gewöhnt. Es sollte mich gar nicht wundern, wenn dieser Bär eine Melodie spielte – man müßte nur wissen, wie.« Er klopfte ihm wieder auf den Schädel.

»Ich muß jetzt gehen«, sagte Milly. Aber der Mann faszinierte sie. Er hatte die Wahrheit gesagt, als er sagte, er sei Warten gewöhnt. Er war im Warten so geübt, daß er nichts anderes zu wollen schien, als herumzustehen und alles anzufassen und mit jedem zu reden, der zuhörte. Aber ein geselliger Mann war er nicht. Das Ganze war nur eine Methode, um die Zeit totzuschlagen. Er war in Gedanken überhaupt nicht bei ihr, sondern bei völlig anderen Dingen. Wenn ich jetzt nicht da wäre, überlegte sie, würde er sich hinsetzen und schlafen.

»Aha«, sagte der Mann, »ich hab's.« Er zog dem Bären einen der beiden Schirme aus den Tatzen, und schon klimperte im Bauch des Bären eine primitive Melodie. »Mir ist's, als ob's gestern gewesen wäre«, sagte der Mann, ohne die Stimme zu heben; was er sagte, konnte Milly nur verstehen, wenn die Melodie leiser wurde. »Welche Enttäuschung – die lange Fahrt – durchnäßt – ohne ein Taschentuch – drei Shilling für Tee – keine Toilette.«

Milly sagte: »Aber Sie müssen gehen. Ich habe ihr versprochen, daß Sie gehen.« Die Walze der Spieluhr im Holzbauch begann zu wimmern und zu knatschen; die Melodie ging zu Ende. »Dir stiehlt schon keiner den Schirm«, sagte der Mann und tigerte im Flur wieder auf und ab. »Zeigt dies Foto den seligen Mr. Coney?«

»Ich bin Mrs. Drover«, erklärte Milly.

Er zeigte sich nicht im mindesten überrascht. »Und Sie sind mit Mrs. Coney bekannt?«

»Nein. Ich bin nur hier, um sie zu bitten, die Petition zu unterschreiben.«

Er sah sie aus seinen runden, melancholischen und völlig desinteressierten Augen an, als wollte er ihr zu verstehen geben, daß alle menschlichen Schicksale sich gleichen und alle Geschichten sich immer nur wiederholen und daß es sein Unglück sei, sich all diese Wiederholungen anhören zu müssen. »Sie haben Nerven! Und hat Sie unterschrieben?«

»Ich erzähl's Ihnen, wenn Sie jetzt weggehen mit mir.«

Er setzte den Hut auf, gab dem Bären einen letzten Klaps und öffnete die Tür. »Sie sollte Tee an diese Farngewächse gießen.« Er begann, ohne sich umzusehen, ob Milly ihm folgte, zwischen den schokoladebraunen Einfamilienhäusern den Hügel hinunterzugehen. »Vielleicht werde ich noch mal herkommen und es ihr sagen. Oder auch nicht. Für die Zeitung ist ihre Geschichte tot. Ohne Interesse. Glauben Sie bloß nicht, Sie könnten von mir für ein Interview Geld bekommen. Ausgeschlossen. Mein Chef würde toben. Ist das dort drüben aber ein hübsches Häuschen!«

Milly fiel hinter ihm zurück. Mit jedem Schritt, den er tat, wurde das, was sie erreicht hatte, kleiner. »Ich weiß nicht, von welcher Zeitung Sie sind«, sagte sie. »Aber ich kann's ja bei der anderen probieren. Ich will gar kein Geld.«

Er wurde schroff. »Oha, so eine sind Sie also! ›Gerechtigkeit – das ist alles, was ich will.‹ Das ist alles – man stelle sich vor! Als ob die Gerechtigkeit ein Pfund Tee wäre, als ob sie überhaupt existierte, als ob –«

»Gerechtigkeit will ich nicht«, sagte Milly. »Davon habe ich genug gesehen. Ich war jeden Tag im Gerichtssaal.«

Er blieb stehen und lehnte sich gegen das Schild einer Immobilienfirma und sah sie mit einem kurzen Flackern von Interesse an. »Und *hat* sie die Petition unterschrieben?«

»Ich werde Ihnen nur dann was erzählen, wenn's Sie auch wirklich interessiert«, sagte Milly. »Ich will damit an die Öffentlichkeit.«

»Ist das alles?« fragte er sarkastisch, aber seinen Sarkasmus merkte sie nicht. Ihr kam noch immer alles ganz einfach vor – man wollte was und entweder kriegte man's oder nicht; man war entweder glücklich oder unglücklich, man liebte oder man haßte. Sie hatte die Dinge nie aus unmittelbarer Nähe erlebt; sie war nie nah genug ans Leben herangekommen, um die verwirrenden Details zu sehen und die Erfahrung zu machen, daß man jämmerlich glücklich war, daß Geben auch Verweigern bedeuten konnte, daß man einen Menschen wegen derselben Dinge liebte und haßte. »Das ist alles«, sagte sie. Sie wollte damit jetzt nur an die Öffentlichkeit. Dafür hätte sie Geld geopfert, wenn sie welches gehabt hätte, ihre Gesundheit, wenn das verlangt worden wäre, Freunde, wenn sie Freunde gehabt hätte. »Ich werde damit zu einer anderen Zeitung gehen«, sagte sie.

»Sie sind viel zu naiv, um allein zu sein«, sagte er. »Die werden kein größeres Interesse haben als ich. Also können Sie es genauso gut mir erzählen. Einen Absatz wird es bestimmt wert sein. Vielleicht zwei. Ich bringe das schon irgendwo unter. Das verspreche ich Ihnen.«

»Kann ich das schriftlich haben, ich meine, Ihr Versprechen?« Er mußte über sie lachen und ließ sich rücklings gegen die große Tafel fallen, so daß sein Hut von den großen weißen Buchstaben – »Zu Vermieten« – ein paar verdeckte, und sie wurde unruhig, ihr schien irgendwie alles zu kompliziert, weil er gar nicht über sie zu lachen schien, sondern über sich selbst. Sie hätte jetzt gern Kay bei sich gehabt, um mit ihm fertig zu werden. Und gerade als ihr der Gedanke durch den Kopf ging, sagte er, und fast hätte sie's umgehaun: »Ich hätte Sie nie erkannt. Sie sehen Ihrer Schwester ja überhaupt nicht ähnlich.«

»Sie kennen Kay wirklich?« Sie fügte schnell hinzu: »Es ist ja nicht so, als ob ich Ihnen nicht traute. Ich will nur kein Risiko eingehen. Sie müssen mich verstehen. Es geht um meinen Mann.«

»Ach«, sagte er, »mich können Sie nicht beleidigen. Ihrer Schwester wäre das allerdings klar – eine Sache wird auch dadurch nicht wahrer, daß man sie aufschreibt. Das weiß niemand besser als ich.«

Er beobachtete sie. Sie war verwirrt und völlig mutlos. Sie begriff überhaupt nicht, wovon er sprach.

»Was für ein Idiot!« sagte er. »Mitzumarschieren und sich Schwierigkeiten zu machen und ein nettes Mädchen wie Sie zu verlieren!«

»Es war nicht seine Schuld. Wir waren glücklich. Es lohnt sich nicht, glücklich zu sein. Ich habe ihm immer gesagt, das kann nicht von Dauer sein, aber irgendwie konnten wir nichts dagegen tun.«

»Mein Name ist Conder.«

»Ich heiße Milly.«

Conder sagte: »Kommen Sie. Wir trinken in der Stadt zusammen eine Tasse Kaffee. Dabei können Sie mir von Mrs. Coney berichten. Ich will für Sie tun, was ich kann. Darauf können Sie sich verlassen. Ich bin selber verheiratet. Ich würde Ihnen gerne von meinen Kindern erzählen. Eins hat Keuchhusten. Sehr unpassend, weil wir eben in ein neues Haus umgezogen sind.« Er begann hügelab zur Bushaltestelle fast zu laufen und redete und redete in einem fort über seine Frau, seine Kinder; in einer Sturzflut von Worten floh er davon, entfloh er einem Schweizer Schirmständer und einem Mädchen, das ihn vor zehn Jahren am Rheinfall bei Schaffhausen ausgelacht hatte – »Sie komischer kleiner Kerl« –, als er ihr im Sommerhäuschen nach dem Kleid gegrapscht hatte (einen Franc für den Blick auf die Fälle durch grünes und rosarotes und lila Glas), während draußen in vielen Farben das Wasser schäumte und spritzte und vom Chalet her die Kuckucksuhren schlugen und von allen Obstschalen ertönten Melodien. Er klagte über den Scheinkomfort seines Lebens, sprach mit Verbitterung von seinem fabulösen Glück, und bis der Piratenbus am Bordstein hielt und mit seiner Fracht Konterbande wieder losfuhr, war seine Unzufriedenheit so wirklichkeitsfremd überhöht wie seine ganze Welt.

In der Regent Street gab es einen Verkehrsstau von einer halben Meile. Sie konnten Omnibus nach Omnibus bis zum Oxford Circus sehen, als sie sich umdrehten. Auf dem Gehsteig wartete eine Menschenmenge, und vor einem Kino wurde ein scharlachrotes Tuch aufgerollt, das zu beiden Seiten von handfesten Frauen bewacht wurde, denen die Hüte ein wenig schief auf dem Kopf saßen, und die Hände umklammerten schwarze Taschen, aus denen sie das Mittagessen gefuttert hatten. Die Frauen mit den hochroten Gesichtern waren böse und aufgeregt und voller Mißtrauen, daß jemand sich von hinten vordrängen wollte.

»Alles lahmgelegt«, bemerkte Conder. Berittene Polizei zügelte ihre Rösser zurück, an den Gehsteigrand, und sorgte dafür, daß die Straße frei blieb. »Wenn Sie jetzt etwas kaufen wollten – unmöglich. Wenn Sie eine geschäftliche Verabredung einhalten müßten – unmöglich. Für die nächsten fünfzehn Minuten sitzen wir hier fest. Geduld!« sagte Conder. »Wir müssen es mit Fassung tragen. Hier findet ein Staatsakt statt. Die Königin geht ins Tonfilmkino.« Die Straße, die bis hin zum Piccadilly Circus völlig frei war, leuchtete in der Sonne; nach einem Regenschauer dampfte das Pflaster. Ein altmodischer Daimler summte gemächlich um die Kurve des Quadranten, und Männer in Cuts verbeugten sich tief. Und dann ging ein Kopf mit aufgestecktem Haar unter einer grauen Toque beim Kino vorbei. Irgendwer ließ eine Papiertüte auf den Teppich fallen; dünner Applaus. Im gleichen Moment sprangen bei allen Omnibussen die Motoren an, die berittene Polizei ritt im leichten Galopp über die leere Straße davon, und alle Menschen begannen zu reden. Es war wie zum Schluß der zwei Schweigeminuten am Gedenktag zum Waffenstillstand.

*

Conrad Drovers Stimme war schrill vor Empörung. Er machte allen Buchhaltern, einem nach dem anderen klar, was er von ihnen hielt, und ließ nicht einmal den jungen Neffen des Direktors aus, der das Geschäft von der Pike auf lernen sollte und einen hellen Anzug und die Krawatte einer Public School trug. »Wenn es mich hier nicht gäbe! Wenn ich euch nicht andauernd auf die Finger schauen würde!« Der junge Mann erwiderte den Blick; der Blick war frech und unverschämt. Der Mensch roch förmlich nach Geld. Auf seinem Schreibtisch lag aufgeschlagen eine Autozeitschrift; die gedämpfte, aber durchdringende Stimme, mit der er den anderen Buchhaltern von Wochenenden in Brighton erzählte, hatte Conrad oft genug durch die Glastür hören müssen. »Sie sind Ihr Gehalt nicht wert! Halten Sie sich bloß nicht für unentbehrlich –« Sie starrten zurück, und er bekam plötzlich Angst vor dieser Phalanx feindseliger Augen und stürzte in sein Büro zurück.

Es war eins, er hörte aber nicht auf, seine Papiere zu ordnen, bis nebenan der letzte Buchhalter den Raum verlassen hatte. Ihm zitterten die Finger; er war weich in den Knien. Er wußte, wie verhaßt er war, und dafür haßte er sie zurück – diese Intriganten. Die würden sogar noch aus der Verurteilung seines Bruders Kapital schlagen, wenn sie nur gewußt hätten, wie. Er fragte sich manchmal, ob das sein ganzes Leben lang so weitergehen müßte, eine neue Buchhalterriege nach der anderen und jedesmal eine neue Riege von Intriganten, die auf seine Stellung scharf waren. Es war immer das gleiche, sagte er sich, ein Chefbuchhalter war nirgends beliebt, aber im Unterschied zu ihm waren andere vielleicht stark genug, dabei innerlich fest zu bleiben. Sie schöpften irgendwoher immer wieder neu Kraft. »Ich bin ausgelaugt«, sagte er laut und trommelte mit den Knöcheln auf die Schreibtischplatte. Bei dem Geräusch fuhr er aus seiner Selbstbetrachtung hoch, der Buchhaltersaal war inzwischen ganz leer, doch der Schatten des Direktors lief hinter der Glastür immer noch auf und ab; man durfte sich nicht einen Augenblick gehenlassen. Wenn der Direktor ihn in seinem Büro allein laut reden hörte, könnte er eventuell an ihm, an seinen Zahlen, an seiner Disziplin zu zweifeln beginnen; es könnte ihn zu dem Entschluß veranlassen, die Zeit für seinen Neffen sei gekommen. Davon, daß es eines Tages dazu kommen würde, war Conrad fest überzeugt. Bis dahin galt es, Ruhe zu bewahren, sich anzugewöhnen, an andere Dinge zu denken und nicht andauernd das Büro mit nach Hause zu schleppen – Bilanzen, unfähige Buchhalter und den Neffen des

Direktors, die in seinem Kopf eingesperrt waren wie Papiere in einem Safe, dessen Kombination verlorengegangen ist.

Er nahm den Hut vom Haken, den Schirm aus dem Ständer, den Aktenkoffer vom Schreibtisch. Er verließ das Büro fünf Minuten später als üblich, und es war denkbar, daß inzwischen ein anderer seinen Tisch im Restaurant besetzt hatte.

Als er durch den Buchhaltersaal ging, lag beim Neffen des Direktors – unübersehbar – eine Zeitung auf dem Schreibtisch, sie war vom Vortag und auf der Seite mit dem Bericht von der Berufungsverhandlung über seinen Bruder aufgeschlagen. Da war auch ein schmutziges Foto von seinem Bruder zu sehen, das an seinem Hochzeitstag aufgenommen worden war. Er trug einen steifen Kragen und eine dunkle Krawatte, und in dieser ungewohnten Kleidung war eine Ähnlichkeit mit Conrad erkennbar. Conrads Herz tat einen Sprung. Er hatte Angst, daß der Manager das sehen könnte. Er zerknüllte die Zeitung und warf den Ballen in den Papierkorb. Aber vielleicht wollte der Direktor beim Mittagessen etwas lesen – dann könnte er sie sich aus dem Papierkorb holen. Wenn ich sie bloß verbrennen könnte, dachte Conrad, und tastete seine Hosentasche nach Streichhölzern ab. Aber hier war nirgends ein Kamin. Als er die Tür des Managers aufgehen hörte, nahm er den Ballen aus dem Papierkorb und stopfte ihn in die Tasche.

Treppabwärts diskutierte er innerlich alles Punkt für Punkt durch: Der Manager mußte bereits Bescheid wissen. Er darf aber nicht wissen, daß die Buchhalter das ihm gegenüber ausnützten. »Disziplin«, hörte er den Manager über den Schreibtisch gebeugt aussprechen, »im Büro muß Disziplin herrschen, Drover«, und Conrad – mit vor Verzweiflung dürren Lippen, weil er ahnte, jetzt war's soweit, jetzt käme die Kündigung zum nächsten Monatsende – vernahm mit ungläubigem Staunen: »Ich bin überzeugt, daß Sie imstande sind, die Buchhalter mit fester Hand zu führen. Deshalb gebe ich Ihnen den Posten von Chine. Sie sind jung, Drover«, und der Manager hatte gelächelt. »Ein junger Mann kriegt alles fertig, wenn er die nötige Energie und den nötigen Ehrgeiz aufbringt.«

Darauf war Conrad nicht vorbereitet. Ihm war sein Leben lang alles überraschend gekommen. Er war befördert worden, wenn er mit der Kündigung gerechnet hatte; er hatte Lob geerntet, wenn er auf Kritik eingestellt war. Aber eines Tages, er wußte es ganz genau, würden sie ihn durchschauen; der Neffe des Direktors als erster.

Im Restaurant hatte sich niemand an seinen Platz gesetzt. Ihm blieb kaum Zeit, sich die Speisekarte vor das schmale, melancholisch gereizte Gesicht zu halten, da kam die Inhaberin schon auf ihn zugestürzt. Über die prompte Bedienung wunderte er sich tagtäglich. Sie hätte seine Mutter sein können, sprang aber, kaum hatte er Platz genommen, in einem gestreiften Pullover, der farblich zum Tea-Room paßte, zwischen den Porzellanfiguren und den kleinen Tischen mit ihren karierten Decken hindurch, so schnell und sicher wie eine Katze.

»Ja«, hauchte sie bemüht, »bitte sehr?«, vor lauter Nervosität aggressiv.

»Das Mittagessen«, sagte er. Das Menü à la carte war reine Hochstapelei. Es enthielt keinerlei Speise, die nicht schon zum Tagesmenü gehört hätte – für sich allein war jeder Gang lediglich etwas teurer.

»Die Tomatensuppe«, sagte er. »Dann *steak-and-keadney pie*.«

»Bedaure, die Pastete gibt es nicht mehr.«

»Ich esse doch immer die Pastete. Das hätten Sie wissen müssen. Hätten Sie denn nicht eine Portion –«

»Ich habe heute nicht mehr mit Ihnen gerechnet.«

»Ich esse doch jeden Tag hier. Ich nehme ein Kotelett. Und den Obstsalat.« Er merkte, wie ihm die Speisekarte in der Hand zitterte; die bunten Figuren in Krinolinen unter dem »Sign of the Mulberry Tree« schwankten vor seinen Augen. »Bitte«, sagte er. »Ich glaube, heute täte es mir gut, wenn Sie mir vom Pub ein Stout holen lassen.«

»Das Geld dafür müssen Sie mir im voraus geben.« Er konnte kaum verstehen, was sie sagte, und war nervös und gereizt, als er sie bat, die Worte zu wiederholen; es war ihm nie aufgegangen, daß sie vor ihm mit seinem Chefbuchhalterton mehr Angst hatte als vor allen anderen Kunden. Sie war stets davon ausgegangen, daß er ein Staatsbeamter mit einer großen Bürde von Geheimnissen und Verantwortung war. »Ein Starkbier«, rief sie schalkhaft zum Kellner, »für unseren Sklaventreiber«, und war vor Stolz wie elektrisiert, als die Flasche hereingetragen wurde. Das Starkbier gab dem gesamten Restaurant eine männlichere Note. »Vielleicht sollte ich mein Lokal ›The Cocoa Tree‹ umbenennen«, meinte sie augenzwinkernd, als sie die Flasche vor Conrad hinstellte.

Er gab keine Antwort. Er dachte an Milly, die ihm gesagt hatte: »Du kannst mit einer Kanone nicht umgehen.« Weshalb, um Himmels willen, mochte sie das bloß gesagt haben – er könne mit einer Kanone nicht umgehen! Er fand die Bemerkung kränkend. Sie beschäftigte ihn noch, als er aufstand, die Rechnung bezahlte und den Tea-Room verließ. Sein Gesicht war verspannt, geheimnis- und sorgenumwittert, seine Körperhaltung bedrückt; niemand wäre je drauf gekommen, mit welchem albernen Satz er sich unablässig herumtrug. Draußen hob er die Hand und hielt sie steif ausgestreckt. Er schaffte es, sie etwa zwei Sekunden lang ruhig zu halten – für einen Schuß lang genug. Aber, du großer Gott, auf was sollte er denn schießen wollen? Er sah Gesichter vorbeiziehen – den Manager, den Neffen des Direktors, einen Buchhalter nach dem anderen, ein rundlicher, lachender Mensch vor dem Berkeley Hotel, ein lächelnd zerfurchtes, gelbes Gesicht, sein eigenes Spiegelbild in einer Schaufensterscheibe. Für so etwas hätte ich doch gar nicht die Nerven; schießen bringt nichts. Ein Mädchen rannte zur Bushaltestelle an ihm vorbei; sie lachte laut vor sich hin und hatte einen Fleck auf der

Backe. Da wurde ihm schlagartig bewußt, daß soeben ein vollkommenes Glück ihn berührt, ihm beinahe den Regenschirm vom Arm gerissen hatte. Er drehte sich nach ihr um, sie war aber schon nicht mehr zu sehen – nur ein Stückchen von scharlachrotem Tuch, das im Inneren des anfahrenden Busses untertauchte.

Ein Blumengeschäft füllte die Luft mit Blütenduft.

Schießen bringt nichts. Man braucht eigentlich nur ein bißchen Zuversicht, Gottvertrauen, eine Blume im Knopfloch, die Musik eines Glockenspiels irgendwo aus dem Himmel, »Energie und Ehrgeiz, Drover«, ein bißchen Liebe, eine Theaterkarte – Liebe. Er betrat fest entschlossen das Geschäft. »Ein Dutzend von diesen Safran-Rosen. Was kostet das?« Der Preis warf ihn um; er kaufte sie trotzdem; nun war's zu spät, er hatte sie schon bestellt und überhaupt – ein Glockenspiel, Liebe, Überschwenglichkeit, ein verschwindendes Stückchen von einem scharlachroten Tuch.

Daß man ihm rosa Rosen gegeben hatte, bemerkte er erst nach einer halben Meile Entfernung.

Er holte aus, um sie in die Gosse zu schleudern; er war wütend und frustriert. – Aber eine alte Dame starrte ihn so verblüfft an, daß er die Hand senkte. Er tat so, als habe er einer Freundin zugewunken, nickte, setzte ein Lächeln auf und sah ins Schaufenster eines Waffengeschäfts. In einem Glaskasten über einem ausgestopften Fasan hingen zwei langeDoppellaufgewehre. Der Zufall verschlug ihm den Atem. Und wieder hatte er Milly mit ihrer einfach dahergesagten, völlig bedeutungslosen Bemerkung im Ohr: »Du kannst mit einer Kanone nichts anfangen«, und durch das eigene Spiegelbild, durch den Schirm, den Blumenstrauß und den Aktenkoffer hindurch sah er eine Reihe kleiner Metallgegenstände; die Mulden in den Patronenzylindern fingen das Licht wie Würfel aus Stahl. Als das Glockenspiel im hohen Turm von Atkinson's ausklang, schwoll das Dröhnen der Omnibusse.

Ein bißchen Zuversicht, Gottvertrauen. Der Manager,

der Neffe des Direktors und ich. Conrad lächelte sich im vergitterten Fenster glücklich zu. »Disziplin, Drover, Disziplin« – und angenommen, die Antwort wäre ein erhobener Revolver? »Bedaure... ein Monat Kündigungsfrist«, und das fette Gesicht mit dem Blick auf den fetten Händen auf dem Mahagonischreibtisch erwartete von einem Mann, seine Entlassung sportlich fair zu akzeptieren und klaglos auf die Straße und stempeln zu gehen (für einen Angestellten wie ihn gab es aber kein Arbeitslosengeld). Irgendwann würde dieser Tag kommen –, aber angenommen, er würde statt dessen nur die Hand heben zum Schuß – würde das Gesicht gegenüber noch Zeit haben, Überraschung zu zeigen?

»Und du wärst ein Mörder!«

Aber das habe ich durchschaut; eine Bezeichnung wie Mörder bedeutet für mich keine Schande mehr; ich weiß, was ein Mörder ist – Jim ist ein Mörder. Die Rechtsinstanzen haben es behauptet, mir über drei lange Tage auseinander gelegt, die Anwälte haben über diesen Punkt kostspielige Reden gehalten; sechs Geschäftsleute, drei Staatsbeamte, zwei Ärzte und ein berüchtigter Ehebrecher haben das als Geschworene durchdiskutiert und die Schlußfolgerungen gezogen – Jim ist ein Mörder, ein Mörder ist Jim. Warum sollte *ich* kein Mörder sein? Ich habe doch immer schon, seit meiner Schulzeit, wie Jim sein wollen. Es macht mir gar nichts aus, ein Mörder genannt zu werden. Das habe ich durchschaut.

Natürlich, sagte er sich, mache ich nur Spaß. Aber warum sollte der Spaß nicht ein bißchen weitergehen? Ich werde jetzt dieses Geschäft betreten und mir immer wieder eins einreden – wenn ich mir das, was ich kaufen will, wirklich gekauft habe, werde ich mich nie mehr vor jemand fürchten. Natürlich – wenn der Verkäufer fragt, was ich wünsche, werde ich irgendeine Ausrede vorbringen und der Spaß ist aus, dann wird's nichts mehr zum Lachen geben. Ich werde das Geschäft einfach wieder verlassen und in einen Bus steigen.

»Oh, gewiß, Sir«, sagte der Ladenbesitzer gerade, »das ist das Modell, das im letzten Herbst Lord Blendowe benutzt hat. Er war davon angetan, *sehr* angetan. Fühlen Sie doch bitte nur einmal, wie es in der Hand liegt, Sir. Nein, ein *Allzweckgewehr* ist es selbstverständlich nicht.« Conrad Drover beobachtete sie vom Ladeneingang, der Rosenstrauß hing auf den Gehsteig hinunter. »Es handelt sich um ein *Sportgewehr*, Sir. Wenn die Vögel hoch oben kommen...«

Sie beugten sich über das Gewehr, sie nahmen Ziel, sie ließen die Finger darüber gleiten. Der Ladenmensch begann sich anzubiedern. »Ist es wahr, Sir, ich habe da so eine Bemerkung gehört, daß Mr. Jones dieses Jahr kein Heiderevier gepachtet hat? Nein, nicht Mr. Fred Jones. Der geht auf Lord Taverils Besitz jagen. Mr. ›*Gee-Gee*‹ Jones, Sir.«

Conrad trat ein. Er lächelte. Die Rosen legte er auf den Ladentisch. Er setzte sich. Niemand beachtete ihn. »Nein, in diesem Jahr sind nicht viele Amerikaner angereist, Sir. Wir können nicht behaupten, daß wir das bedauern. Wir haben wenig Kunden aus Amerika. Sie bringen ihre eigenen Waffen mit über den Teich. Bald werden sie mit Maschinengewehren herüberkommen. Wir hören so manche Geschichte über ihr Betragen – genau, wie Sie sich denken können, Sir. Das sind keine *Sportsleute*, Sir, das sind *Killer*.«

Conrad erhob sich und sah sich im Laden um. Ein dicker Teppich lag auf dem Boden. Seine Füße sanken in dem blauroten Flor ein, und von seinen Rosen verlor eine, die bereits leicht verblüht war, unterwegs ihre Blätter. In den Vitrinen lagen überall Waffen: Doppellaufgewehrte, Flinten, Revolver.

Der Ladenmensch kicherte. »O doch, ich habe davon gehört, Sir. Auf Lord Taverils Jagdgesellschaft ist das passiert. Der Schuß traf den Treiber ins Bein. Seine Lordschaft kommt oft her, Sir. Er hat es uns persönlich erzählt.«

Conrad sagte plötzlich mit seiner Chefbuchhalterstimmeg: »Wird mich hier niemand bedienen?« Der Ladenmensch warf ihm einen Blick zu, zog die Augenbrauen hoch, rief: »Mr. Fanshawe nach vorne«, und erzählte seine Geschichte weiter. Hinter dem Ladentisch tauchte Mr. Fanshawe auf. Er hatte graues Haar und trug einen Cut. Cuts, dicke Teppiche und Glanzpolitur – auf den Mahagoni-Schränken, auf Schuhen und Haaren, überall – waren für den Verkauf von Waffen offenbar notwendig. Hier waren selbst Fingernägel lackiert.

»Ich wollte einen Revolver kaufen«, sagte Conrad.

»Gewiß, Sir, einläufig, zweiläufig? An was hatten Sie gedacht?« Er zog eine Lade heraus und begann Conrad Revolver anzupreisen. »Der Vorteil dieses *neuen* Typs von Sicherungshebel, Sir... Ein bißchen *schwer* vielleicht, dieses Modell... *Das* hier ist ein wunderschönes, kleines Ding, Sir, ein schöneres hatten wir vielleicht noch nie in unserem Angebot. Ein *Damen*-Modell, doch auf eine Entfernung bis zu fünfzehn Metern *absolut* zuverlässig.« Plötzlich hatte Conrad von diesem Scherz genug; er wollte gar keinen Revolver; seine Hand begann wieder zu zittern. Er sagte: »Ich werde es mir überlegen.«

Das nächste identische, graue Objekt lag ihm schwer auf der Hand, und ganz wider Willen spannten sich seine Finger: Ich werde mich nie wieder vor einem Menschen fürchten; auf seinem Trommelfell dröhnte es: »Disziplin, Drover, Disziplin«, »ein Kinderwagen auf einem Taxi«. Er schrie den Verkäufer beinahe an: »Aber ich habe keinen Waffenschein.«

»Natürlich, Sir, müssen Sie Ihren Waffenschein zum Kaufabschluß *vorweisen*. Wären Sie Stammkunde bei uns, könnten wir vielleicht ein Auge zudrücken, Sie werden es aber natürlich verstehen, daß wir die Verantwortung einem Unbekannten gegenüber nicht auf uns nehmen könnten.« Er versuchte es Conrad schonend beizubringen; er stand unter dem Eindruck, es könnte Conrad enttäuschen, wenn ihm nicht gestattet würde, das Geschäft mit einem wunderschönen Ding zu verlassen, das auf eine Distanz von gut fünfzehn Metern einen Menschen zuverlässig zu töten vermochte. »Nein«, sagte Conrad vergnügt, weil er froh war, daß sein Späßchen ein Ende gefunden hatte, »ich besitze ja keinen Waffenschein.«

»Vielleicht könnte ich Sie für eine Luftpistole für Hauseigentümer interessieren. Ohne Waffenschein.« Die Stimme des Mannes klang gleichgültig. Für den Verkauf einer Luftpistole war der Pomp von Teppich und Cuts und glänzendem Mahagoni nicht gedacht.

»Nein. Nein, ich muß mich um den Waffenschein kümmern, dann komme ich wieder.«

»Sie haben Ihre Blumen« – eisig – »auf dem Ladentisch liegen gelassen.«

»Danke.«

Mr. Fanshawe hatte ihm längst den Rücken zugedreht. Beim Hinausgehen verstreute Conrad Rosenblüten. Ein Bus fuhr vorbei, doch hinter dem Bus lief niemand her, diesmal rannte keine junge Frau mit vollkommen glücklichem Gesicht an Conrad vorüber, um als Stückchen von einem scharlachroten Tuch zu verschwinden. Und der Spaß war auch wieder nicht so komisch gewesen, daß er ihn Milly unbedingt erzählen müßte; daß Milly und er deswegen Jim im Gefängnis und die Hinrichtung Donnerstag vergessen und lachen würden, war doch sehr unwahrscheinlich. Conrad spürte erstmals im Leben eine Spur von Haß gegen seinen Bruder in sich. Wie lange noch, bis man lächeln oder lachen durfte? Wie lange noch diese Verkrampfung der Mundmuskel? Wie lange würde es dauern, bis sie einen Moment des Fröhlichseins nicht als Verrat empfänden? Seine Hand war vom Stahl der Waffe noch immer kalt und schwer.

Der Gedanke kam ihm erst ein bißchen später – jetzt stelle dir mal vor, Milly hat Erfolg gehabt; stelle dir vor, Mrs. Coney hat unterschrieben; denke mal, Jim wird begnadigt. Der Gedanke lag ihm so schwer im Kopf wie der Revolver in der Hand; er spürte, wie die Last von achtzehn Jahren auf ihn niedersank. Würde selbst Jim so etwas wollen? Es war jedoch ihre Pflicht anzunehmen, daß Leben – Leben an sich, als Abstraktion ohne Vergnügen oder Hoffen oder stetigen Wechsel – Jim lieber war als der Tod. Falls Jim starb, würden sie lange Zeit vom Entsetzen gezeichnet sein; aber leben würden sie trotzdem. Die Zeit würde ihnen darüber hinweghelfen; sie würden sich wieder ganz natürlich unterhalten; irgendeine Art Leben könnten sie sich mühselig zurechtzimmern. Falls Jim aber am Leben bliebe, würden sie selbst zu einer Art Tod verurteilt sein. Sie würden immer mit der Aussicht auf das Ende der achtzehn Jahre leben müssen – nie unbeschwert fröhlich sein können, ohne jede Zukunftsperspektive auskommen müssen. Jim preßte die Lippen gegen das Drahtgitter und sagte: »Es wäre gut, wenn Milly wieder heiraten würde.«

Conrad hatte im Aktenkoffer einen Schlafanzug bei sich, einen Waschbeutel, Pantoffeln, einige Papiere. In der Küche machte er den Aktenkoffer auf und räumte, was sich drin befand, ordentlich weg. Milly war nicht zurück. Er setzte den Kessel auf und horchte; er wusch sich die Hände und horchte; oben schlug die kaputte Wohnungstür hin und her. Er fragte sich, wo sie blieb, und stellte die Blumen ins Wasser; man hatte ihm im Laden die schlechtesten Blumen verkauft; eine Rose hatte bereits sämtliche Blütenblätter verloren. Er ging nach oben.

Er öffnete die Tür zu Millys Zimmer. Er hätte auch ohne Jims Foto auf dem Nachttisch gewußt, daß es ihr Zimmer war. Er kannte doch ihr Parfum; es war süß und billig. Es war ihm in Korridoren entgegengeweht; aus dem Raum, wo die Stenotypistinnen saßen; vor den Geschäften an der Oxford Street; im Kino vom Sitz nebenan. Es war nicht etwa so, daß er diesen Duft als ein eben sehr gewöhnliches Parfum eingeordnet hätte; er empfand es so, daß Milly ihm oft durch den Sinn ging. Er war eigentlich nie davor sicher, daß sie sich ihm aufdrängte; wenn die Reklameپröbchen ausgegangen und all die Tausende von Probe-Bestellcoupons auf den Frauenseiten ausgefüllt waren und neue Duftnoten kamen – eben jetzt war es Vrai Paris, das unter der Tür in sein Büro, in die Fahrstühle hinein und heraus und durch die Treppenhäuser duftete – so war es noch immer der Gedanke an Milly und ihr Bild, die ihm in den Sinn kamen, weil sich auch Millys Duft geändert hatte. Sie war nicht keck und wagemutig wie Kay; das konnte sie sich nicht leisten; sie füllte statt dessen unzählige Coupons aus, erhielt dann Kistchen von der Größe einer Streichholzschachtel zugeschickt, die in der Zeitschrift ›Modern‹ eine halbe Anzeigeseite groß gewesen waren – ein winziges Töpfchen mit Rouge, eine winzige Tube Creme und das Duftfläschchen, das aus einem Puppenhaus hätte kommen können.

Er sah kurz zum Tisch hinüber. Selbst jetzt lag dort ein zur Hälfte ausgefüllter Coupon: »Ich versichere, daß ich noch keine Probe bestellt habe...« Sie hatte unterschrieben, aber noch nicht die Adresse eingetragen. »Milly Drover« – in ihrer krakeligen Schrift stand jeder Buchstabe für sich und endete in einem eingekratzten Loch und einem Tintenklecks auf dem Papier. Nach den wie gestochenen Handschriften im Büro kam ihm diese hier sehr persönlich vor; Milly war mit ihren Gedanken woanders gewesen, hatte aufgehört, weitergeschrieben und wild wütend abgebrochen –, weil ihr die Gedanken keine Ruhe ließen. Er empfand Zärtlichkeit angesichts ihrer Handschrift, er glitt mit dem Finger drüber; wie lange, so überlegte er, ist die Tinte wohl schon trocken? Er las es noch einmal – »Milly Drover«; es gefiel ihm, daß sie den gleichen Namen hatten; ihm war ganz kurz so, als wäre sie seine Frau. Er zog seinen Federhalter hervor und setzte, in einer groben Nachahmung ihrer Handschrift, seine eigene Adresse dazu. Als er wieder aufschaute, sah er ihr Bild im Spiegel. Sie beobachtete ihn.

»Was machst du da, Conrad?«

Er las vor: »Ich versichere, daß ich bisher noch keine Probe bestellt habe. Unterschrift: Milly Drover. Adresse: 16, Wallace Road.«

»Wallace Road«, sagte sie abwesend. Dann begann sie laut zu lachen. »Conrad, was bist du doch für ein Blödmann. Bin ich glücklich!«

»Glücklich?« fragte er ungläubig. Ihre Backenknochen wurden leicht rot, und ihr breiter Mund zitterte; er kam drauf, daß sie getrunken hatte.

»Jawohl. Es wird alles gut. Ich spür's. Ich habe ihre Unterschrift. Sie wollte nicht unterschreiben, ich habe sie aber rumgekriegt. Mir ist – mir ist so, als gäb's nichts, was ich nicht könnte.« Sie nahm den Hut ab und warf ihn aufs Bett. So gesprächig hatte Conrad sie nie erlebt; er war neugierig, bestürzt, enttäuscht. Er war wie ein Mann, der jahrelang von der Frau, die er liebte, getrennt gewesen war und heimkam und sie fast nicht wiedererkannte, so radikal hatte die Zeit sie bearbeitet. »Ich habe nie versucht«, sagte sie, »Menschen dahin zu bringen, daß sie was tun. Ich habe ja immer Jim gehabt. Ich habe gar nicht gewußt, daß ich so was konnte. Kann ich aber.« Sie kam näher und setzte sich neben ihn auf die Kante der Frisierkommode, streckte die Arme und gähnte.

»Du hast etwas zu trinken gehabt, stimmt's?« fragte er.

»Ja, Conrad. Drei Gläser Sherry. Einfach so. Eins nach dem anderen.« Sie lachte über ihn; das, dachte er wehleidig, war von der Milly, die er kannte, als einziges geblieben. Gestern hatte sie ihn ernstgenommen; sie hatte ihn angefleht; wenn sie doch nur so geblieben wäre!

»Woher hattest du das Geld?«

»Mr. Conder hat mich eingeladen.«

»Wer ist Conder?« fragte er scharf. »Den Namen habe ich noch nie gehört.«

»Beim Aufstehen heute morgen habe ich ihn auch noch nicht gekannt. Er hilft mir aber. Er ist Journalist. Er kennt Kay. Mache doch nicht so ein finsteres Gesicht. Du solltest dich mal im Spiegel sehen!«

»So viel habe ich dich noch nie reden gehört. Er muß raffiniert gewesen sein, daß du so viel redest.«

Sie zog ihm die Krawatte aus der Jacke. »Er ist ziemlich alt, Conrad. Er hat eine Glatze. Er ist verheiratet und hat sechs Kinder. Du brauchst wirklich nicht eifersüchtig zu sein.«

»Eifersüchtig?« sagte er. »Wie komisch, daß du dieses Wort *mir* gegenüber benutzt. Eifersüchtig?«

»Ich habe mir nichts dabei gedacht«, sagte sie. Sein scharfer Ton hatte sie ernüchtert; sie sprach gedämpft, abwehrend; das war Milly, wie er sie kannte; er hätte die Augen schließen oder ihr den Rücken zukehren können und trotzdem genau gewußt, wie sie jetzt mit unruhigem Blick von ihm weg in irgendeine Ecke schaute, nicht aus List und Tücke, sondern aus Angst, daß ihr beinahe überall ein Feind auflauern könnte. Er erinnerte sich an ihren Hochzeitstag in der überfüllten, rauchigen Kirche, als sie inmitten von Anthrazitgeruch und dem Hämmern der fernen Preßluftbohrer aus der High Street mit plötzlich heftigem Trotz »Ja« geantwortet hatte, als rechne sie selbst in der Kirche mit Feinden, als sehe sie ihr Unglück voraus.

»Ich habe dir ein paar Blumen gebracht«, sagte er. »Ich habe sie ins Wasser gestellt.«

»Ich habe es gesehen. Sie sind himmlisch.«

»Nichts Besonderes. Sie haben mir die falschen gegeben. Und sie sind fast verblüht. Die werden nicht lange halten«, und sofort mußte er wieder an den Donnerstag denken.

Sie sagte, und es klang gar nicht mehr so überzeugt: »Es wird alles gut. Ich spür's.«

»Du darfst dir von der Petition nicht allzuviel erhoffen.«

»Sie hat unterschrieben. Das habe ich geschafft.«

»Das bedeutet bestenfalls achtzehn Jahre.«

»Er bleibt am Leben«, sagte sie stur. »Er wird sich freuen, daß er am Leben bleibt.«

»Und du?«

Sie sah ihn fast mit Entsetzen an. »Ich? Ich freue mich natürlich auch. Es wird himmlisch sein. Ich werde ihn sehen können.«

»Einmal im Monat.«

»Worauf willst du hinaus? Willst du, daß sie ihn hängen?«

Conrad ging vom Spiegel weg, am Bett lang, drei Meter zur Wand und wieder zurück, stieß den Spiegel an, daß er sich drehte und das Spiegelbild seines Gesichts und vom Bett an die Decke warf. »Ich weiß nicht. Mir wird vieles klarer.«

»Wenn du willst, daß man ihn hängt«, sagte Milly, »dann bleibe besser nicht hier. Dann kannst du dich zum Teufel scheren.«

»Du bist wichtiger als er.«

»Wem? Dir?«

»Ja. Warum soll ich dir etwas vormachen? Wenn ich sage, du bist hübsch, dann bist du für mich hübsch. Und wenn ich sage – wichtig, dann meine ich: für mich, nicht für Ramsay MacDonald und auch nicht für die Königin.«

Sie warf, um ihn auf andere Gedanken zu bringen, schnell ein: »Die Königin habe ich gerade eben gesehen. Als sie ins Kino ging... Warum trägt sie bloß solche Hüte?«

Er nahm keine Notiz. »Dürfen wir uns denn nie mehr am Leben freuen, weil Jim eine Dummheit gemacht hat?«

»Ich dachte, du hättest ihn gern.«

»Habe ich ja auch. Aber langsam bringt er mich dazu, daß ich ihn hasse. Irgendwann muß ich hassen. Irgendwas ist nicht in Ordnung, aber der Wachtmeister ist tot, und Recht und Ordnung kann ich nicht hassen.«

Sie sagte verzweifelt: »Sei doch vernünftig. Dafür kann doch niemand. Mit Hassen kommst du nicht weiter, und Lieben führt genauso zu nichts. Von beiden wird man nur krank. Du siehst immer zu weit voraus. Du verdirbst einem alles. Ich war so glücklich, als ich nach Hause kam. Ich hatte was getan. Ich war der Meinung, daß wir Jim retten können. Aber du redest und redest, und ich möchte im Grund nur noch zu Bett gehen und weinen.«

Er sah sie voller Verwunderung an. »Wie komisch. Ich war nämlich selbst auch gut gelaunt. Bis du hereinkamst. Ich hatte eine lustige Geschichte zu erzählen. Ich war nämlich in einem dieser feinen Geschäfte an der Bond Street, wo Waffen verkauft werden, und habe denen vorgemacht, ich brauchte einen Revolver.«

»Einen Revolver? Wozu?«

»Nur ein Spaß. Ich habe den Verkäufer herumkommandiert. Dann habe ich ihm erklärt, daß ich überhaupt keinen Waffenschein besitze und bin einfach weggegangen. Ich habe das für einen guten Witz gehalten.«

»Das ist der langweiligste Witz«, sagte Milly, »den ich je gehört habe.«

»Jetzt scheint er tatsächlich langweilig«, meinte er nachdenklich, und plötzlich mußten sie beide laut lachen. Er wußte selbst nicht warum, doch als er den Spiegel ein zweites Mal in Drehung versetzte und Bett und Gesicht und Puderdosen aus dem Blickfeld schossen, war er plötzlich in der gleichen Stimmung wie beim Glockenspiel, das auf dem Hohen Turm von Atkinson's die verflossene Stunde ausläutete, wie auf dem Gehsteig im Duft der Blumen und als das Mädchen ihm im Vorbeirennen beinahe den Regenschirm weggerissen hätte. Sein Gesicht war nicht mehr aus Argwohn über unausgesprochene Vorwürfe verkrampft. Sie hatte ihm gesagt, er sei ein Blödmann und sein Witz sei fad und er solle sich zum Teufel scheren. Und ihre Wort taten ihm so gut, als bedeuteten sie höchstes Lob, und bei dem Gedanken, daß sie ihm Schlimmeres gar nicht mehr zu sagen haben konnte, verging ihm alles Mißtrauen.

»Und das hier«, sagte er, »ist auch nicht überzeugender: ›Ich versichere, daß ich noch keine Probepackung bestellt habe‹...«

»Nein«, sagte sie, »das ist nicht fad und nicht überzeugend, das ist einfach komisch«, und ihr standen Tränen in den Augen. »Conrad, bist du blöd! Du bist blöd, Conrad.«

Die Stimmung trug sie über die nächsten Stunden hinweg. Zur Teezeit war Kay noch nicht zu Hause; um die Zeit des Abendessens kam es ihm bereits so vor, als ob er seit einigen Jahren mit Milly zusammenlebte. Der Einbruch der Dämmerung und das künstliche Licht brachte sie ein bißchen auseinander. »Bis zum Winter ist's nicht mehr lang«, sagte er. »Geht es Kay gut?«

»Die weiß, wo's lang geht«, sagte Milly. Sie zündete das Gas an, zog ihren Stuhl heran und begann zu häkeln; er sah ihr ein Weilchen zu. Sie häkelte wie wild drauf los, ohne aufs Muster zu achten; sie mußte immer wieder eine Reihe auftrennen. Heraus kam dabei am Ende ein Lappen mit Streifen, der weder rund noch oval war. Conrad holte seine Papiere hervor und versuchte zu arbeiten; ihre physische Nähe verwirrte ihn aber. Sie hatte die Beine übereinandergeschlagen – die zarten Beine, das knochige Knie, die Knoten ihrer beweglichen Finger, die roten, an den Hacken abgetretenen Pantoffeln, die von ihren Zehen herabbaumelten, der gesenkte Kopf, die hohen Backenknochen: das alles erfüllte ihn mit einer Traurigkeit, die er sich nicht erklären konnte. Achtlos ließ sie Masche für Masche fallen; mühsam nahm sie sie wieder auf; das Häkelmuster rutschte ihr vom Knie und wurde an einer Seite von der Hitze der Flamme versengt. Die kalt leuchtende Flamme war selbst ihm an seinem Platz viel zu heiß; er drehte die Flamme herunter, und mit dem abnehmenden Lichtschein wurde Millys Gesicht dunkler. Ihre Beine erinnerten ihn an Kinder von Eingeborenen auf Fotos von Missionaren. In der Mittelschule hatten diese Kinder ihn immer wieder von der weißen Leinwand aus angestarrt –, mit großen Augen, verständnislos, ohne das Mitleid zu ahnen, das sie bei den Betrachtern erregen sollten. Ein knochiges Knie, ein an der Hacke abgetretener Pantoffel, der lose am Fuß baumelte – das reichte schon, um sie erneut anzufachen, seine Lust zu hassen – Jim, den Neffen des Direktors, den Mann, der vor dem Berkeley Hotel einen Witz erzählte, einfach alle, die auf irgendeine, und sei es noch so entfernte Weise diesem knochigen Knie, diesem abgetretenen Pantoffel gefährlich werden könnten.

»Was ist das?« sagte er. »Was du da machst.«

Sie hielt ihre Arbeit gegen das Licht. »Da ist irgendwas schiefgelaufen«, sagte sie. »Eigentlich dürfte es nicht so rechteckig sein.«

»Was ist es denn nun?«

»Eine Baskenmütze.«

»Hilft dir denn die Anleitung nicht?«

»Die Anleitung«, sagte sie. »Ach, die Anleitung. Die kann doch kein Mensch verstehen.« Sie las ihm wahnsinnig schnell vor: »Drei Dreifachstübchen in die fünfte Luftmasche von der Nadel, zwei Luftmaschen überspringen, ein Doppelstäbchen in das nächste – wie heißt es noch? – Büschelstäbchen, zwei Luftmaschen überspringen, vier Dreifachstäbchen in das nächste, zwei Luftmaschen überspringen–«

»Gib mal her«, sagte Conrad. »Ich zeige es dir.«

»Du kannst doch nicht – du kannst häkeln?«

»Es ist leichter als Buchhaltung«, sagte Conrad.

»Weißt du«, sagte Milly, »was an dir so schlimm ist? Du bist einfach zu perfekt – du hast dich völlig unter Kontrolle, du bist schlau, du kannst häkeln. Was sollte eine Frau mit dir anfangen?« Sie verspottete ihn mit einer Stimme ohne irgendeine Spur von Belustigung; seine Stimmung hatte sie angesteckt; er stierte sie an mit einer Trauer und einer Gier, die fast nichts Sinnliches an sich hatte. Es war ein gieriges Verlangen danach, sie aus ihrer Situation zu befreien; sie hatte hier genausowenig verloren wie die stummen, sonnenverbrannten Kinder im Landschulzimmer mit dem Bullerofen. Eine Erinnerung, die zu diesem Zimmer gehörte, die als dritte Person an ihrer Unterhaltung teilgenommen hatte, entfloh und ließ beide in dem Bewußtsein zurück, daß sie zusammen allein waren. Ihm kamen andere Situationen gemeinsamen Alleinseins in den Sinn – Tage, als Jim auf Arbeit war und Milly sich im Kino – halb weinend, halb grinsend – einen Film ansah; oder als sie auf dem Oberdeck des Busses, der über den Hammersmith Broadway nach Chiswick brummte, neben sich das Fenster aufzumachen versuchte; oder als sie in Kew Gardens so tat, als wüßte sie mit den Namen auf den Metalletiketten etwas anzufangen, und sie war still und ganz erschöpft und wollte in der tropischen Hitze des Palmenhauses Tee. Doch so für sich allein wie jetzt zwischen Gasherd und Kamingasflamme am Tisch mit der Porzellanplatte einander gegenüber waren sie noch nie gewesen.

»Ich bin müde«, sagte sie, »ich gehe schlafen. Und wenn Kay mit einem Mann aus ist, kann's noch Stunden dauern, bis sie kommt.« Sie warf ihm kurz einen mißtrauischen Blick zu, als ob sie fragen wollte: Bist du ein Mann? Du hast dich völlig unter Kontrolle, du bist schlau, du kannst häkeln. Bist du ein Mann?

»Ich baue mir aus diesen Stühlen ein Bett, wenn du mir zeigst, wo die Decken sind.« Sie öffnete eine Schranktür. »Sie sind nie benutzt worden«, sagte sie. »Irgendwer hat sie uns zur Hochzeit geschenkt«, und er mußte schon wieder an die Hitze in der Kirche und das ferne Hämmern der Bohrer denken. »Bist du damals auf mich eifersüchtig gewesen!« sagte sie. »Ich habe mit Jim über dich lachen müssen. Ihm hat das aber gar nicht gepaßt. Du hast richtig mürrisch dreingeschaut, als ich zum Altar ging.«

»Du hast mich bemerkt?« sagte er. »Ich bin aber doch gar nicht mürrisch gewesen. Wirklich nicht!«

Sie vergrub die Hände im weichen, warmen Stapel der Decken. »Was hast du denn wirklich empfunden?«

Sie trieb ihn an, so wie sie sich auf die Häkelarbeit gestürzt hatte – kopflos unüberlegt.

»Ach, weißt du«, sagte er, »ich habe dich schon damals geliebt.«

Da trennte sie alles, Masche für Masche, angestrengt wieder auf. »Na ja, das gehört sich ja auch für einen Bruder.«

»Gib mir die Decken.« Er begann, sich ein Bett zu machen, und als Milly sagte: »Gute Nacht, Conrad«, hob er nicht einmal den Blick. Sie ging nach oben, zu Bett. Natürlich hat sie mich nicht anmachen wollen, dachte er; sie hat sich gar nichts dabei gedacht; wenn sie arbeitet, denkt sie sich ja auch nichts, Als Mann existiere ich für sie überhaupt nicht. Conrad – es war dieser Name, so meinte er fast, der daran schuld war. Seine Eltern hatten kein Recht gehabt, ihm so einen Namen zu geben – den Namen eines Seemanns, eines Offiziers der Handelsmarine, der zufällig einmal bei ihnen logiert hatte. »Was war denn an ihm dran?» hatte er oft gefragt. »Warum habt ihr mich nach ihm genannt? War er vielleicht klug?« »Nicht, daß ich wüßte«, hatte es geheißen. »Ist er nett zu euch gewesen?« Eigentlich nicht.« »Was ist aus ihm geworden?« »Weiß nicht.« »Hat er denn lange bei euch logiert?« »Paar Monate.« »Warum habt ihr mich dann nach ihm benannt? Warum?« »Weiß nicht. Wir sind durch ihn auf die Idee gekommen. Nur so. Herbert hätte nichts gebracht. Dein Onkel Herbert war pleite.« Und so hatte es ihn also verfolgt, dieses »Conrad, Conrad, Conrad« – über die Schulbänke hinweg, über den Schulhof, hatte ihn isoliert, ins Alleinsein getrieben, während die Jims, die Herberts und die Henrys zusammenhockten und Geheimnisse miteinander teilten. Deshalb also auch das »Gute Nacht, Conrad«, mit dem sie ihn in der Küche allein zurückließ. Deshalb lief das Glück an ihm vorbei. Deshalb fielen die falschen Rosen ab auf den Gehsteig. Sein Regenschirm, der in einer Ecke lehnte, fiel knallend zu Boden, und im gleichen Moment hörte er oben die Tür zum Flur aufgehen. Das mußte Kay sein, obwohl er sie an den Schritten zuerst gar nicht erkannte. Die Schritte waren leichtfüßig und träge und zögernd. Wie er mit einer Decke über dem Arm neben dem Stuhl stand, kam es ihm fast so vor, als ob er den Schritten einer reichen Dame nachhorchte, die sinnlich gedankenverloren in Erwartung eines Liebhabers über einen dicken Teppich lief. Sie kam die Stufen herunter; er wartete neiderfüllt auf sie. Sie summte eine Melodie. Sie war glücklich. Sie hatte gekriegt, was sie wollte.

Ganz wie ich's mir gedacht habe, dachte er, als er ihr Gesicht sah. Es hatte mehr Farbe als sonst – was aber nichts bedeuten mußte, weil sie sich ja schminkte, aber – ihr Gesicht strotzte vor Gesundheit. Sie wirkte schläfrig und zufrieden, wie eine Katze, die ihre Milch bekommen hat.

»Milly schon im Bett?«

»Ja.« Sie gähnte, reckte sich und stieß mit dem Fuß nach einem Stück Papier auf dem Fußboden. Ihm war klar, daß sie nicht allein in die Küche gekommen war; sie hatte einen Mann mitgebracht; er steckte in jeder ihrer Bewegungen, in jedem ihrer Gedanken, bloß in ihrem Körper nicht mehr. »Wo bist du gewesen?«

»Spaß gehabt«, sagte sie. Sie sah auf die Küchenuhr, und er sah sie vor sich, wie sie sich widerwillig aus irgendeinem Bett erhob. »Ich haue mich besser in die Falle.« Die Fabrik, das Rattern der Schachteln, der Maschinenkrach – sie mußte ausgeruht sein.

»Morgen ist Sonntag.«

»Wie konnte ich das nur vergessen? Morgen ist Sonntag.« Sie hätschelte das Wort und beobachtete ihn mit einem maliziösen Grinsen. Er wußte genau – sie wollte, daß er sie ausfragte, und er tat, was er konnte, um sie zu enttäuschen. Er schob zwei Stühle zusammen und breitete ein Laken und zwei Decken aus. »Eine richtige Hausfrau!« sagte sie.

»Warum gehst du nicht schlafen?«

»Du gönnst einem Mädchen wohl kein Vergnügen?«

»Was soll das heißen?«

»Du würdest es nicht anders machen – wenn du könntest«, sagte sie. »Es macht ein Mädchen ganz fertig, aber Gott sei Dank, daß es Männer gibt.« Danach schleppte sie sich nach oben, und er hörte sie Millys Tür öffnen und reden. Milly wird sie rauswerfen, dachte er, so was wird Milly nie dulden; das ist ja, als ob man mit einer Nutte im gleichen Haus lebte, und er horchte – es gab aber kein wütendes Schreien und Türenschlagen. Außer Kays Stimme war nichts zu hören; Kay redete ununterbrochen. Milly hält sich die Ohren zu, dachte er; dann schoß ihm durch den Sinn – sie wird halb nackt sein und sich eine Erkältung holen. Und betrübt begierig war wieder alles vor ihm – ihr verzweifelter Blick und Anthrazitgestank und knochige Knie und abgelaufene Pantoffeln und halbverhungerte Eingeborenenkinder auf einer weißen Leinwand. »O mein Gott«, sagte er laut, »das geht zu weit; das ist nicht fair.« Er hatte den Gedanken, daß Milly – falls sein Bruder gehängt würde – ihn aus lauter Verzweiflung heiraten könnte. Den fand er unfair.

Er legte die Decken weg und schlich sich zum Treppenaufgang und Stufe um Stufe höher. Er hörte Kay reden. Milly schwieg. »Drei Monate ist's her seit dem letzten, Schwesterherz. Ich hätte einfach jeden genommen.« Die Tür stand offen; er konnte Kay auf dem Bett sitzen sehen; Milly drehte ihm den Rücken zu; sie kauerte auf einem Hocker vor ihrer Frisierkommode und bürstete sich das Haar. Sie hatte die Strümpfe ausgezogen; an ihren Beinen war die Haut, das fiel ihm auf, ein wenig wund gerieben; den Schimmer des dünnen Haarflaums konnte er sehen. Ihr Blick ruhte im Spiegel auf Kay, während die Hand bürstete und bürstete. Sie war erschöpft und bange und hätte sich gegen niemand wehren können. Sie ist einfach zu müde, dachte er, um Kay zu sagen, sie soll verschwinden.

»Und was für ein Bett, Schwesterherz! Aber es hat eine Ewigkeit gedauert, bis ich ihn soweit hatte. Hat der gequasselt! Er hat mir alles von seiner Frau erzählt.«

»Von seiner Frau?« fragte Milly flüsternd.

»Sie ist tot. Aber er mußte mir natürlich erzählen, wie wunderbar die Ehe gewesen war. Und nachher hat er sich im Bett aufgesetzt und wieder angefangen von ihr. Sie hat gemalt. Bilder. Herrliche Bilder, hat er gesagt. Dann hat er mich gefragt: ›Siehst du dir gern Bilder an?‹ Und da habe ich ihm gesagt, daß mir Bilder von Hunden und von Menschen beim Baden am besten gefallen. Da hat er gesagt: ›Du bist ja kunstakademisch‹, und dann habe ich ihm gesagt, er könnte mir doch nicht solche Schimpfwörter an den Kopf werfen, nur weil er gekriegt hat, was er wollte. Und dann bin ich aufgestanden und habe mich angezogen und er hat mir ein Taxi bestellt und wir haben uns für morgen verabredet. Das war alles.«

»Und was wollt ihr morgen machen?« fragte Milly.

»Das gleiche, denke ich«, sagte Kay. »Ein Mädchen muß sich doch austoben.« Sie lehnte sich auf dem Bett zurück und streckte die Beine. »Ich find's gemein«, sagte sie, »du hast seit Monaten keinen Mann gehabt, Milly. Gut ist das nicht.«

»Ich brächt's nicht fertig«, sagte Milly, »nicht mit einem Mann, den ich nicht kenne.« Sie schwang herum und fragte mit leiser, brutaler, seltsam unschuldig klingender Stimme: »Wie geht's eigentlich mit einem wildfremden Mann?«

»Wie mit der Katze im Sack«, sagte Kay. »Mal hast du Glück und begegnest wem, der ganz wunderbar ist. Mal hast du Pech und er ist's nicht mal wert gewesen, daß man sich die Schuhe ausgezogen hat.«

»Und heute abend?« fragte Milly mit trockener, gebrochener, kindlicher Stimme.

»Gar nicht übel«, sagte Kay. »Wenn er bloß nicht so viel gequasselt hätte. Ich kenne wen, den ich lieber gehabt hätte, aber man kann nicht immer haben, was man will. Wenn du scharf bist auf wen so wie ich, dann ist einer besser als keiner. Da kannst du's einfach nicht mehr abwarten. Er hat mir jedenfalls 'n traumhaftes Abendessen serviert und – ach, Milly, das Beste habe ich ja fast vergessen – das mit der Maus. Unglaublich – ich bitte dich: kommt einfach herausspaziert. Er hat mit einem Schuh nach ihr geworfen. Denk mal, fast hätte ich vergessen, dir das zu erzählen!«

Wie einfach das bei ihr klingt, dachte Conrad und zog sich ein paar Stufen nach unten zurück, als Kay über den Flur in ihr Zimmer ging, wie einfach das klingt, miteinander ins Bett zu gehen. Kompliziert wurde der Akt nur durch die Liebe. Conrad hörte die Tür zu Kays Zimmer hinter ihrer befriedigten, schläfrigen, triumphbewußten Figur zugehen und stieg mit Zögern wieder die Treppe hoch und sah Milly mit ihren fast ans Kinn hochgezogenen, dünnen Knien vor dem Spiegel sitzen. Er beobachtete sie genau und versuchte wie wild, sie sich nackt vorzustellen, so wie man in einem Restaurant eine Luxusnutte in Gedanken auszog, doch die dünnen Beine, die hoffnungslos unterentwickelten Brüste konnten ihn einfach nicht erregen. Da hatte ihn Kay – mit diesem Ruch, der ihr vom männlichen Umgang noch immer anhing – viel stärker erregt. Warum gehe ich dann nicht schlafen, fragte er sich; warum stehe ich hier herum und starre eine halbnackte junge Frau an, wenn ich sie gar nicht begehre? Er redete sich ein, er würde sie die ganze Nacht über nur gern in seinen Armen halten und mit ihr reden, bloß mit ihr reden – was sie tun könnten, um dem Mann zu helfen, den sie beide liebten. Er empfand weder Eifersucht noch Leidenschaft; als er sie aber sagen hörte: »Komm doch rein, Conrad« und sah, daß sie ihn die ganze Zeit über im Spiegel beobachtet hatte, da schämte er sich – ganz als ob sie ein Mädchen wäre, das er in Not gebracht hatte.

Heil und Segen hatte er wirklich nicht gebracht. Der Blick, der aus dem Spiegel, ersatzweise, ihm galt, entsprang keinem umwerfenden Glücksgefühl, wie es ihn angerührt hatte, als das Mädchen ihm beinahe den Schirm vom Arm gerissen hätte – das, was ihn aus dem Spiegel anschaute, war nicht Liebe. »Mach die Tür zu.« Flüsternd kamen die Worte. Was sie ausstrahlte, das war Scham, Angst, Unglücklichsein. Ihre Haut war so trokken wie die Haut eines Kindes mit hohem Fieber. Sie war ein Kind, das durch Krankheit plötzlich gealtert war. Er mußte an einen Schulkameraden denken, der an einer Grippe gestorben war – in den letzten Stunden, bevor die Krankenschwestern einen Paravent um sein Bett rückten, hatte er im Krankensaal alles um sich herum mit einer scheinbaren Abgeklärtheit, fast wie mit

Altersweisheit wahrgenommen; er war nicht wirklich weise, nicht wirklich alt; er war nur fiebrig und geschwächt.

»Hast du sie gehört?« fragte Milly. »Was sie gesagt hat? Daß sie es gemein findet? Hast du gehört, was sie getrieben hat?« Falls er auch nur das geringste Gefühl von Lust gespürt hätte – er hätte die Flucht ergriffen; was ihn hier hielt, war der Mangel an Begierde in seiner Liebe, ein Element von Mitleid. Daß sie leiden sollte, erschien ihm unerträglich.

»Du müßtest sie vor die Tür setzen.«

»Conrad«, sagte sie, »sei nicht blöd! Sei nicht blöd, Conrad! Sie hat recht. Achtzehn Jahre! Glaubst du, ich könnte das aushalten? Und einmal muß man ja anfangen.« Er wollte ihr klarmachen, so dürfe sie das nicht sehen, solche Einstellung zum Leben wäre vielleicht bei einem Krankenhauspatienten noch verständlich –, aber für vernünftige Argumente war jetzt keine Zeit. Sie hatte die Initiative ergriffen, und er wollte sie bremsen. Sie würde sonst später darunter leiden, daß sie ihn gebeten hatte, und sie hatte schon genug zu leiden; er wollte ihr ersparen, was eben möglich war. »Ich will –«, sagte sie, und selbst in der Aufregung, ihr das Wort abzuschneiden, fiel ihm auf – es schmerzte, aber überraschte ihn nicht –, daß sie viel zu ehrlich war, um ein freundlicheres oder zärtlicheres Wort zu gebrauchen.

»Hör zu«, sagte er ruhig, »du weißt, daß ich dich liebe. Ich möchte gern bei dir sein. Deshalb bin ich nach oben gekommen. Ich konnte nicht schlafen.« Er empfand keinerlei Schuldgefühle; das tat seinem Bruder nicht weh, dieser hoffnungslose Versuch, sie zu beschützen, konnte dem Bruder nicht schaden; sie war ja nicht einmal getäuscht und betrogen worden; sie war froh, sie war dankbar, sie war seine Freundin, aber von dem, was er sagte, glaubte sie ihm kein Wort. Dann berührte sie ihn furchtsam, und sein Fleisch regte sich, und er empfand ein Schuldgefühl, das nur das Bett und die körperliche Erschöpfung und das Verdrängen der Liebe durch die unmittelbare Berührung von Haut zu Haut und das Stoßen der Lust vorübergehend zum Teil beilegen konnten. Als er ihr Erbeben spürte, hatte er das dumpfe Gefühl von einer unwiderruflichen Wunde, die einer von ihnen dem anderen zugefügt hatte. Er war der Liebe so nahe gewesen, in der Küche, vor dem Aufglühen und Surren des Gases in Herd und Kamin, von Stuhl zu Stuhl; und jetzt, im Bett, im Dunkeln, hatte er sie verloren. Sie hatten sich gegenseitig verletzt; es war aber nicht ihre Schuld. Sie waren dazu getrieben worden, und als er mit schmerzhafter Zärtlichkeit eng ihren Leib umfangen hielt, da empfand er vor allem Haß – auf Jim, auf den Neffen des Direktors, auf die beiden lachenden Männer am Piccadilly Circus. Als er in der Nacht aufwachte, weinte sie neben ihm, und was er auch versuchte, er konnte ihre Tränen nicht trocknen. Er dachte an Kay im Zimmer gegenüber, die glücklich schlief, und er dachte – das eine nennen sie Lust und das andere Liebe. Er meinte den Haß und das Leid und die Schuld und ihr Weinen im aufdämmernden Zimmer und die Schlaflosigkeit und das Zittern in den Wänden, als die ersten Lastautos frühmorgens London verließen.

*

»Caroline«, sagte die Stimme, »Caroline.« Sie fügte mit einer metallenen Freundlichkeit hinzu: »Das paßt eigentlich gar nicht zu Ihnen, eine Freundin zu vergessen. Vor zehn Jahren...« Der Commissioner tappste durch diese Jahre zurück; sie führten durch Leid, durch Heimweh, durch Resignation; über Dschungelpfade, durch moskitoleidige Nächte, vorbei an so manchem Sterben der unterschiedlichsten Art. Aber das Telefon ließ für die Rückbesinnung nicht viel Zeit. »Ich möchte Sie zu einem Diner einladen – am Montag.«

Er hatte gerade noch Zeit, gewissermaßen rückwärts, am anderen Ende von zehn Jahren aufzutauchen; das

Abschiedsdiner im Army and Navy Club; der einzige Mann, mit dem er seine letzten Stunden in England wirklich gern verbrachte; sein Diener, der ihm so hübsch vom Kai nachwinkte; der Nebel, der die Needles verhüllte, der ihm ganz England verhüllte, so daß ihm der allerletzte Blick versagt blieb, den ihm das Gefühl konventionsgemäß abverlangt hätte. Und davor – natürlich, Caroline, er solle ihr schreiben, hatte sie gesagt und Tee eingeschenkt und sich einem Politiker zugewandt.

»Wirklich, ich glaube nicht, daß ich...« Sein Schreibtisch war mit Akten überhäuft; die Erfindung des Rundfunks war gar nicht zufriedenstellend; und von verschiedenen Revieren trafen die inoffiziellen Berichte über Drover ein.

»Das können Sie mir nicht abschlagen. Das ist doch absurd. Übermorgen. Nur zwei Stunden.«

»Wenn Sie – ehm – nur meinen Schreibtisch sehen könnten.«

»So alte Freunde wie wir! Wir dürfen doch nicht die Fäden einfach fallen lassen. Wie absurd! Nach zehn Jahren!« Der Appell ans Gefühl war so herzlos wie wirksam; er hatte ihn an der verwundbarsten Stelle getroffen, genau in der Stunde, wenn er am einsamsten war. Nicht einmal seine Sekretärin war in seinem Büro im Yard mehr bei ihm; all die Männer, die die gleichen Dienststunden hatten wie er, machten sich auf den Weg, in den langen Gängen zwischen den Glaskabinen verhallten ihre Stimmen.

»Wenn ich ein bißchen, ein bißchen klarer sehe. Ich muß hier viel lernen. Ganz andere Methoden, Caroline. Ich bin wirklich sehr beschäftigt.«

Die Stimme sagte: »Aber auf Sie lege ich besonderen Wert.« Sie zögerte. »Ich verreise nächste Woche ins Ausland. Ich weiß nicht, wann ich zurückkomme.« Er war ganz sicher, daß sie log; aber es gab nur sehr wenige Menschen, die logen, um sich seine Anwesenheit zu sichern. Die Männer vom Nachtdienst trafen ein; er hörte sie leise an seiner Tür vorbeistreichen; die Schatten konnte er durch die Milchglasscheibe erkennen. Denen war seine Anwesenheit unangenehm; das wußte er ganz genau. Die glaubten, er schnüffle in den Angelegenheiten ihrer Abteilungen herum, er mische sich ein. Er hatte ihnen ganz zu Beginn mehrmals und so klar, wie es seiner redeunfähigen Zunge möglich war, klarzumachen versucht, daß er gern verstehen möchte, wie die einzelnen Abteilungen arbeiteten – nicht, um zu kritisieren, sondern um mitarbeiten zu können. Sie hatten nicht einmal so getan, als ob sie ihm glaubten. Er hatte sie zu überzeugen versucht, hatte manchmal sogar wider besseres Wissen mit Kritik zurückgehalten, wenn Kritik nötig gewesen wäre; daraus folgerten sie nur, daß er sich alles für irgendeinen umfassenden, vernichtenden Bericht an den Innenminister aufsparte.

»Dann also meinen verbindlichsten Dank. Ich werde kommen, aber ich werde, ich werde frühzeitig davoneilen müssen.« Er legte auf, und das plötzliche Verstummen dieser harschen, aber freundlichen Stimme brachte ihm seine Einsamkeit akut zu Bewußtsein. Das Zimmer lag in völligem Dunkel; nur sein Schreibtisch lag im Licht einer grünen Schirmlampe. Irgendwo in weiter Ferne läutete ein Telefon und er konnte eine Stimme sprechen hören, aber der lange Gang hinter der Glastür lag inzwischen völlig im Dunkeln. Er kam sich vor wie ein General, der im Hauptquartier allein zurückgelassen wird, um die Meldungen von jeder Einheit zu studieren; sie lagen auf dem ganzen Schreibtisch herum. Nur saß er eben nicht im Schutz eines Schlosses meilenweit von verwüstetem Land entfernt; die Front begann hundert Meter weiter, dort, wo die Straßenbahnen das Embankment herunterkreischten und die Busse um Trafalgar Square kreisten.

Es war schwer, dachte er, von einem Krieg, der so stückchenweise über das ganze Gebiet einer Großstadt geführt wird, eine irgendwie klare Vorstellung zu haben. Er hatte noch keine Übung darin, nach dem farblosen Bericht eines Polizisten eine Situation konkret vor sich zu sehen; er war vom Fernen Osten her daran gewöhnt, die Verluste und Unglücksfälle des Gesetzes mit eigenen Augen zu sehen: den erstochenen Soldaten, die niedergebrannte Hütte, den von einem Ast herunterhängenden Leib.

»Auf den Fall Drover wurde in keiner Weise Bezug genommen bei den Demonstrationen der Labour Party in...«

»Eine Spendensammlung zugunsten von Mrs. Drover wurde durchgeführt im Hauptquartier der Streikenden in...«

»Ein Vorschlag, morgen gegen das Todesurteil für Drover am Trafalgar Square zu demonstrieren, wurde von der Parteizentrale abgelehnt, die sich grundsätzlich bereiterklärte, mit der Arbeitgeberseite Gespräche über Kurzarbeitstarife aufzunehmen...«

»Es wird allgemein angenommen, daß eine Begnadigung ausgesprochen wird. Die Petition ist von fünftausend Menschen unterschrieben worden...«

»Einige Entrüstung...«

»Eine generelle Teilnahmslosigkeit...«

»Entschiedene Äußerungen gegen Polizeibeamte...«

»Kein besonderes Interesse...«

Er schob diese Berichte mit einiger Ungeduld beiseite und wandte sich den Unterlagen zum Streatham-Fall zu; da lag endlich etwas vor, wo man mitfühlen konnte, etwas, für das zu kämpfen sich lohnte. Im Fall Drover unterstützte er ein Herrschaftssystem, an dem er persönlich nicht interessiert war, weil er dafür bezahlt wurde, es aufrechtzuerhalten: Er war ein Söldner, und ein Söldner konnte sich nicht mit patriotischen Schlagworten Mut machen – my country, right or wrong; das Selbstbestimmungsrecht der Völker; Gerechtigkeit. Er kämpfte, weil er fürs Kämpfen bezahlt wurde, und es kam nur ganz selten vor, daß der Anblick irgendeiner Brutalität der Routine seines Denkens und Handelns Überzeugungskraft verlieh. Sonst konnte er als höchstes Motiv für sein Vorgehen nur angeben, daß er seine

Arbeit tat; es gab keinerlei theoretische Gründe, die ihn dazu getrieben hätten, diese Versammlung zu verbieten und jene aufzulösen, diesen Sozialisten wegen aufrührerischer Reden festzunehmen oder die Rednertribüne jenes Faschisten zu schützen, der mit Bajonetten und Maschinengewehren drohte; es entsprach dem Willen der Gesellschaftsordnung, der er diente. Nur wenn er müde oder deprimiert war oder sein Alter spürte – dann träumte er wohl von einer Gesellschaft, der er aus höheren Idealen als Bezahlung dienen könnte, einer Gesellschaftsordnung, die seine Treue beanspruchen könnte, weil sie durch und durch gerecht war und Belohnungen fair und gerecht verteilte und vernünftig war. Aber dann machte er sich verbittert klar, daß er zu alt war, um das noch zu erleben. In solchen Augenblicken wurde sein schmales Gesicht, das von mehr Fieberanfällen gelb geworden war, als er aufzuzählen vermochte, und von den Jahren eines pflichtgetreuen Söldnerlebens gezeichnet war, voller Neid beim Gedanken an die jüngeren Männer, die lang genug leben mochten, um einer Sache zu dienen, die sie ihres Dienstes für wert hielten.

4

»Margaret«, sagte Mr. Surrogate und legte die Hände offen auf das Bettlaken. »Margaret.« Seine Stimme fiel ab, seine Worte wurden unhörbar, und Davis legte ein Handtuch über die Heißwasserkanne und blieb vor dem Fenster stehen. Ob er die Jalousie hochziehen und die Sonne hereinlassen sollte? Auf dem Gehsteig am Woburn Square kreischten die Kinder, und der Zeitungsverkäufer der Sonntagsblätter schrie den Taxifahrern am Stand zu.

»Das schöne Essen«, sagte Mr. Surrogate plötzlich mit noch immer erklärend und verständnisbereit ausgestreckt offener Hand. Davis beschloß: Soll er doch weiterschlafen, der Dreckskerl, und zog sich, wie's einem Butler anstand, auf Zehenspitzen rücksichtsvoll zurück.

Der Sandstrand lag rosa im Abendlicht, die See silbern. Am Kräuselrand des Wassers hinter dem weitausgedehnten Rosasand saßen klein und weiß, mit hochgereckten Hälsen – wie Kerzen, die nicht angezündet worden waren – die Seevögel. Margaret rührte sich nicht vom Fleck und starrte hinaus aufs Meer und ließ sich durch nichts bewegen, zum Abendessen hereinzukommen. »Das schöne Essen – so eine Verschwendung!« rief Mr. Surrogate und pickte sie wie ein hungriger Vogel am Ellbogen. »Ach, scher dich zum Teufel!« – aber da hatte sie sich plötzlich in Kay verwandelt, in Kay, die sich vor ihm rückwärts übers Bett lehnte. Mr. Surrogate erwachte, setzte sich auf und sah sich Margaret Surrogates kühl taxierendem Blick von der Wand gegenüber. –»Ich habe die Künstlerin in ihr geheiratet«, erklärte er auf der Beerdigung dem Reporter; auf Fragen war er vorbereitet; er hatte mit vielen Journalisten gerechnet; vor dem einzigen, der gekommen war – einem blutigen Anfänger von einer Nachrichtenagentur – konnte er seine Enttäuschung nur mit einiger Mühe verbergen.

»Für mich ist sie immer mehr gewesen als eine Frau.« Der junge Kerl glotzte ihn an und nieste; er war schwer erkältet.

Und das stimmt, sagte Mr. Surrogate – allerdings nicht laut, weil sich im Zimmer nebenan Davis aufhielt – du warst mehr als nur Frau. Ich war dich nicht wert. Vor ihren Gemälden, die inzwischen bei Caroline Bury an der Wand hingen, kam er sich klein vor; Schrecken empfand er auch angesichts der kurzfristigen, unangenehmen sexuellen Leidenschaft, die von Margaret ausgegangen war und die ihn im Bewußtsein ihrer Frustration völlig erledigt und gedemütigt hatte. Margaret – mehr als eine Frau. Kay dagegen war *bloß* eine Frau, als sie ihren Körper aufs Bett zurücklehnte und schrie – »Nein! Mr. Surrogate! Nein! Bitte! Nein!« – und ihm anschließend in den Kissen zuflüsterte, was sei er doch für ein böser, starker Mann.

Ich habe dich wieder einmal betrogen, gestand Mr. Surrogate vor dem Porträt an der Wand in Demut. Der Mann ist eine Bestie, eine geile Bestie. Er paart sich vielleicht über sein Niveau und fällt dann gleich wieder auf die eigene Stufe zurück. Als niederträchtig, brutal und kurz hatte Thomas Hobbes das Leben eines Mannes bezeichnet. Mr. Surrogate schielte in den Spiegel und strich das graue Haar über den Ohren glatt. Das Leben ging wirklich rasch vorbei – die Fabian Society, Droschkenfahrten um Mitternacht, Freundschaften mit gebildeten Klempnern, der Kampf für Wahrheit und Gerechtigkeit, bei dem am Ende doch die Gewalt siegte, das Erlebnis, wie Geilheit über die Erinnerung an die Liebe triumphierte. Mr. Surrogates Erinnerung an diese unglücklichen Flitterwochen in Cornwall ließ nach. Man wurde alt.

Doch Mr. Surrogates Stimmung lud sich energisch wieder auf; man war keineswegs zu alt, um eine junge und dazu hübsche Frau zu erobern und zu befriedigen. Wenn Margaret – bei diesem Gedanken wich er dem Blick des Fotos an der Wand aus – nicht so sehr Künstlerin, sondern mehr Frau und nicht so gefühlskalt gewesen wäre, hätte sich alles ganz anders entwickelt, sagte er sich; er zertrat die Erinnerung an ihr unerfülltes sexuelles Verlangen: Margaret hat mich sowieso nie verstanden.

»Davis«, rief er, »Davis! Wie spät ist es? Meine Uhr ist stehen geblieben.«

»Halb zehn vorbei, Sir«, rief Davis aus der Vorratskammer. »Möchten Sie Cornflakes oder Porridge zum Frühstück. Sir?«

»Cornflakes.« Zuviel Porridge schadet der Haut. Er würde auf der Nase einen Pickel kriegen. In vier Stunden werde ich Kay wieder hier haben. Erregung empfand er bei diesem Gedanken allerdings kaum. Ja, er fragte sich sogar, ob er sie wirklich wiedersehen wollte. Er war kein Mensch der Leidenschaft; zwei Tage nacheinander mit einem Mädchen würden ihn in seinem Alter an den Rand der Erschöpfung bringen; und Leidenschaft hatte bei ihm die gleiche Nachwirkung wie Porridge – er bekam einen Pickel auf der Nase.

Er streichelte sich sacht über die Haut; als er sich im Spiegel sah, wurde er wieder demütig und bescheiden. Es war schon merkwürdig, daß ein junges und noch dazu hübsches Mädchen sich mit ihm einließ. Natürlich – ich gelte in der Welt etwas. Aber das Mädchen war dumm. Sie würde den Argumenten seines Buchs ›No Compensation‹ nie folgen können. Sie suchte bei mir Unterstützung für ihren Schwager. Ich hatte aber bereits mit Caroline gesprochen; mehr hätte ich gar nicht tun können. Mein Bett! Ihm fiel es plötzlich wie Schuppen von den Augen – ihr hat mein Bett gefallen! Und sein Blick erfror fast auf den rosa Decken, und bei dem Gedanken, daß einem Mädchen ein Bett mehr bedeuten sollte als die Urheberschaft von ›No Compensation‹, verzog er theatralisch die Lippen.

»Tee oder Kaffee, Sir?«

»Kaffee, Davis.«

Ich bin immerhin eine öffentliche Persönlichkeit; ich bin der progressivste Wirtschaftstheoretiker in diesem

Land – ein amüsiert-abwertender Seitenblick von heroben – und – widerstrebend – der Mann von Margaret – von Margaret, deren maliziöse Vision der Welt in den Gemäldegalerien aller europäischen Hauptstädte aufgebahrt lag. Ein Mädchen wie das von gestern paßt eigentlich zu mir. Sein alternder Leib, der – einmal befriedigt – bereits übersättigt war, erhob keinerlei Widerspruch.

Vielleicht will sie mich erpressen. Daran hatte er noch gar nicht gedacht. Wie entsetzlich!

»Davis! Wann kommen Sie endlich mit dem Frühstück?« rief er verärgert. Ich werde mich nicht mit ihr treffen. Ich bleibe im Bett. Ich bin müde.

Ach, Margaret! Margaret – sie war erst zwanzig, als sie ihn geheiratet hatte; sie hatte kaum zu ahnen begonnen, welche künstlerische Kraft sie besaß. Diese Bilder – die drei in der Tate Gallery, die an Carolines Wänden, in Manchester, München, Berlin – gehörten alle ihm. »Für Mr. W. H., den einzigen Urheber.« Er empfand keinen Stolz über solche Inspiration. Die Landschaftsbilder, auf denen die Natur so geschickt, so entkräftet, so andeutungsweise verunstaltet war, bedeuteten qualvollste Nächte, ein Herausschreien der Not. Ich habe dir genug angetan, Margaret. Ich werde dir treu sein. Ich werde dieses Mädchen aufgeben. Er hätte das Gesicht seiner Frau am liebsten gezwungen, ihm diesmal zu glauben, daß er es nicht aus Angst vor einer Erpressung, sondern um ihretwillen tat. Geliebt hab ich nur dich, Margaret, sagte er ihr, und gleich darauf ging ihm auf: Das könnte, weiß Gott, sogar wahr sein.

Davis trug das Frühstückstablett herein und stieß mit dem Fuß taktvoll die Haarspange eines Mädchens unters Bett.

»Sie haben schon wieder den Zucker vergessen, Davis.«

Du altes Dreckschwein hast es wieder nicht lassen können! dachte Davis, als er in seinen Lackschuhen auf Zehenspitzen rasch leise zur Tür trippelte.

*

»Eine nette kleine Person«, sagte Conder. Er frühstückte im Café – Brötchen und Kaffe. Es war keineswegs so, daß er ein kontinentales Frühstück vorzog oder sich ein üppigeres Frühstück nicht leisten konnte; er verdiente gut. Aber die vielen nicht eingenommenen englischen Frühstücke summierten sich zu Ferien in Belgien, in Frankreich, in der Schweiz, zu Klimpern von ausländischen Münzen in seinen Taschen.

»Sie haben die Butter vergessen, Jules.«

»Sie haben den Zucker vergessen.«

»Das Messer fehlt, Jules.«

Der junge Mann lief mit dem verlorenen Blick eines Hundes, der beim Einkaufen mitgenommen worden war, zu seiner Theke. Hin und her. »Wenn ich mir Dinge nur merken könnte. Nicht mal Gesichter!«

Gesichter. Gesichter. Conder auf seinem Stuhl schnellte plötzlich gequält kerzengerade in die Höhe. Ich hab's vergessen. Ich bin müde. Ich bin nicht mehr ich selbst. Das Gesicht von Milly – verwirrt, dann auf einmal hochrot (nach drei Gläsern Sherry)und heilfroh (als sie ihn etwas in sein Notizbuch kritzeln sah) – verschwand. Statt dessen sah er Bennett hinter Milly auftauchen, der ihn von einem Tisch nahe des Ausgangs beobachtete. »Was hätte ich denn tun sollen?« fragte er Jules. »Er ist mir gefolgt. Er muß mir gefolgt sein. Das kann doch kein Zufall sein. Gestern abend, als ich mich mit einem Freund unterhielt. Und am Abend davor, nach der Versammlung. Er folgt mir überall hin. Aber ich habe ihm doch nichts getan.«

»Sie sollten's wie ich machen«, sagte Jules. »Gesichter vergeß ich. Wissen Sie, sogar das Gesicht von Kay – ich weiß eigentlich gar nicht, wie's aussieht. Oder meine Mutter – irgendwas wie Chintz; an mehr kann ich mich nicht erinnern; und solche Brüste hat sie gehabt – riesig. Mein Vater? – ein Schnurrbart, ein riesiger Schnurrbart. Auf alle Fälle kam er mir damals riesig vor. An mehr kann ich mich nicht erinnern.«

»Ich hab Angst«, sagte Condor. »Ich weiß nicht, was

ich tun soll. Was ist, wenn er jetzt draußen auf der Straße auf mich wartet? Ich habe ihm doch nichts getan. Aber es könnte ja sein, nicht wahr, daß er glaubt, ich hätte ihm geschadet. Ich habe in der Zeitung von diesem Streit berichtet. Und da gibt's noch etwas.«

»Kennt er Sie überhaupt?«

»Einmal bin ich bei ihm gewesen. Bei einer Sammlung für die Partei. Vielleicht hat er ein Auge für Gesichter. Wie ich. Für Gesichter hab ich ein Auge.« Sie waren wie die Porträts in einer Ahnengalerie, diese Gesichter, sie hingen immer da, im Hintergrund seines Bewußtseins – Politiker, Polizisten, Einbrecher; der Mann, der in Shoreham seine Frau ertränkt hatte: mit hochrotem Kopf saß er wie gewichst mit seiner Krawattennadel in Pferdekopfform auf der Anklagebank; die Witwe des Krämers, der beim Derbyrennen richtig gesetzt hatte und am selben Abend stockbesoffen in der Themse landete – eine Witwe mit 20 000 Pfund nur für sich, und sie hatte erklärt: »In solchen Dingen hab ich immer Glück gehabt, ich mein, bei Pferderennen und so«; und Milly Drover. Aber ihr durfte seine Aufmerksamkeit nicht länger gelten, ihr Porträt mußte in einen nicht so oft aufgesuchten Trakt verbannt werden – möglicherweise würde ihn in ein paar Jahren eine Ähnlichkeit in Kleidung oder Parfum erinnern (»ein nette kleine Person«); er besaß ein erstaunliches Gedächtnis für Gesichter, für Redensarten, für ausgefallene Geschichten. Weil er müde war, bestand sein Gedächtnis zur Zeit allerdings nur aus einem wilden Durcheinander von Bildern, aus einer Kakophonie von Lauten. Ich muß mich zusammenreißen. Er trank seinen Kaffee schwarz.

Jules klagte: »Mein Gedächtnis! Selbst diesen Brief hatte ich total vergessen. Ich hab immer nur den armen Drover im Kopf gehabt. Sonst nichts.«

»Sollte ich ihn aufsuchen«, fragte Conder, »und ihm alles erklären?«

»Komisch. Er kommt aus Frankreich. Außer meinem Vater kenn ich in Frankreich niemand. Der Umschlag ist aber getippt. Eine Schreibmaschine könnte Vater sich nie leisten. Ich hatte den Brief nur mal kurz weglegen wollen, und dann kamen Sie, und dann war die Versammlung. Ich mache ihn auf, wenn ich nach oben gehe.«

»Kommen Sie mit«, sagte Conder. »Wenn wir zu zweit sind, wird er kein Rabauke sein. Dies Nachspionieren kann ich einfach nicht länger ertragen. Ich muß mit ihm ins Reine kommen. O verdammt, Jules, ich habe keinen Löffel!«

»Wozu wollen Sie einen Löffel?« fragte Jules. »Nehmen Sie doch die Finger. Hören Sie – ich muß in die Messe und dann mit dem Priester über die Petition sprechen. Es würde doch bestimmt was nützen, wenn ein Priester sie unterschreibt. Ich muß etwas tun. Ich weiß, wie's kommt. Den Leuten wird die Sache langweilig werden, bis kein Hahn mehr danach kräht.«

»Ich habe getan, was ich konnte. Es gibt andere Dinge, über die ich mir jetzt den Kopf zerbrechen muß.«

»Verstehen Sie doch – ich muß auch Kays Schwester bedenken. Ich *muß* einfach was tun.«

»Sie werden's ja doch vergessen. Wie meinen Löffel!« sagte Conder. »Oder Ihren Brief.«

»Nein! Nein, das ist was anderes. Soviel wie ich wird von euch keiner was für Drover tun. Ich spür's. Soviel wird keiner von euch tun.«

»Ein Päckchen ›Weights‹«, forderte ein Mann an der Theke. »Ich steh die ganze Zeit da und wart, und Sie quatschen. Jetzt reicht's aber. Ich will meine ›Weights‹. Wenn ich die nicht gleich kriege, mache ich hier Kleinholz.«

»Ist ja gut! Ist ja schon gut«, sagte Jules.

Conder trank seinen Kaffee aus und ging. Die Straße war voll von Hunden und Frauen und Zwiebelschalen. Von einer der umliegenden Kirchen läuteten die Glokken. Hoch oben am blaßblauen Himmel kreiste und wendete ein Flugzeug, das eine Rauchfahne hinter sich herzog, die ein Weilchen herumhing, und dann stob es davon. Es war, als ob der Pilot einen Werbespruch an den Himmel schreiben wollte, bis ihm einfiel, daß es ja

Sonntag war. In den Eingängen der Häuser standen Männer und lasen die ›News of the World‹ und spuckten. In der Wardour Street und auf der Shaftesbury Avenue las man den ›Sunday Express‹, am beinahe menschenleeren Oxford Circus kaufte Conder sich einen ›Observer‹ und las, als er in einem Bus auf dem Oberdeck Platz genommen hatte, den Leitartikel, der Europa warnte. »Krieg?« fragte die Schlagzeile quer über die ganze Seite. Ein Buchrezensent schrieb: »Es ist nicht meine Art, Meisterwerke zu entdecken, aber...«

»Nach Camden Town«, sagte Conder dem Schaffner, Mr. MacDonald wollte von Lossiemouth zurückfliegen; in komfortablen Städten Südeuropas sollten verschiedene internationale Konferenzen stattfinden; ein paar tausend Männern war das Arbeitslosengeld gestrichen worden.

Ich laß es nicht zu, daß man mich verfolgt, dachte Conder. Ich laß mich von ihm nicht so behandeln, wie er den Kassenwart behandelt hat. Das stehe ich nervlich nicht durch. Seine Nerven waren in der Tat in einer schrecklichen Verfassung. Seit er im Flur bei Mrs. Coney dem hölzernen Bären an den Kopf geklopft hatte, war ihm die Beherrschung über Gegenwart und Vergangenes entglitten. Er hatte Milly gegenüber vorsichtig die Kinder, das Bad, das neue Haus angedeutet; diese ihm so vertraute Welt wurde ihm entrissen und den Rheinfall bei Schaffhausen hinuntergeschickt, um als Gischt gegen die farbigen Fenster eines Sommerhauses geschlagen zu werden. Er hielt sich an einer Erinnerung fest – sie wurde ihm weggezogen; selbst die Krawattennadel in Pferdekopfform trieb auf den Stromschnellen davon. »Begleiten Sie mich«, bat er Jules, aber Jules entschwand. Millys Gesicht verschwamm und entschwand. Er, der gern mit seinem Gedächtnis für Gesichter angab, konnte sich nur noch an die Miene eines einzigen Mädchens erinnern, dem er inmitten von Kuckucksuhren unter den Rock gegriffen hatte. Überaus scharf waren dann allerdings seine Erinnerungen an die Verzweiflung, die Schande, die Tränen, die folgten. Er mußte sich wieder klarmachen, daß all das längst der Vergangenheit angehörte. Ich brauche Urlaub, sagte er sich. Die Sache wird problematisch. Für einen Augenblick wurde es ihm sogar klar, daß er einfach zu viel erfunden hatte; er müßte hier sofort einen feinen Trennungsstrich ziehen zwischen Realität – Bennett, der ihn verfolgte und bedrohte – und der Unwirklichkeit des Kindes mit dem Keuchhusten, des Badezimmers, die auch der Vergangenheit angehörten.

»Mr. Bennett?« fragte er den Mann im Erdgeschoß. »Ich muß ihn sprechen. Ist er zu Hause?« In einem Tiergeschäft auf der anderen Straßenseite bissen sich bellende Hunde, und es war möglich – ganz schwach, weil der Verkehr fast erstorben war –, im Regent's Park die Löwen nach Futter brüllen zu hören.

»Hier gibt's keinen Bennett«, sagte der Mann, der am Hauseingang lehnte und eine Zigarette rauchte. »Süße kleine Köter!« bemerkte er. Er war genau der Typ – nach Größe, Schulterbreite, Gefühllosigkeit und dem bedrohlich wirkenden gebrochenen Nasenbein –, der in Hinterhöfen Welpen verkauft.

»Ich weiß genau, daß er hier wohnt«, widersprach Conder. »Im ersten Stock«, begann aber, an seinem Gedächtnis zu zweifeln.

»Nehmen Sie den Hut ab!« sagte der Mann. »Nehmen Sie Ihren Hut ab!« wiederholte er so grimmig, daß Conder gehorchte und höflich den Hut vor dem Blick aus dem verunstalteten Gesicht zog.

»Ein Glatzkopf!« sagte der Mann. »Ein Glatzkopf! Dachte ich mir doch, daß Sie's sind! Kommen Sie nach oben!«

Conder sagte: »Ich komme mich entschuldigen. Falls er denkt...« Er klammerte sich geradezu an die triste Straße; ein Bus fuhr vorbei: in einem höher gelegenen Fenster gegenüber rasierte sich ein Mann. Das war Realität; an ihr mußte er sich festhalten. »Kommen Sie hoch!« wiederholte der Mann, und Conder gehorchte dem

Mann, weil er eine laute Stimme und ein festes Auftreten hatte, so wie Conder auch der ältlichen Amerikanerin mit ihrer Eau-de-Cologne-Wolke gehorcht hatte, die ihm versichert hatte, den Rheinfall bei Schaffhausen dürfe sich ein intelligenter Mensch auf keinen Fall entgehen lassen. Also ging's die düstere Treppe hoch in Angst vor plötzlichem Durchfall; also war's zu der langen Fahrt in der Kälte und zum Tee im teuren Café gekommen und dazu, daß er kein Taschentuch bei sich hatte und das Mädchen ihn auslachte, während draußen rosagrün die Wasserfälle vorbeirauschten.

»Ich wollte nur sagen –«

»Sehen Sie selbst! Sie sollen selbst sehen!« sagte der Mann und riß die Tür auf.

»Was denn?« fragte Conder. »Da ist ja gar nichts.« Im Kamin sackte ein Feuer in sich zusammen; ein Tisch, ein Stuhl, ein Bett – sonst nichts. Nicht mal ein Bild an den Wänden.

»Nichts!« sagte der Mann. »Er ist weg! Verduftet! Und warum? Läßt mich mit dem leeren Zimmer hier sitzen! Ohne die Miete bezahlt zu haben! Türmt! Reißt aus! Bescheißt mich! Oder wie würden Sie's nennen! Und warum!« Der Mann tat einen Schritt auf Conder zu; Conder wich zurück. »Und warum? Wegen einer schäbigen, gemeinen kleinen Ratte! Weil ein Kerl, der seine Finger unbedingt in die Suppe von anderen stecken muß, hinter ihm her war. Bis er's nicht mehr aushalten konnte!« Der riesige Mann wurde mit einem Mal sanfter. »Nun seien Sie doch nicht so hart! Man muß nicht viel auf dem Kerbholz haben, um die Nerven zu verlieren. Hätten Sie's etwa gern, wenn eine schäbige, gemeine kleine Ratte mit Glatze Ihnen überall hinterherläuft? Ich habe ihm gesagt: ›Durchhalten! Der Mann hat gegen dich nichts in der Hand! Der probiert's nur!‹ Und er hat's mir versprochen! Aber als ich gestern nacht nach Hause kam, fand ich das vor! Verduftet ist er! Getürmt! Haben Sie'n Herz!« sagte der Riesenmensch. »Sogar meine Bilder hat er mitgehen lassen!«

»Aber«, sagte Conder mit einer Handbewegung, als ob er den Mann zur Seite schieben wollte, »aber ich dachte, er verfolgt mich.« Der andere stierte ihn eine Weile an; dann begann er, lauthals zu lachen.

In der tristen, stillen Straße reichte das, um die Hunde in ihren Zwingern, die hinter den geschlossenen Läden des Sonntagsfriedens steckten, von neuem zum Beißen, Knurren und Winseln zu bringen.

Conder räusperte sich und führte mit einer gewohnheits mäßigen Bewegung die Hand zum kahlen Schädel. Das war komisch, gewiß, es war schon komisch. Doch in seiner Isolierung auf einem einzigen Punkt der Vergangenheit, in seinem Eingesperrtsein über den tosenden Fällen war es ihm, als ob alle menschlichen Berühungspunkte von ihm wegtrieben – unter Gelächter, in Furcht und Angst oder auch nur (und das war fast sein letzter Gedanke an Milly) unter dem Druck von anderen Dingen.

*

Während der fette Priester auf die Kanzel stieg und die Gemeinde in eine Haltung aus Demut, Frömmigkeit und Unaufmerksamkeit versank, betete Jules. Mit dem Gesicht in den Händen betete er für Jim Drover. Als ihm Tränen zwischen den Fingern durchsickerten, empfand er das befriedigende Gefühl, für jemand, den er noch nie gesehen hatte, alles, was er tun konnte, getan zu haben; er war zu unglaublichen Opfern bereit, fühlte sich dem nackten Christus aus Gips verwandt.

Der Priester hielt seiner Gemeinde auf französisch eine Predigt über die Sünde; das Wort péché, péché, péché drückte seine Predigt wie die Messingnägel den Sargdeckel. Die französischen Gastwirte und Köche aus Soho falteten die Hände und übersetzten es für sich mit »femme, femme, femme« und »grue, grue, grue«.

Jules betete für Jim Drover und dachte an Kay. Er

fügte ihr Leben, in dem sie von acht Uhr morgens bis fünf Uhr nachmittags an einer Maschine stehen mußte, mit seinem zusammen (die Teemaschine, die Theke, Verkauf von Zigaretten) und fand es für beide unbefriedigend. Er wollte sie befreien, er wollte Drover befreien. In dieser schlecht beleuchteten Kirche inmitten der gräßlichen Standbilder eines kompromißlosen Glaubens gewann er angesichts der Gewißheit der Verkündigung – *péché, péché, péché* – immer ein Gefühl der Selbstsicherheit, eines großartigen Stolzes, einer Bestimmung. So verloren er im Café sein mochte, wo er Zucker und Messer vergaß, hier war er zu Hause.

Als die Hostie zur Wandlung emporgehoben wurde, fiel Jules der Brief ein, den er ungeöffnet zwischen den Händen hielt. Hier, mitten im einzigen Frankreich, das er kannte, zwischen den Nonnen und den Prostituierten, den Gastwirten und Statuen, überkam ihn die Neugier auf diese Botschaft aus dem wirklichen Frankreich. Gestern im Café hatte er kein Interesse gehabt, da war er völlig beansprucht gewesen von all dem, was er sich merken mußte, aber jetzt in der Kirche, während der Wein in Blut verwandelt wurde, schienen ihm die unwahrscheinlichsten Dinge möglich, fielen Gefühle ihm leicht – der Wunsch, Opfer zu bringen, die Sehnsucht nach Liebe, die Sehnsucht nach Zärtlichkeit. Er konnte zu allem ja sagen – so wie er einem Fremden, den er aus der Ferne schon lang bewundert hatte, auf Anfrage die Uhrzeit genannt hätte. Der maschinengeschriebene Briefumschlag half ihm; sein Heimatland hatte ihn mit Zuwendung nicht überhäuft; bislang hatte ihn noch nie ein handschriftlicher Appell erreicht. In zwanzig Minuten wäre die Messe vorbei; dann gehe ich heim und mache den Brief auf. Aber nein, sagte er sich, ich will ja den Priester aufsuchen wegen der Petition.

Domine, non sum dignus... Domine, non sum dignus... Domine, non sum dignus...

Er dachte an seine Mutter, daran, wie sie ihn für etwas geschlagen hatte, das sie »französische Manieren«

nannte – seine unerwarteten Überfälle auf die Speisekammer, seine Zügellosigkeit gegenüber Sultaninen. Sie hatte ihm eingebleut, daß er jetzt ein Engländer sei, daß Engländer nicht stehlen, daß Engländer ernsthafte Menschen seien, die ihr Geld nachts nicht verschwendeten und ihr Geld nur durch harte Arbeit verdienten. Sie selbst verlor Woche für Woche bei Pferdewetten zwei Shilling und bleute Jules ebenso regelmäßig ein, Engländer seien keine Spieler. Sie erklärte ihm regelmäßig, Engländer tränken nicht, doch regelmäßig, einmal im Monat, hörte er durch die dünnen Wände aus dem Nachbarzimmer ihren Schluckauf. Sie erklärte ihm regelmäßig, Engländer dächten nie an Sex, und zwischen ihren Schluckaufs hörte er sie regelmäßig nach dem Mann dort in Frankreich jammern, ihrem Ehemann, von dem Jules sich vorstellte, daß er all das tat, was die Engländer nicht taten, der spielte und trank und lachte, den Frauen nachschaute und mit dem Geld, für das er nicht gearbeitet hatte, um sich warf. Er hätte seinen Vater gern kennengelernt, aber aus diesem paradiesischen Land erreichte ihn nie ein Wort, nicht einmal nach dem Tod seiner Mutter.

Ite missa est.

Nach der Messe ging Jules in die Sakristei, um den Priester zu sprechen, der war jedoch von den »Knights of Columba« eingekreist, stämmigen älteren Männern mit Schärpen um die Bäuche, die von Wohltätigkeitsbasaren redeten, von Whistturnieren und Lichtbildervorträgen. Ich fang ihn mir nach dem Segen, dachte Jules. Er ging schnell heim und nach oben auf sein Zimmer und öffnete den Brief.

Er verstand ihn ziemlich lang nicht.

Unter dem Namen Heysan-Bretau erkannte er seinen verrufenen Vater nicht, der sich heimlich davongemacht hatte; seine Mutter hatte ihren Namen nämlich in Briton umändern lassen. Außerdem paßte es überhaupt nicht zu seinem Vater, daß er tot sein sollte – in Frieden verschieden, nach den Segnungen der Kirche begraben auf dem

Friedhof von Petit Tourville, »betrauert von seinen Mitbürgern und den Kollegen im Stadtrat«. Jules war ein wenig niedergeschlagen; er empfand es seinem Vater gegenüber als Mangel an Achtung, da er eben noch von ihm als von jemand gedacht hatte, der spielte, der trank und Frauen liebte. Und sein Geld hatte er nun wahrlich beisammengehalten; sein Anwalt ließ kühl und förmlich verlauten, wie sehr man seinen Vater geachtet habe, daß kein Geschäftsmann am Ort sein Leben lang mehr für die Wohltätigkeit getan habe als er und daß er im nächsten Jahr Bürgermeister von Petit Tourville geworden wäre. Die feierlichen Trauerphrasen vermittelten Jules vom Leben des Vaters in einer Kleinstadt, während der sonntäglichen Messe, in der Kommunalpolitik keinen Eindruck. Diese hochverehrte Persönlichkeit des öffentlichen Lebens – fast schon »unser verehrter Bürgermeister« – unternahm eine letzte Anstrengung, um den Eiffelturm herumzulaufen, billige Kupfermünzen in Zigarettenautomaten zu werfen, sich in Grotten, die mit Muscheln verziert waren, vor Heiligenstatuen zu bekreuzigen, Frauen schöne Augen zu machen und ihnen beim Vorübergehen in den Po zu kneifen. Kampflos schlüpfte er nicht in seine zwei Meter lange Grube, während die Feuerwehr salutierte und der Stadtrat einen Kranz niederlegte. Ob sein Geist sich beim Gedanken an die Schluckaufs und das Stöhnen seiner verlassenen Frau wohl ein Lachen verbeißen könnte?

»Ein Vermächtnis in Höhe von 10 500 Franc für meinen Sohn Jules im Vertrauen darauf, daß er die Summe in soliden Staatsanleihen anlegt und nichts davon verspielt, verwettet, für Vergnügungen zum Fenster hinauswirft. Den Rest meines Vermögens sollen sich der Verwalter des Heimes für bedürftige Gewerbetreibende in Petit Tourville und der Pfarrer der Kirche von Notre Dame in Petit Tourville teilen, und die Zinsen sollen im letzteren Fall dazu benützt werden, das jährliche Einkommen des Altarvereins zu verbessern.«

Zehntausendfünfhundert Franc: Das waren rund hundertfünfzig Pfund. »Mein Gott!« rief Jules und fing an zu lachen. Er rannte die Treppe hinunter; im Café war niemand; das muß ich feiern; er rief in die Küche: »Mein Vater ist tot«, und rannte hinaus auf die Straße. Mon père est mort, vive mon père. Er rannte ins Café zurück und rief nach Conder, aber Conder war aus. Kay, dachte er, ich habe ja Kay –; heute wird sie mich lieben, heute wird's keine geben, die mich nicht lieben würde. Ich bin reich. Ich habe zehntausend Franc bekommen. Ich bin glücklich. Wie kann ich nur Kay finden? Wir werden es feiern, wir werden heiraten. Ich leihe mir ein Auto, wir werden aufs Land fahren, wir werden zusammen ausgehen, essen, mittags, abends, wir werden gemeinsam Tee trinken, wir werden uns lieben, ich bin ja so glücklich. Morgen muß sie nicht zur Arbeit. Bin ich glücklich! Wie kann ich sie finden? Mon père est mort,vive mon père.

Er trug den Brief mit sich herum, zeigte ihn jedermann; er hatte das Gefühl, nun in der Welt alles zu besitzen, was er sich wünschte. Alle waren nett zu ihm und lachten mit ihm. Ja, hieß es in der Garage, ein Auto könne er haben, für den ganzen Tag, auch für die ganze Nacht, wenn er wolle; für eine Fahrt aufs Land sei's genau der richtige Tag, hieß es; die Buchen draußen bei Beaconsfield würden ihr buntes Herbstkleid tragen; im Ashdown Forest würde das Heidekraut blühen. Ja, sagte man ihm in der Dean Street, die Wohnung könne er morgen haben, wenn er sich dazu entschlösse; das sei zum Heiraten genau die richtige Jahreszeit, hieß es: »Ein Bäumchen, das im Sommer gepflanzt worden ist...« Ja, hieß es im Pfarramt, wenn er eine Sondererlaubnis vorweisen könne, gebe es keinerlei Schwierigkeit. Ja, hieß es im Café, ein besonderes Hochzeitsfrühstück könne man auf dem Zimmer servieren. Jules kam es vor, als sei er sehr viel allein gewesen, aber jetzt würde er nie wieder allein sein.

Und dann löste sich, zur Krönung dieses einzigartigen Tages, das einzig noch übriggebliebene Problem – vor der Leicester Square Station draußen stand, mit einem

Lächeln auf den leuchtenden Lippen: Kay. Er wollte seinen Augen kaum trauen; es war, als habe er sein Leben mühsamst nach oben gerollt, einen steilen Hügel hoch, und nun hatte er's geschafft, er hatte die Kippe erreicht, und das Leben rollte, immer schneller und schneller, so daß er rennen mußte, um diesem fröhlichen, diesem glücklichen Leben nachzukommen. Mon père est mort, vive mon père. Sie habe auf jemand gewartet, erklärte sie, der sei aber nicht gekommen. Eine halbe Stunde lang habe sie schon gewartet. Sie sei das Warten leid. »Einhundertfünfzig Pfund. Wir mieten uns ein Auto. Wir fahren aufs Land.« Alles war vorbereitet; er hatte es doch gewußt – er würde sie schon irgendwo finden.

»Aber ich sollte noch – noch fünf Minuten warten.«

»Hör zu. Wohin sollen wir fahren, nach Süden, Osten, Westen, Norden?« Er lief ruhelos am Rand des Bürgersteigs hin und her; die Leute starrten ihn an, stießen ihn beim Drängen zu den Bussen zur Seite. Er sehnte sich aus London hinaus, irgendwohin, wo es ruhig war, weg vom Verkehr, wo er ihr von all den Plänen erzählen könnte, die er geschmiedet hatte.

»Du bist verrückt, Jules.«

»Wir fahren in den Norden. Da lassen wir London bald hinter uns. Camden Town, Golders Green, Hendon und schon hat man's geschafft. Dann ist's gar nicht mehr weit nach Berkhamsted, nach Ashridge Park und Ivinghoe.« Vor zwei Jahren war er einmal dort gewesen, auf einer Probefahrt in einem Motorrad-Beiwagen; es war Winter gewesen mit roten Beeren an den Hecken und dünnem Reif, der auf den Feldern glänzte; im Park hatte unter den Füßen das Gras geknackt.

»Aber Jules! Ich muß ganz früh zurück sein. Morgen um acht beginnt die Arbeit.« Da hätte er es ihr fast verraten: Du wirst nie wieder zur Arbeit gehen, du wirst mich heiraten. Ich habe eine Wohnung für uns, ich habe das Hochzeitsfrühstück bestellt, bis auf die Sondergenehmigung habe ich alles arrangiert. Doch irgend etwas hielt ihn zurück: eine leise Vorsicht, die ihm aus Frankreich angeboren, aus Petit Tourville vererbt war – »Staatsanleihen – nichts verspielen... Vergnügungen«. Er hielt es für besser, bis zum Abend zu warten; es gab Dinge, die ließen sich im Dunkeln leichter aussprechen. Dann würde dieses »Du bist verrückt, Jules« wie eine Liebkosung klingen, und »Ich bin ganz wild auf dich« klänge nach Leidenschaft und Poesie.

Eine große Portion Vorsicht hatte er nicht geerbt; es war absolut leichtsinnig, wie er fuhr. Mit Kay neben sich schaffte er es einfach nicht, die Straße im Auge zu behalten. Ich werde nie mehr allein sein, sagte er sich immer und immer wieder. In Camden Town sah er Conder mit dem Hut in der Hand und gesenktem Kopf auf dem Bürgersteig in Richtung Carreras-Fabrik eilen; Jules rief ihm nach und winkte, aber Conder sah ihn nicht, er schien nicht einmal die Leute wahrzunehmen, die ihm auswichen. In dem Pub »Jack Straw's Castle« gab's eine Erfrischungspause. Am Whitestone Pond kläfften die Hunde die Spielzeugschiffe an, und ein alter Mann, dem niemand zuhörte, erzählte in einem fort, er könne die Kirche von St. Paul's in London erkennen.

»Aber wohin fahren wir denn, Jules?«

»Du wirst schon sehen.«

Nach Golders Green und weiter nach Hendon und bis zum Rasthaus bei Huntonbridge ging es mit siebzig Meilen pro Stunde über die breite, sich windende Straße. Sie aßen im Rasthaus zu Mittag, und wieder hätte er ihr fast alles erzählt. Aber der Kellner servierte den Käse und dann den Kaffee, und irgendwie fand Jules nie die Zeit, Kay zu erzählen, daß sie heiraten würden, daß sie eine Wohnung in der Dean Street hätten, und daß sie in den Privaträumen des Cafés ihr Hochzeitsfrühstück serviert bekämen.

Nach dem Mittagessen war sie schläfrig und rollte sich neben ihm zusammen. Er hielt beim Fahren einen Arm um sie. Er fuhr inzwischen ganz langsam und schaute nach den Hecken und nach den Kühen – in der Nähe von Boxmoor war ein Lastkahn ans Ufer des Kanals gezogen, und das alte Zugpferd bekam sein Futter – und ihm wurde bewußt, daß er in seinem ganzen Leben noch nie so glücklich gewesen war. Er gedachte voller Zärtlichkeit seines Vaters, der ihm dazu verholfen hatte, daß Kay jetzt neben ihm schlief und daß er diese Fahrt durch den Herbst machen konnte, durch ein zu Ende gehendes Jahr mit dem alten Pferd dort, das ihm zunickte, und den alten Blättern, die am Boden faulten. Auf einem Feld stieg von einem Unkrauthaufen, der schon am Vorabend angesteckt worden war, noch Rauch, und in der klaren, trockenen Luft knisterte er noch von kleinen Flammen. Jules und Kay wurden von einem Auto nach dem anderen überholt; er hatte an der hohen Geschwindigkeit keinen Spaß mehr; er ließ die Lauten, Starken, Zielstrebigen vor sich um die nächste Kurve verschwinden; er gondelte dahin; er hatte nur noch ein Ziel – sich diesen Frieden zu bewahren und ihn wie ein wertvolles Gefäß behutsam in den Abend zu steuern. Seit seiner Fahrt nach Invinghoe vor zwei Jahren, als er im Beiwagen hin und her geworfen und die Stille durch die Explosionen vom Auspuff zerknallt worden war, war er nie mehr außerhalb von London gewesen.

In Berkhamsted stürmten die Zielstrebigen die High Street hinunter, sie röhrten vorbei nach Tring und zum Abendessen, und Jules bog bei der Kirche ab, fuhr über den Kanal und unter der Eisenbahnbrücke hindurch und dann am Graben und an den geborstenen Mauern des Schlosses entlang. Als die den Hang oberhalb der Stadt hochfuhren, brach der Abend herein über das Weideland, über den Ginster und den Boden mit den Wunden von alten Gräben, über die einsamen Baumstümpfe, und fiel mit seinem Schatten auf die Farne am Hügel. Kay schlief, regte sich, schlief weiter, wachte auf. Sie sagte: »Mir ist kalt.«

Jules hatte eine Hand am Steuer und schwieg. Eine Frau stöhnte und betrank sich und jammerte; die Erde war trocken, ein Sarg wurde hinabgelassen, und die Feuerwehrbrigade salutierte. Den beiden verdankte er sein

Glück, diese Abendsonne, die über der Kühlerhaube erstrahlte, dieses Gefühl, daß er nie mehr allein sein würde.

Im Park wirkte sie herrlich deplaziert, leicht gelangweilt, ein wenig verwirrt, als sie sich unter einem Baum nachschminkte. Sie konnte sich in ihrem Taschenspiegel beinahe nicht mehr sehen. Sie blickte angestrengt in den Spiegel und ließ den Verschluß zuschnappen. »Hör, Jules! Sei vernünftig!«

Er lachte sie aus; inzwischen war das Gras grau; ganz in der Nähe sang ununterbrochen ein Vogel. »Was redest du von Vernunft? Du hast doch selber nicht vor, vernünftig zu sein.«

»Das stimmt«, gab sie nachdenklich zu. Sie betrachtete ihn mit einem größeren Interesse, als sie für einen Mann sonst oft aufbrachte.

Sie war gewöhnlich mit Männern zusammen, die Geld besaßen, ohne zu arbeiten, oder sie gingen einer Arbeit nach, die sie nicht verstand, weil sie so hoch bezahlt wurde – Jules dagegen ging es in diesen Dingen wie ihr: Er hatte einen Vorgesetzten, er ging früh zur Arbeit, und seine Stunden wurden ihm lang. Mr. Surrogate hatte gesagt: »Jetzt wollen wir mal unvernünftig sein«, aber er hatte damit nicht das gleiche gemeint wie Jules. Er hatte gemeint: »Jetzt schlafe mit mir und mache mir hinterher keinen Ärger«; Mr. Surrogate riß sie aus ihrer Sicherheit heraus, während er selbst in seiner warm erleuchteten Wohnung völlig sicher zurückblieb. Er mußte nicht – und das hatte sie ihm besonders übelgenommen, sogar als sie mit ihm schlief –, er mußte am nächsten Morgen nicht auf Arbeit gehen. Jules mußte. Er war genauso wenig unabhängig wie sie.

»In Ordnung«, sagte sie. »Dann sind wir eben nicht vernünftig.«

Er klatschte in die Hände und rief: »Wir fahren heute abend einfach nicht zurück« – so, als ob ihm die Idee gerade erst eingefallen wäre. Er sagte ihr nicht, daß er längst ein Zimmer gemietet hatte – in dem kleinen Landgasthof, wo sie Tee getrunken hatten; als sie hinausgegangen war, sich frischzumachen. Er war erleichtert, daß sie nicht beleidigt war. Daß sie nur protestierte, weil sie »so früh« zur Arbeit müsse. »Ich fahre dich hin«, versprach er. Er hätte ihr wieder nur zu gerne gesagt: Du heiratest mich, du gehst nie mehr arbeiten. – Doch die schwarzumrandete Weisheit des würdigen alten Geschäftsmanns hielt ihn davon ab.

»Wirst du mich lieben?« Sie drückten sich und wehrten sich und lachten und erzählten sich anstößige Geschichten und waren glücklich. Die Blätter raschelten am Boden, und wie ein Streichholz flammte unter einer Farnböschung der Stummel eines Kaninchens auf und verschwand. Als beide den Atem anhielten, meinten beide, noch nie eine so tiefe Stille gehört zu haben; sie mußten ans nächtliche London denken und an das Erzittern der Mauern und Wände durch die schweren Laster. – »Diese Stille«, sagte sie, dachte aber bereits: Jetzt wird's ernst. Ich wollte schon im Anschluß an die Versammlung, daß er's mit mir macht. So sehr habe ich einen Jungen noch nie haben gewollt. Mein Gott, ich bin verrückt. Wenn ich nicht aufpasse, wird was passieren.

»Eigentlich ist's überhaupt nicht still«, sagte er, als er den Arm von ihr nahm, die Hunde im Dorf bellen, das Rascheln in den Blättern, das sanfte Rieseln von Erde, als ein Tier vorbeilief, den Tumult der Insekten hörte. Doch man nannte es Stille, so wie man das Dunkel schwarz nannte; näher konnte man dem Schweigen nicht kommen. Und wenn die Hunde und die Insekten Ruhe gäben, blieb noch das Klopfen des eignen Herzens. Er vergaß Kay völlig, während er überlegte: Selbst wenn ich am meisten allein war, habe ich immer auf andere Dinge hören müssen als auf mein Herz; ich hab's bisher noch nie schlagen gehört.

Sie saß gegen den Baumstamm gelehnt und ließ sich tiefer rutschen und sagte: »Ist mir heiß!« Es war keine zwei Stunden her, als sie gesagt hatte: »Mir ist kalt«, doch als sie sich jetzt kniete, befand sie sich im Schutz der Zweige, und das trockene, gekräuselte Laub hielt die Wärme im Erdboden wie ein Paar erdbrauner Hände, die sich schützend um eine Flamme wölbten. Sie saugte an ihrem Handrücken, wo ein Stiel einen Kratzer hinterlassen hatte, und vom Lippenstift blieb eine Spur auf der Haut; sie sah Jules mit einem Hunger an, den sie sich früher nie zu empfinden erlaubt hätte. Er spähte völlig verloren über das Farnkraut zwischen den Buchen hinweg, und sie sagte kein Wort, das ihm hätte helfen können, sich selbst zu finden. Sie wollte, daß er lange verloren war – so, mit den leicht aufgerissenen Augen und einem unregelmäßigen Atem und dieser Hand, die ihre Hand so gefühllos berührte wie die eines Fremden in der überfüllten U-Bahn. Sie konnte sich für einige Minuten selbst völlig fallenlassen und vergessen, daß Milly sie brauchte.

Als Jules zu ihr zurückkehrte, dachte er jedoch ganz praktisch. Er lachte plötzlich laut auf, legte ihr den Arm um die Schultern und zog sie tiefer ins Farnkraut. Die Stengel drangen ihr kratzend durch die Strümpfe, und als sie sich dagegen wehrte, spürte sie Erde, die sich ihr unter die Fingernägel drückte. »Mach keine Dummheiten, Jules.« Er kniete jetzt auch, drückte sie nach hinten und lachte dazu. Stark war er nicht, aber flink und schnell. Er biß ihr ins Ohrläppchen und drängte sich mit dem Kopf zwischen ihren Brüsten gegen sie. Ihr fiel plötzlich ein, daß sie den Lippenstift noch in der Hand hielt, und sie schmierte ihm damit durchs Gesicht, von der Nase bis zum Kinn; da begann auch sie zu lachen; sie konnte das Farnkraut riechen und die lockere Erde, ihr Coty Naturelle und einen bitteren Hauch vom Stechginster, der hinter ihr in bitterer Blüte stand. »Halt!« sagte sie. »Warte ein bißchen. Laß uns ins Haus gehen.«

Er ließ sie los und hockte sich auf die Fersen. »Das ist ein Versprechen.«

»Warum kannst du nicht bis heute nacht warten?«

Er grinste und machte eine kleine, vulgäre Geste mit dem Daumen. »Heute nacht möchte ich noch mehr.« Er fing an zu pfeifen; er versuchte einen Handstandüberschlag, landete aber mit einer Hand auf einer Distel und fluchte. Er war glücklich, er war eingebildet und eitel, er hatte Selbstvertrauen. Er hatte sein Mädchen. Er sagte: »Hast du Conder gesehen? Gott sei Dank werde ich nie so wie er. So allein möchte ich nicht sein. Für nichts auf der Welt. Ich brauche Geselligkeit – immer. Ich würde mich fürchten, wenn ich so allein wäre. Ich würde wahnsinnig werden.« Er warf ihr drollig-hoffnungsvoll eines Blick zu. »Du bist nicht zufällig Katholikin?« Das würde die Heiratsformalitäten erleichtern, den Damm gegen die Einsamkeit sicherer machen, zu einem undurchdringlichen Deich bis zum Tode; sonst drohte das Meer.

»Nein«, sagte sie. »Wieso?« Sie streckte mit einem Gefühl des Bedauerns die Beine aus und fragte sich: Warum habe ich's nicht hier mit ihm gemacht? Im Freien – das wäre mal was Neues gewesen. Was machen schon ein paar Spinnen, wenn man hungrig ist? »Wieso? Willst du, daß ich dich heirate?«

Er scheute sofort zurück, stand auf. »Ich wollte es nur wissen. Weiter nichts.« Glücksspiele, Sinnesfreuden. Aber das war doch lächerlich. Er wollte sie, nicht nur für den Augenblick, jetzt, sondern für immer, und warum sollten ein schwarzgewandeter Geist und sein Rechtsanwalt, warum sollten die fernen Stimmen aus Petit Tourville ihn zurückhalten? Staatsanleihen! Jährlich vier Pfund an Zinsen. »Hör mal«, sagte er.

»Ich bin mir gar nicht sicher, daß ich dich nicht heiraten würde«, sagte Kay. »Ich habe die Nase voll von feinen Herren. Sie lassen dich eine halbe Stunde warten, und tauchen selbst dann nicht mal auf. Letzte Nacht war er nicht so zurückhaltend, kann ich dir sagen!« Beim Gedanken an den rosaroten Tagesüberzug und die schöne tote Frau an der Wand, die ihr den Spaß geneidet hatte, ließ ihre sinnliche Enttäuschung ein wenig nach. Jules hörte ihr voller Bewunderung zu. Sie war ein guter Fang. Daß sie ein guter Fang war, würde bestimmt auch sein Vater, dieser angebliche Wüstling, der gar nicht so ein Wüstling gewesen war, zugegeben haben. Sie war jung, hübsch, und Erfahrung hatte sie auch; eine Frau, die ihn raffinierter erregen könnte, vermochte er sich nicht vorzustellen. Er empfand auch keinerlei Verbitterung darüber, daß er nicht der erste Mann in ihrem Leben war; soviel durfte man nicht erwarten, wenn die Löhne so niedrig waren, die Arbeitsplätze so unsicher und alles, was das Leben lebenswerter machte – das Kino, das Tanzlokal, Puder, Parfum und Rouge und Strümpfe – so teuer.

Er stachelte sie an; ihm gefiel das, sie vom Heiraten reden zu hören, ohne daß sie merkte, wie nah sie dran waren, daß es in greifbarer Nähe lag. »Du würdest doch gar nicht heiraten wollen«, lachte er, stieß mit der Fußspitze in einen Ameisenhaufen und empfand ein eigentümliches Gefühl von Freiheit in der grauen Luft. Ein Blatt trudelte im Wind zu Boden und berührte ihn an der Backe. Er erlebte das Vergehen von etwas Altem, und er war glücklich.

»Ich könnt's ja mal ausprobieren«, sagte Kay.

»Du hast zu viele Freunde.«

»Die würde ich nicht aufgeben. Mein Mann müßte mir schon meine Freiheit lassen und artig sein. Er kriegt ja seinen Teil in der Nacht.« Es war genau die Antwort, auf die er gehofft hatte; nach Einsamkeit zu zweit, in der Liebe, hatte er kein Verlangen; er brauchte Wirbel, neue Gesichter, Parties im Southend. »Das ist Bill. Das ist Ern. Phantastisch, ihr kennt euch noch nicht –« Verheiratet zu sein, das war wie Achterbahn- und Riesenradfahren, wie Hummern- und Austernessen und obendrein die Garantie, nie mehr allein zu sein. Er hätte sogar ihre Eltern bei sich akzeptiert, wenn sie noch welche gehabt hätte; sie waren aber beide schon tot. Er wäre nie einer von denen, die bettelten: »Können wir denn nicht miteinander allein sein?« Er hatte sogar die ausländischen Münzen, die er im Café vom Fußboden auflas, genutzt, um sich Conders Gesellschaft zu erkaufen.

»Du wärst mit einem Mann nie zufrieden.«

»Das kommt auf den Mann an.«

Einsamkeit fiel einem nur allzu leicht zu; sie lag in der Luft, die man atmete; man brauchte nur eine Tür aufzumachen, und sie öffnete sich in die Einsamkeit eines Korridors; wenn man die Tür abends wieder schloß, sperrte man die Einsamkeit mit sich ein. Die Zahnbürste, der Stuhl, die Wasserkanne, das Bett waren Zeichen dieser Einsamkeit. Man mußte nur anhalten, sich umsehen, horchen – schon war man in ihr verloren. Dann packte ihn der Kummer – der Kummer über das ganze sinnlose Leid, an dem er nichts ändern konnte; er fühlte sich in seiner Demut und Winzigkeit wie zerrissen, suchte völlig verzweifelt nach einem Platz für sich in der Welt, nach einer Pflicht, einer Aufgabe. Aber er brauchte nur in Gesellschaft zu sein, Stimmen um sich zu hören, und schon war er glücklich, war er selbstsicher, war er ordinär, gab er an.

»Du wirst ja sehen, was ich kann.«

Ich muß aufpassen, sagte sie sich immer und immer wieder. – So kommt ein Mädchen plötzlich zu einem Kind – wenn sie das Verlangen packt wie jetzt mich; wenn sie auf Vorsichtsmaßnahmen pfeifen will; wenn sie verliebt ist.

Sie hatten den Ausgang des Parks erreicht. Der Mond schien nicht. Dunkelheit herrschte ringsum, nur die Scheinwerfer der Autos warfen ein schwaches, freundliches Leuchten über die Straße. Man hätte es fast für ein Feuer halten können, an dem man sich die Hände wärmen konnte. »Komm«, sagte Jules, faßte sie an der Hand, und sie rannten zum Wagen. »Ich hab's eilig«, sagte er, warf sie auf ihren Sitz, kletterte, ohne die Tür zu öffnen, selbst hinein und drückte den Starter. Wärme kam zwischen ihnen auf, als er den Fuß aufs Gaspedal drückte, und sie ihre Erregung damit zu beruhigen suchte, daß sie sich einredete, das sei doch bloß – nach drei Monaten Enthaltsamkeit! – ein Nachbeben der vergangenen Nacht. Nur gab es da den einen Unterschied. Sie hatte Begierde bis dahin immer nur als eine Art von

Koketterie erlebt; man nahm sich in acht, wenn man schon nicht sittsam war; vorher hatte es sie noch nie gestört, daß sie sich in acht nehmen mußte, hatte sie nie so genommen werden wollen, wie sie gerade war, wo und wie auch immer – im Wagen, im Farn, egal, welche Folgen es hätte. Wenn wir verheiratet wären, dachte sie, wenn wir Geld hätten, wenn wir verheiratet wären.

Die ganze Strecke ab Boxmoor hierher war er höchst gemächlich gefahren, aber jetzt brauste er über die dunkle Straße zurück nach Ivinghoe. Die Bäume schossen ihnen im Scheinwerferlicht entgegen und verschwanden; ein einsames Landhaus an einer Biegung von neunzig Grad; eine Frau flach wie ein Pappdeckel vor einem Tor. Als der Wagen den Kamm des Hügels erklommen hatte, packte der Wind sie, fuhr ihnen in die Kleider, riß an ihnen wie ein Hund mit seinen Fängen. Sie ließen ihn hinter sich, bogen um den Sockel eines Leuchtturms und weiter ging es talab. Er rief: »Endlich mal'n Bus mit Tempo!«, legte den Arm um sie und beschleunigte noch mehr. Kay lachte, drückte sich fest an ihn und rief: Schneller... schneller... schneller. Die dünne Tachonadel zitterte und kletterte. »Ich hab's eilig.« Außer dem kreidigen Straßenbelag konnte sie vor sich nichts sehen; sie waren allein in einem kleinen, vibrierenden Käfig mit einer blauen Kontrolleuchte über der Tachoscheibe; sie saßen zum ersten Mal in einem solchen Auto. Wie ein Pferd, das spürt, wie die Schenkel des Reiters erlahmen, hatte es die Führung übernommen; es bockte in Richtung Mittelstreifen. »Nun mach schon. Fahr schneller!« Sie hatten beide ein wenig Angst; er wußte, daß er den Wagen nicht ganz unter Kontrolle hatte; sie wußte, daß er sich fürchtete. Deshalb sagte sie: »Fahr schneller, schneller«, forderte sie ihn und sich selbst heraus. Die Kreuzung am Fuß des Hügels raste ihnen entgegen; sie sahen Licht über die Hecken zu ihrer Linken huschen: »Dort! Ein Auto!« und sie hörte, wie er sich um die Bremse bemühte. In der Kurve hoben zwei Räder ab. Sie machte die Augen zu und betete, als der Wagen diagonal über die Straße schoß: »Mein Gesicht! O Gott, bitte mach, daß es nicht mein Gesicht trifft.«

»Das nenne ich fahren!« rief Jules, und sie schlug die Augen auf, während er mit unsicherer Stimme prahlte, es gäbe bestimmt nicht viele Fahrer, die in solcher Situation einen Zusammenstoß vermieden hätten. »Den Kerlen habe ich einen Schrecken eingejagt! Wenn ich nicht die Ruhe behalten hätte –« Die Tachonadel schwankte, fiel, die Hecken stiegen langsam hoch und nieder, ein Bauernhof, das erste Wohnhaus. »Ich glaube, du hast Angst gehabt«, sagte Jules. Er nahm eine Zigarette aus der Schachtel, um ihr zu zeigen, wie unbekümmert er war, aber das Streichholz zitterte und ging aus. Er kam nicht mehr dazu, ein zweites anzuzünden. Sie waren angekommen.

Die Treppen bis nach oben gab er sich weiterhin prahlerisch. Er stand zwischen Bett und Waschtisch und prahlte. Solch ein Fahrer war er, solch ein Pfundskerl, er hatte Nerven für zwei. Sie setzte sich aufs Bett, brachte ihr Gesicht in Ordnung, spürte leichte Übelkeit. Er streckte die Hand aus, um das, was er sagte, zu unterstreichen, und da mußte sie lächeln; denn so sehr er die Muskeln auch spannte, das Zittern der Hand konnte er nicht verhindern. »Du könntest nicht mal ne Teetasse in der Hand halten«, sagte sie.

»Du solltest mir lieber dankbar sein«, sagte er in seiner selbstsicheren, leicht dünkelhaften Art. »Das nennt man Autofahren.« Sie meinte zuerst, er rede so, wie andere Männer auch, um seine Schüchternheit zu verbergen und weil er jetzt, mit ihr allein, sein Selbstvertrauen verloren hätte, doch er prahlte, weil er glücklich war, weil er Angst gehabt hatte, weil er geglaubt hatte, es gäbe einen Zusammenstoß und er wäre wieder mit Conder und dem Café allein. Die Idee, daß sein eigenes Leben ebenfalls in Gefahr war, kam ihm überhaupt nicht in den Sinn. Es war viel zu lebendig jetzt, um auf solche Weise einfach abgeschnitten zu werden, und sich dessen, was es wollte, zu sicher.

»Jules!« rief sie. »Jules! Kannst du nicht warten?« Aber sie wollte selbst nicht warten, sie nahm ihn in sich auf: Leid tat ihr nur die Geschwindigkeit, mit der diese Umarmung vorbei war, so daß sie kaum mehr war als eine Handbewegung wie die, die er im Park gemacht hatte – ein Gruß über die Straße. Er war bei ihr, er war in ihr, er war fort von ihr und stand vor dem Spiegel, bürstete sich das Haar, pfiff eine Melodie.

»Ach, hör auf!« sagte sie. Er sah sie an; er hatte eine Ahnung, daß er sie nicht befriedigt hatte, und er war irritiert. Wenn sie nicht Monate und Jahre vor sich gehabt hätten, wäre es ihm peinlich gewesen; aber sie würden heiraten; nächstes Mal würde er's besser machen. Das Fenster stand offen, und er konnte von unten aus der Küche den gebratenen Speck riechen. »Eier mit Speck!« sagte er. »Ich habe Hunger!« Für einen Augenblick vergaß er, was sie eben gemacht hatten; daran erinnerte jetzt so wenig, da sein Körper wieder zur Ruhe gekommen war.

Sie sagte: »Ich habe keinen Hunger.« Mürrisch.

»Wenn wir jetzt nur«, sagte er, und er erinnerte sich an alles, an die Erbschaft, die Autofahrt, an Kay auf dem Bett, »was tun könnten. Ich weiß gar nicht, warum wir hier rausgefahren sind. Wir hätten ins Kino gehen können oder auf eine Party.« Er drehte sich vor dem Spiegel und versuchte, sich selbst in einem geliehenen Smoking vorzustellen, beim Entkorken einer Flasche, beim Aussprechen eines Toastspruchs, beim Händeschütteln. – »Darf ich Sie mit meiner Verlobten bekannt machen?«

»Du hättest deine Freunde einladen können«, sagte er, »und wir hätten es bekanntgegeben –«, aber die einstimmige Mahnung aus Petit Tourville hielt ihn zurück. »Daß ich eine Erbschaft gemacht habe.«

Kay lag mit den Beinen überkreuz und halbgeschlossenen Augen auf dem Rücken. Sie liebte ihn, und sie hatte erlebt, daß er ihr weit weniger Vergnügen bereitet hatte als viele ihrer zufälligen Partner. Du hast dir so verdammt viel von der Liebe versprochen, eine einzigartige

Erregung, etwas, das etwas hält; wenn das die Liebe war, wär alles erschüttert, was ihr wichtig war: Jules mit dir zusammen und dann wieder weiter von dir entfernt, als er je war, klug und selbstsicher und selbstzufrieden, in sein Gesicht vor dem Spiegel vertieft.

»Du redest so groß von deiner Erbschaft«, sagte sie. »Aber hundertfünfzig Pfund sind nicht viel. Ich könnte dir zeigen, wie man sie innerhalb einer Woche durchbringt. Also, ich habe Männer gekannt, die haben das in einer Woche verdient«, sagte sie mit einer verzweifelten Lüge und überlegte – wenn sie nur diese Erbschaft aus seinem Bewußtsein verdrängen könnte, dann wäre er wieder der alte Jules, unzufrieden mit einem Vorgesetzten und mit sich selbst und morgens früh unterwegs zur Arbeit genauso wie sie – der hoffnungslos in sich versunkene Jules, der vor dem Kino draußen wartete, während sie mit Mr. Surrogate davonfuhr; kein Wort brachte er heraus, er merkte überhaupt nicht, daß sie ganz verrückt nach ihm war, voller Gier, ihn zu lieben, überall, irgendwie. »Innerhalb von einer Woche!« sagte sie. »Ich schwör's dir!«

Er blinzelte sie an. »In einer Woche durchbringen?«

»Jedes Mädchen könnte dir's beweisen.« Sie hätte in die Seifenblase seines Dünkels wirkungsvoller nicht stechen können. Er wandte sich vom Spiegel ab und kam zum Fußende des Betts; das war jetzt der Jules, den sie aus dem Café kannte, der Jules zwischen der Teemaschine und der Ladenkasse, der Jules, den sie liebte. Da spielte es überhaupt keine Rolle mehr, daß er sie nicht befriedigt hatte; sie legte sich zurück und seufzte vor Glück, träumte von der Nacht und all den anderen Nächten. Sie konnte sich beinahe vorstellen, daß sie für ihn all ihre Freunde aufgeben könnte – wenn er sie bäte, ihn zu heiraten. Für ein Jahr oder zwei würden sie absolut glücklich sein; sie würde nicht mehr in die Fabrik gehen; und wenn sie nicht mehr länger verrückt aufeinander wären, dann könnten sie sich Gott sei Dank wieder freigeben; sie hatte eine Freundin, die hatte sich für fünf Pfund wieder scheiden lassen. Aber Jules war Katholik. »Können sich Katholiken auch scheiden lassen?« Sie wußte nicht, daß sie laut gesprochen hatte.

»Nein!« sagte er unwirsch. »Nein!« Ihm schien, als hätte er seine Liebe zu ihr ungeheuer übertrieben; ein Gefühl, das einen überkam, bis man ein Mädchen gehabt hatte, dann verließ es einen wieder; schlimmer war, daß er die Bedeutung seiner Erbschaft übertrieben hatte. Sie hatte recht, ein Mädchen konnte es in einer Woche durchbringen. Sein Vater hatte recht: »Staatsanleihen« – fünf Pfund pro Jahr; das war besser, als das Geld auszugeben. Er begann nachzurechnen, was er an diesem einen Tag bereits ausgegeben hatte. Wenn ich sie jetzt nach Hause brächte und das Zimmer zurückgäbe. Doch vor der Einsamkeit der Nacht, die darauf eintreten würde, scheute er zurück. Außerdem, sagte er sich, habe ich mich noch nicht entschieden. Ich kann sie heute nacht noch fragen oder morgen früh.

»Ich gehe nach unten«, sagte er, »und seh mal nach, ob das Abendessen fertig ist.« Er öffnete die Tür, Einsamkeit herrschte im dunklen Korridor, er stolperte – angesichts der Einsamkeit zu seinen Füßen – die unbeleuchtete Treppe hinunter. Selbst das Zimmer unten, mit dem Tisch, der für ihr gemeinsames Abendessen gedeckt war, war leer, und er drehte sich schon um, sie zu rufen: »Komm schnell« – aber dann überlegte er es sich anders. Das Feuer im Kamin war vorbereitet; er brauchte ein Streichholz. Er hatte kein Streichholz und tastete in seiner Tasche nach einem Stückchen Papier, das er am Gasfeuer anzünden könnte. So hatte er sich das nicht vorgestellt. »Das ist Ern. Sie kennen Bill noch nicht? Wissen Sie nicht, daß –« Er konnte sie oben mit langsamen Schritten hin und her gehen hören, aber sein Körper war befriedigt; er war uninteressiert. Befriedigung – das war ein sehr einsamer Zustand. Wieder sagte er zu sich selbst, ich kann sie heute nacht immer noch fragen, aber er wußte sehr wohl – er würde so schweigsam sein wie das Zimmer, der Flur, die Treppen.

Die Petition für Drovers Freilassung fing Feuer. Er bückte sich und hielt sie an den Kamin.

*

Conrad mußte seinen ganzen Mut zusammennehmen, um das zu tun, was er sich in der Nacht fest vorgenommen hatte, als er wach gelegen und Milly weinen gehört hatte – allein, um auf die Straße hinauszugehen. Ein Polizist ging vorbei; merkwürdig, wie leicht man vor dem Gesetz Angst hatte; aber wenn er getan hätte, was er wollte, würde er vor keinem mehr Angst haben.

Was soll ich damit machen?

Welchen Vorwand soll ich angeben?

Was soll das bringen?

Er war zu unausgeschlafen, um auf die Fragen eine Antwort zu finden. Irgendwer berührte ihn am Arm, schubste ihn leicht zur Seite und lief auf dem Gehsteig weiter. Und der wüste Zorn, der Haß, den er empfunden hatte, als er die Spaßvögel vor dem Berkeley Hotel hörte, überkam ihn von neuem. Die wußten nicht, wer ich bin, die haben mich nicht bemerkt, aber ich weiß genau, wer der eine der beiden war, den mit dem gelben, alten, ausgelaugten Gesicht habe ich Tag für Tag im Gerichtssaal gesehen, ich habe ihn genau gesehen, wie er Jim auf der Anklagebank beobachtete, Jim – und der war jung und frisch und so gut wie tot.

Er streckte die Hand aus und zog die Glocke und hörte Eisen scheppern hinter den vergitterten und mit Läden verschlossenen Fenstern, hinter den rot bedruckten Aufklebern: »Ausverkauf wegen Brandschadens.« Jetzt habe ich es getan, dachte er, ich habe etwas angefangen, das ich nicht mehr aufhalten darf und gleich darauf, als das Scheppern verklungen war, kam ihm der Stellvertretende Polizeipräsident wieder in den Sinn – ein Wort von diesem Mann hätte Jim retten können; wenn die Aussagen der Polizei nur ein kleines bißchen verständnisvoller gewesen wären und sie zugegeben hätten, auf Frauen eingeknüppelt zu haben, dann hätten die Geschworenen ihm strafmildernde Umstände zugestanden.

Dann hatte Milly ihm wieder in den Armen gelegen, sich mit ihm im Bett gewälzt, ihn ganz naß geweint, und er hatte die Erbärmlichkeit ihrer lustvollen Vereinigung erlebt.

»Mr. Bernay?«

»Treten Sie ein.«

Er war ganz versunken in Millys Elend und den Gedanken daran, wie leer ihr Leben sein mußte, daß sie es hinnahm, von ihm geliebt zu werden – so versunken, daß er Mr. Bernays verschwiegene und prompte Aufmerksamkeit minutenlang überhaupt nicht wahrnahm. Sie fiel ihm erst auf, als er dem länglichen, glatten Gesicht gegenübersaß und Mr. Bernay ihn unverbindlich fragte, womit er dienen könne: »Ich wüßte nicht, daß wir schon miteinander –« Er trug einen schwarzen Gehrock, und steife weiße Manschetten schauten aus seinen Ärmeln heraus, die er mit geschäftsmäßiger Geste hochschob, um dann zu bemerken: »Ich wollte gerade zum Gottesdienst.«

»Sie verkaufen, wie ich sehe«, sagte Conrad, »alte Lagerbestände.«

»Ware, die durch einen Brand Schaden nahm«, korrigierte Mr. Bernay.

»Sind Sie denn nicht versichert?«

»Das ist für mich typisch«, sagte Mr. Bernay. »Ich bin zu umgänglich. Ich bin vergeßlich. Ihr Gesicht beispielsweise –«

»Sie kennen mich nicht. Ich bin von der Regal Assurance Company«, erklärte Conrad und registrierte die Spur von Unsicherheit, die wie der Schatten eines Mannes, der im Kino vor der leeren Leinwand entlanggeht, in dem Gesicht aufschien.

»Ich verstehe nicht, warum Sie mich an einem Sonntag aufsuchen müssen.«

»Aus persönlichen Gründen«, sagte Conrad. »Weil Sie mit meiner Versicherungsfirma geschäftlich zu tun gehabt haben, meinte ich, Sie könnten mir vielleicht einen Gefallen tun. Ich möchte etwas Billiges kaufen.«

Mr. Bernay musterte ihn; Conrad wartete ab. Er wußte genau, was seinem Gegenüber durch den Kopf ging, und solches Wissen gab ihm ein Bewußtsein von Macht. Sein Gegenüber war gut gekleidet, gut situiert, Kirchgänger, trug sonntags gestärkte Manschetten, aber einige wenige Worte hatten ihm die Sprache verschlagen. Mr. Bernay begann, sich die Fingernägel zu reinigen.

»Uns hat überrascht«, sagte Conrad, »daß Sie Ihre Ansprüche nicht durchgezogen haben.«

»Ich war ungeduldig«, sagte Mr. Bernay, »der Schaden war unbedeutend – und ihr Versicherungsleute seid entsetzlich langsam. Was wollen Sie von mir?«

»Einen Revolver.«

»Dazu«, sagte Mr. Bernay, »müßte ich natürlich Ihren Waffenschein sehen. Ich glaube übrigens nicht, daß ich einen Revolver habe.«

»Ich besitze keinen Waffenschein.«

»Warum wollen Sie einen?«

»Ich bin sehr oft allein.«

»Ach«, sagte Mr. Bernay, während er sich im Sessel zurücklehnte und die Gelegenheit ergriff, sich in Szene zu setzen, »ich kann Sie gar nicht begreifen. Ich bin nämlich nie allein.« Von der festlichen Beleuchtung unzähliger gesellschaftlicher Anlässe war sein Gesicht einen Moment lang wie erhellt. Er erlaubte Conrad einen Blick auf Fluchten von roten Teppichen und in hell erleuchtete Fenster, so daß er sich in der eigenen Düsterkeit und Einsamkeit wie ein Ausgestoßener vorkam.

Denn er war einsam, so einsam wie eh und je, trotz seiner Leidenschaft und ungeachtet dessen, was er früher einmal als Erfolg betrachtet hätte. Es hatte Zeiten gegeben, als er angenommen hatte, ein Mann sei gegen Scham und Schande gefeit, wenn eine Frau ihn zum Liebhaber nähme, und ein gewisser kurzer Moment schien ihm wie ein Versprechen unbegrenzten Selbstvertrauens – inzwischen wußte er, daß es dazu mehr brauchte als einen physischen Akt. Er wünschte sich Jahre der Gemeinsamkeit.

»Manchmal«, sagte Mr. Bernay, »möchte ich mich einfach davonschleichen. An den grünen Rand der Welt.« Mr. Bernay schob die Manschetten hoch. Seine großen, weichen, treulosen Augen fielen wie zwei gleißende Bogenlampen auf Conrad, stellten ihn in seinem Elend und in seiner Einsamkeit bloß. »Schlimmeres«, sagte Mr. Bernay, »als zu viele Freunde kann es kaum geben.« Er gab vor, Conrad um seine alleinstehende Existenz zu beneiden, so wie ein geiziger Millionär einem Landstreicher soziale Verantwortungslosigkeit vorwirft.

»Der Revolver«, sagte Conrad. Aber Mr. Bernay hatte sein Gleichgewicht wiedergefunden; er war wieder ganz Mann der Gesellschaft. Daß hinter dieser glatten Fassade je ein Pfandleiher gesteckt hatte, der vor Fragen zurückschreckte, schien kaum vorstellbar.

»Sie müssen sich einen Waffenschein beschaffen. Woher soll ich wissen, was Sie sich ausgeheckt haben? Gewalttaten. Irgendwas. Sehen Sie doch nur mal, wie Sie an einem Sonntag –, wenn die Läden heruntergelassen sind, bei mir eingedrungen sind. Sehen Sie sich doch mal Ihre Hand an. Sehen Sie mal, wie sie zittert. Sie sind mit den Nerven fertig. Sie bräuchten ein Tonikum. Sie dürfen überhaupt nicht im Freien herumlaufen, und schon gar nicht mit einem Revolver.«

Im Geschäft begann eine Uhr nach der anderen, die volle Stunde anzuschlagen. »Da haben Sie's«, sagte Mr. Bernay. »Ich habe den Gottesdienst verpaßt.«

»Warum sollten Sie Skrupel haben?« sagte Conrad. »Ich weiß alles über Sie. Ich kenne alle Unterlagen über Ihren Brand.« In der Nacht war es ihm leicht erschienen, vom Pfandleiher zu kriegen, was er wollte. Er hatte es sich als eine Art von risikoloser Erpressung vorgestellt; er hatte mit einem verängstigten Händler gerechnet; einen Mr. Bernay mit seinen Manschetten, seiner herablassenden Art, seinem ausladenden, leuchtenden Gesicht und seiner Menschenfreundlichkeit hatte er nicht erwartet.

»Ich werde Sie bei Ihrer Firma anzeigen«, erklärte Mr. Bernay auf die liebenswürdigste Weise. »Leider zwingen Sie mich dazu. Ich tue niemand gerne ein Leid an. Ich bin ein genauso guter Christ wie jeder andere.«

»Ich will ihn doch nicht umsonst haben.«

»Mir mißfällt der Ton, in dem Sie mit mir reden«, erläuterte der Pfandleiher. »Für einen Freund – und ich darf Sie versichern: einen größeren Bekanntenkreis als ich haben nicht viele – würde ich ein Auge zudrücken: für einen Feind würde ich nicht einen Finger rühren. Nicht mal den kleinen Finger.« Die großen, sanften Augen schienen Conrad ganz weit von sich weg zu schieben, bis er in Mr. Bernays Bewußtsein zu einer winzigen Figur am fernen Horizont geworden war; wenn jemand so klein war, hatte man ihn völlig in der Hand; eine Handbewegung würde als Rüge genügen, mehr als ein Lächeln brauchte es nicht zur Vergebung, und falls man sich schließlich doch auf ein Geschäft einlassen sollte, würde ein so bedeutungsloser Wicht sich auch über den gemeinsten Handel nicht beschweren können.

»Ich wollte Ihnen doch gar nichts Böses tun«, sagte Conrad. Ihm erschien die Waffe jetzt notwendiger als alles in der Welt; er hatte unbedingt mit einer Frau schlafen wollen; aber das hatte er inzwischen hinter sich; das war vorbei.

»Wozu wollen Sie ihn haben?«

»Für den Notfall.« Das stimmte sogar; er hatte keine klare Vorstellung von seiner Verwendung. Gewiß, es gab Menschen, die er haßte – seine Kollegen, den Neffen des Direktors, den Manager, den Stellvertretenden Polizeipräsidenten, den Mann, der ihn auf dem Bürgersteig angerempelt hatte –, aber er wollte diese Menschen eigentlich genausowenig umbringen wie sich selbst. Weniger, denn eigentlich hatte er mehr Grund, sich selbst zu hassen; er liebte seinen Bruder und hatte ihm angetan, was unter Menschen als schlimmstes Unrecht galt. Während des Akts war es ihm schwergefallen, ihn als Unrecht zu empfinden – das Ganze war so einfach gewesen, so kurz, so wundervoll, so unbefriedigend; als er hinterher schweigend wach im Bett lag, hatte er die Erinnerung daran mit den richtigen Etiketten versehen. »Eine Todsünde.« »Das schlimmste Unrecht.« »Ein Gebot, das gebrochen wurde.« Aber die Etiketten stammten nicht von ihm; er hatte sie von anderen übernommen; die Regeln, unter denen er zu leiden hatte, hatten andere aufgestellt; es war unfair, daß sie ihn im Stich ließen und trotzdem Regeln aufstellten, die ihn beherrschten. Es war so, als ob ein Mann, der zur Strafe ausgesetzt worden war, sein Leben noch immer nach den Schiffsregeln einzurichten hätte.

Er streckte eine Hand über den Schreibtisch aus und flehte den Pfandleiher an. »Nur als Gefallen. Vielleicht könnte ich Ihnen in meiner Firma von Nutzen sein.«

»So ist's besser«, sagte Mr. Bernay. »Das ist ein besserer Ton. Mit Drohungen darf man mir nicht kommen. Ich bin kein schlechterer Christ als jeder andere, aber drohen laß ich mir nicht.«

»Bitte –«, sagte Conrad.

»Sie sind mit den Nerven runter. Sie sollten Sanatogen einnehmen, sich unter Menschen begeben, das Leben genießen. Ich bin fünfundsechzig«, sagte Mr. Bernay, »obwohl, ich weiß, Sie werden es mir nicht glauben. Ich führe meine Gesundheit in erster Linie auf meine gesellige Lebensweise zurück. Zum Grübeln bleibt mir keine Zeit. Hier ein gemeinsames Mittagessen, dort ein Abendessen mit Freunden oder Bekannten. Ferngespräche.«

»Bitte –«, sagte Conrad.

Mr. Bernay schwang sich, ohne aufzustehen, im Sessel herum und öffnete einen Schrank. Er stellte eine Pappschachtel auf dem Schreibtisch vor sich hin und kramte – eins nach dem anderen – Kameebroschen, Manschettenknöpfe, ein paar Sporen, einen Eierbecher und einen verstaubten Revolver heraus. »Für das Risiko müssen Sie mich extra bezahlen«, sagte Mr. Bernay und lächelte und nahm das Lächeln zurück und putzte sich die Nase. »Fünf Pfund, inklusive eine Schachtel Patronen.«

»Ich zahle mit Scheck.«

»Vier Pfund zehn bar auf die Hand.«

»Wird er auch funktionieren?« wollte Conrad wissen, und daraufhin zog Mr.Bernay sich ganz rapid mit ungläubig fragend hochgezogenen Augenbrauen zurück. »Ob er funktionieren wird?« meldete sich aus weiter Ferne eine Stimme. »Selbstverständlich funktioniert er.« Es lief Conrad heiß und kalt über den Rücken, aber da war Mr. Bernay schon wieder bei ihm und aalglatt und freundlich. »Danke«, sagte Conrad, zahlte und machte zu, daß er rasch wieder nach draußen kam. Er hörte hinter sich die Kette wieder vor die Tür kommen und die Glocken zum Frühgottesdienst läuten.

Und was jetzt? dachte Conrad. Wozu habe ich das getan? Um Milly eine lustige Geschichte erzählen zu können? Um Leuten einen Schreck einzujagen, die einen auf dem Gehsteig anrempeln, die über den geteerten Hof »Conrad, Conrad« nachschreien, die mich bedrohen, die meinen Bruder hängen wollen, die mich – das war das allerschlimmste Verbrechen – nicht ernst nehmen als Mann, als Vorgesetzten, als Liebhaber? Mit dem Ruf »Mörder« könnt ihr mich nicht schrecken – Mörder heißt für mich Jim; Mörder ist für mich deshalb gleich Kraft, Schutz, Liebe.

Ein Kannibale, der seinen Feind aß, erwarb die Eigenschaften seines Feindes: Mut oder Verschlagenheit. Wurde jemand, der mit der Frau seines Bruders schlief, dadurch, daß er empfing, was dem Bruder zustand, nicht auch wie der Bruder – so daß er, der bisher Schwache und Kluge, stark und dumm würde? In der vergangenen Nacht war er ganz kurz der Bruder gewesen und damit fähig geworden, einen Menschen zu töten.

Die Kraft dieses Glaubens kehrte zurück, trug ihn die Shaftesbury Avenue hinunter, über den Trafalgar Square und bis zur Mitte der Northumberland Avenue, bis sie ihn wieder verließ und er nicht einmal mehr wußte, was er eigentlich überhaupt vorgehabt hatte. Ein Polizist salutierte, eine Tür schlug zu, und aus einer Seitenstraße kam ihm, den Regenschirm über dem Arm, eine Aktenmappe in der Hand, der Commissioner entgegen.

Es kam näher, dieses gelbe, gezeichnete Gesicht; sie kam näher, diese hagere Bürokratengestalt; sie ging langsam, diese Gerechtigkeit mit der Aktenmappe; mit Bowler und Regenschirm kam er, die Ehrbarkeit in Person; er ging sicher und selbstgewiß mit dem Blick auf dem Gehsteig, in London war er sicher, er war sicher in der Hauptstadt des britischen Weltreichs, er war sicher im Herzen der Zivilisation (»ich sehe keinen Grund, das Urteil der ersten Instanz aufzuheben«); der erhobene Polizeiknüppel; die verbotene Versammlung; »nach einem Jahr gestatten wir ihnen, sich zu umarmen«; verkleinerte Belegschaften in den Firmen, Arbeitslosigkeit; der permanente Kampf mit dem Mitmenschen, auf dem Floß allein oben zu bleiben; sexuelle Begierde; Ehebruch; Leidenschaft ohne Zärtlichkeit oder Dauer; da ging er, der Hüter der Zivilisation mit dem Blick auf dem Gehsteig, der ordentlichen Aktenmappe unter dem Arm, die Straße hinunter.

Ein Wort von ihm, dachte Conrad, und Jim würde leben; ein klärendes Wort von ihm zum Innenminister, daß seine Polizei bei der Versammlung außer Kontrolle geraten sei. Und es kam ihm so vor, als solle er den Commissioner persönlich bitten, hier, mitten auf der Straße. Er kam langsam näher; doch in einer halben Minute würde er so nah sein, daß er ihn anfassen könnte. Conrad zitterte beim Herannahen der Autorität; im Direktionszimmer mußte er seine zitternden Hände immer hinter dem Rücken verstecken, während er einen Tadel erwartete, die Entlassung; das Zittern hörte bei unerwarteten Worten des Lobs oder einer Beförderung nicht auf.

Ich traue mich nicht, ihn anzusprechen.

Er steckte die Hände in die Taschen, um sie zu verstecken und fühlte die grobe, rostige Revolverkammer. Mit so etwas in der Hand dürfte ich nie mehr Angst haben; ich brauche nur zu zielen und die anderen werden mich fürchten; sogar, dieses alte, platte Gesicht würde sich fürchten. Der Commissioner war neben ihm; ging an ihm vorbei, in seinen altmodischen Stiefeln und seiner steifen Sonntagskleidung raschelte er wie ein gelber Grashüpfer.

Conrad streckte eine Hand aus. »Sir... einen Augenblick.«

*

Der Commissioner zögerte, lief weiter, aber mit völlig veränderter Haltung; er war ein Offizier bei der Inspektion der Kaserne, der wegen der Verletzung einer Konvention, über die später noch mit jemand ein Wörtchen zu reden wäre, vor Ärger und Wut erstarrte; vor versammelter Truppe konnte man einen Subalternoffizier nicht zurechtweisen – die Truppe, das waren die Taxifahrer in ihren Wagen, die wartende Ausflugsbusladung.

Es ist eine Schande, dachte der Commissioner, daß ein so ordentlich angezogener Mann bettelt. Er kann froh sein, daß ich ihn nicht festnehmen ließ; er war jedoch kaum in die Northumberland Avenue abgebogen, als seine Haltung sich änderte. Gerechtigkeit war seine Sache nicht; seine Aufgabe bestand darin, den Richtigen zu erwischen; privat und in seinem verborgenen Leben machte ihm allerdings die geringste Abweichung von der striktesten Norm der Rechtmäßigkeit zu schaffen. Als Privatmensch konnte man die Gerechtigkeit nicht dem Innenminister, dem Parlament oder den Richtern Seiner Majestät überlassen; Gott vielleicht schon, aber von seiner Existenz war der Commissioner nicht vollauf überzeugt. Er hatte wieder einmal vergessen, daß Arbeitslosigkeit kein Zeichen von Faulheit war; daß der Bettler ja keineswegs bettelte, weil er nicht arbeiten wollte; das war früher mal so gewesen, in jenem England, das ihm am besten vertraut war, aber inzwischen lagen die Dinge anders.

Der Commissioner machte kehrt und ging wieder zurück. Es war ihm ein Anliegen, sich wegen seiner Einstellung zu entschuldigen, dem armen Mann eine *Half-a-crown*-Münze zuzustecken, als er die Straßenecke erreichte, war der Mann aber fort. Der Commissioner war beunruhigt; er hatte keinen Grund gehabt, sich so unfreundlich und barsch zu benehmen. Wieso schreckte man eigentlich vor einem Bettler zurück, was hatte ein Bettler denn getan, daß man ihn abblitzen ließ und ihn stehenließ? Zum Teil aus Mitgefühl; es war nicht eben angenehm, einem Mann in Not in die Augen zu schauen; aber vom Bettler durfte man kaum erwarten, daß er verstünde, daß solch ein Sichabwenden eine Art von Mitgefühl bedeutete. Der Commissioner stand an der Straßenecke, als ob er etwas vergessen hätte. In Wirklichkeit hatte er sich etwas ins Gedächtnis gerufen; er hatte die unzähligen abgewandten Gesichter vor sich gesehen, die ein Bettler sieht. Wenn ich doch bloß mit dem Mann gesprochen hätte, dachte der Commissioner, wenn ich ihn doch gefragt hätte, warum er arbeitslos ist; vielleicht hätte sich für ihn ein Stelle finden lassen; andererseits – und was hätte das am Ende genützt? Er ist nur einer von vielen; ihnen allen könnte ich doch nicht helfen, das kann nur der Staat, der Staat, der mich beschäftigt, damit ich für Ordnung sorge und darauf achte, daß die Arbeitslosen betteln und nicht etwa Forderungen stellen.

Der Commissioner machte sich klar, daß derartige Überlegungen ihm nicht nützten; ich werde bezahlt; ich habe meine Aufgabe zu tun. Während des Krieges fragte man nicht, warum man kämpfte, damit wartete man, bis der Krieg zu Ende war. Über solche Dinge kann ich nachdenken, wenn ich pensioniert bin; der Gedanke an die Pensionierung ließ ihn jedoch frösteln. Er wandte der Quelle seiner Verstörung den Rücken zu und schritt in Richtung Trafalgar Square davon. Er wünschte, er hätte sich diese neuen Berichte per Boten in die Wohnung schicken lassen und sie sich nicht persönlich geholt – als Vorwand für einen Spaziergang an einem wundervollen Sonntagmorgen. Die Männer, die im Yard Dienst hatten, würden ihm das nie als einzigen Grund abnehmen – daß er auf seine Leber aufpassen und seinen Beinen Bewegung verschaffen mußte. Daß es ein strahlender Herbstmorgen mit Glockengeläut war.

Der Stelle, wo der Mann gestanden hatte, wandte er den Rücken zu, seine Gedanken aber waren zu unbeweglich und langsam, als daß er ihnen so leicht hätte entkommen können. – Wenn ich in Pension gehe. Nach einem dreitägigen Marsch durch den Dschungel – bei dampfender Hitze, einer seiner Männer war erstochen, die Wasserration fast erschöpft, die Verfolgung so aussichtslos wie am Anfang – waren sie einmal ganz erleichtert aus dem dichten Wald auf eine Lichtung gestoßen, wo eine Handelsstation stand; da könnten sie frisches Wasser bekommen, sich ausruhen, essen, mit Menschen reden. Die Jagd mitten durch den Dschungel war endlich vorbei; von der Handelsstation aus führte nämlich ein ausgefahrener Weg, der mindestens so gut war wie ein Feldweg in England, kilometerweit weiter. Über der Station – ein Bungalow, ein Lagerhaus mit Blechdach, ein paar Eingeborenen-Hütten – baumelte eine gelbe Fahne; es war windstill, der Ort schien verlassen, die Fahne hing wie eine Wurst von der Stange, und ihre Farbe hatte er zuerst gar nicht bemerkt. Sie bedeutete natürlich Fieber – dem Wasser, der Ruhe, dem Essen und der Unterhaltung auf dieser Station mußte man aus dem Wege gehen. Sie mußten am Rand der Lichtung und über die gerade, ausgefahrene Straße weitermarschieren, und es schien Stunden zu dauern, bis die Flagge unsichtbar wurde. Und nun war es dieser Mann mit der ausgestreckten Hand, der Bettler, war es der Gedanke an die Pensionierung, die wie eine gelbe Flagge in seinem

Rücken baumelten; zwecklos schneller zu gehen; sie blieb einfach da.

Der Commissioner erinnerte sich – bevor die Gebäude hinter einem Hitzeschleier verschwanden, hatte er einen Mann aus dem Bungalow kommen und zu den Hütten hinübergehen sehen. Er hatte eine große Versuchung gespürt umzukehren; seine Liebe hätte er unter dem Kommando seines eingeborenen Sergeanten weitermarschieren lassen können; er könnte rasten, etwas zu trinken bekommen, und wenn ihn das Fieber erwischte, würde er die Angst vor dem Ruhestand für immer los sein. Es war für ihn typisch, daß ihm der Gedanke, ein Menschenleben zu retten, etwas bedeutete; die Vorstellung, daß seine Rückkehr als verdienstvolle Leistung betrachtet werden könnte, kam ihm nicht einmal in den Sinn. Am Ende verwarf er die Idee, zur Station zurückzukehren, als persönliche Schwäche; dafür wurde er nicht bezahlt; er wurde nicht dafür bezahlt, sein Leben auf diese Weise aufs Spiel zu setzen, sondern um zu bestrafen und Ordnung zu halten. Und er wurde bestimmt nicht dafür bezahlt, dem Ruhestand zu entfliehen. Jedesmal, wenn er zurückschaute, baumelte dort die gelbe Fahne. Es war zum Verrücktwerden gewesen.

Bevor er den Fernen Osten verließ, war er noch ein zweites Mal in Versuchung geraten; es war ein heißer Tag gewesen in der Hauptstadt, und auf der Flucht vor der Glut und dem Glitzern der Tempel, vor der Sonne, die überall von Blechfetzen, alten Benzinkanistern und Buntglas zurückgeworfen wurde, wurde ihm in der zwielichtigen, tuchüberspannten, schattigen Straße plötzlich bewußt, daß ihm jemand folgte. Es war eigentlich kein Geräusch, das ihn warnte, obwohl er unter dem Trott der Ochsen und dem Schreien der Verkäufer unbewußt einen gewissen, immer wiederkehrenden Rhythmus von leisen Schritten herausgehört haben mochte, Schritte, die Abstand hielten, Schritte, die nicht abließen, ihm um Ecken und über Straßenkreuzungen zu folgen; was er aber genau bemerkte, das war ein physisches Unbehagen, den Wunsch, sich zu ducken. Er wußte keinen besonderen Grund, warum gerade ihn irgendwer hätte angreifen sollen; allgemeine Gründe, politische Motive gab es immer; er war der bezahlte Knecht einer unpopulären Regierung. Er fühlte sich ernsthaft versucht weiterzugehen, in eine noch schattigere Straße einzubiegen; er tat nichts dergleichen, er kehrte zur Hauptstraße zurück und hielt den ersten Wagen an, den er sah.

Durch den Sonnenschein hindurch stiegen die Fontänen hoch, entfalteten sich und fielen. Ältliche Herren mit Zylindern eilten mit Verspätung zur Kirche St. Martin's-in-the-Fields; zwei Kinder steckten ihre nackten Beine in ein Springbrunnenbecken und sausten auf und davon, als ein Polizist über den Platz kam. Der Commissioner hielt ihn an. »Seien Sie ein bißchen – ehm – großzügig heute, Wachtmeister«, sagte er, »drücken Sie, drücken Sie ein Auge zu, wenn Sie können.«

Zur National Gallery hoch; über die Pall Mall. Er konnte ein kurzes Gefühl des Stolzes auf London nicht unterdrücken – dieses milde Leuchten des Herbstes auf den Gebäuden, das milde Treiben von Sonntag auf den Straßen, nur ein Bus in Sicht, kein Mensch, der es eilig hatte. Alle Gebäude im Umkreis strahlten Würde und Harmonie aus; der Hausdiener vom Garland's schüttelte vor dem Hotel einen Teppich aus. Das war schon ein Erlebnis, als ihm klar wurde, daß der Schutz dieser Stadt ihm anvertraut war; es fiel ihm einen Augenblick lang gar nicht schwer, sich vorzustellen, daß die Feinde der Stadt sich außerhalb befanden, daß in diesem Frieden hier das Böse nicht zu Hause war, daß es gar nicht in diese Ungezwungenheit und Zufriedenheit hineinpaßte, daß der Tod in Streatham ein erfolgreicher Einfall des Feindes von draußen, vom Lande gewesen war; doch er brauchte sich nur umzudrehen, und die gelbe Fahne wäre da, baumelte in seinem Rücken. Der Krieg, den er führte, war ein Bürgerkrieg; seine Feinde waren nicht nur die Brutalen und die Perversen, sondern eben auch die Menschen, mit denen er Mitleid empfand, die Männer, denen er helfen wollte; wenn er seine Pflicht getan hätte, wäre der Arbeitslose dort wegen unerlaubten Bettelns festgenommen worden. Es kam ihm so vor, als ob die Gebäude ein wenig von ihrer Würde verlören; der Sonntagsfriede auf der Pall Mall war wie der Friede nach einem Massaker, einem Vernichtungskrieg; hier war der Armut die Stirn geboten worden, sie war zurückgedrängt worden, auf der einen Seite in Richtung Notting Hill, auf der anderen nach Vauxhall.

Doch der Commissioner wusch sich, ganz wie Pilatus, die Hände; Recht und Gerechtigkeit sind meine Sache nicht; mit Politik habe ich nichts zu tun. Möge Gott denen helfen, die dafür verantwortlich sind, wie das Leben organisiert ist; ich bin nur ein bezahlter Diener, der tut, was ihm gesagt wird; ich habe keine größere Verantwortung als der kleine Angestellte für die Geschäftspolitik, die er ausführt. Er hatte zum Leben nur das, was er verdiente; zu sparen war schwierig gewesen im Fernen Osten; er hatte nichts mitgenommen außer den Kürbisflaschen, den Eingeborenen-Waffen, den sentimentalen Trümmerstücken einer harten Karriere. Ihm kam oft der Gedanke, daß er eigentlich kaum der General war, der das Kommando hatte, sondern eher der einfache Soldat, der im Nebel kämpft so wie die Männer in der Schlacht bei Inkerman während des Krimkriegs, einer Raserei der Selbsterhaltung.

Den Haymarket hoch, die Jermyn Street hinunter, an den Türkischen Bädern vorbei, vorbei an den dichtgemachten Herrenmodengeschäften – laufen, um nicht aus der Übung zu kommen, weil es gut ist für die Leber; diese eine Verwunderung konnte er seinen Vorgesetzten zum Beweis seines Einsatzeifers wenigstens zeigen. Und mit dem Hohnlachen, dessen Bitterkeit für ihn gar nicht typisch war, erreichten seine Gedanken den Rang des Dschungels, durch den sie sich über Jahre hinweg mühevoll ihren Weg geschlagen hatten. Er kam langsam voran, doch es war nicht das erste Mal, daß ihm eine

Ausdünnung der Vegetation auffiel. Auf der Lichtung gäbe es Wasser, Rast, das Gespräch mit anderen Menschen; einen wie immer flüchtigen Eindruck von einer Lebensform, der er nicht gegen Bezahlung zu dienen brauchte, die seine Treue dank ihrer Fairneß, ihrer vernünftigen Ordnung, ihrer gerechten Verteilung von Lohn und Belohnung gewinnen würde. Und doch kehrte er am Rande jedesmal wieder zurück in den Dschungel; er hatte Angst, enttäuscht zu werden, Angst vor der gelben Fahne; er fürchtete sich auch vor den Anforderungen, die an ihn gestellt werden könnten; er war alt, er war eine bestimmte Art zu leben gewöhnt.

Er war beinahe froh, als er merkte, daß ihm jemand folgte. Es war früher Teil seines Berufs gewesen, verfolgt zu werden, und in seinem neuen Leben, drei Schritte entfernt von der Schlacht, die er schlug, war ihm nicht wohl. Und obwohl es ihm gewissermaßen körperlich bewußt wurde, durch ein Bücken des Rückens, empfand er keine Angst; Angst hatte er nur vor geistigen Dingen – Fragen, Zweifel, Unterstellungen. Und daß der Sparziergang, den er bloß aus Gesundheitsgründen unternommen hatte, nun beruflich interessant zu werden versprach, gefiel ihm im übrigen sehr. Er bog abrupt in die St. James's Street ab, ging im Eiltempo auf den Piccadilly Circus zu, wählte die Abzweigung in der Nähe von Fortnum & Manson's und wartete. Ein Polizist kam vorbei, an und ab eine Frau und dann eine Flut von Menschen nach dem Morgengottesdienst in St. James'. Seinen Verfolger ausmachen zu wollen, war völlig zwecklos.

Der Commissioner ging langsam nach Piccadilly Circus, ging langsam die Treppe zur U-Bahn nach unten, und beobachtete, während er langsam zum Rondell weiterlief, die Spiegelungen in den Schaufenstern. Das Rondell war fast menschenleer; die Polizistin erkannte ihn nicht. Plötzlich beschleunigte der Commissioner seinen Schritt und lief im Nu einmal im Kreis. Er merkte sich das Äußere eines Mannes in dunkler Kleidung, der in einer Telefonzelle stand und ihm den Rücken zukehrte. Dann stieg er nachdenklich wieder nach oben und kam beim London Pavilion ins Freie und kaufte zwei Zeitungen.

Merkwürdig, dachte er, sehr merkwürdig; da muß ich mich irren. Warum sollte er mir über diese Entfernung gefolgt sein? Mein Gedächtnis muß mir einen Streich gespielt haben; schließlich habe ich sein Gesicht nicht sehen können. Ich muß sein Gesicht sehen. Doch nun, da er bewußt vorging, verließ ihn sein Instinkt. Er merkte nicht, ob ihm noch immer wer folgte oder nicht; unmöglich, unter all den Schritten auf einem Londoner Bürgersteig die herauszuhören, die ihm hartnäckig, zielstrebiger und doch heimlicher als die übrigen, auf den Fersen blieben. Als er im Lyon's Corner House die Cocktail-Bar betrat, schüttelte ihn ein heimliches Lachen, er gestattete sich jedoch nicht einmal ein Lächeln. Heute morgen verschlägt's mich in die seltsamsten Lokalitäten, dachte er und studierte mit Abscheu und Widerwillen die Karte. Mixgetränke! Er sagte mit versteckter Ironie: »Könnte ich einen – einen Whisky haben mit – ehm – Soda?« und schob die Schale mit den Kartoffelchips weit von sich weg an den Tischrand. Essen zwischen den Mahlzeiten!

Er schaute sich um; der kleine Raum war fast voll; aber der Mann, den er in der Telefonzelle gesehen hatte, war bestimmt nicht da. Der Commissioner hätte ihn gern bei sich gehabt; sie hatten etwas gemeinsam; doch hier fühlte er sich nicht zu Hause. Die ganze Umgebung hier machte einen Eindruck von Hysterie und überkandidelten Farben, die Luft schien voll vom Prahlen von Autobesitzern, die ihre Wagen selber fuhren. Er kam sich auffällig vor – wegen seines Alters und weil er allein war. Wenn sein Verfolger hereingekommen wäre, er hätte ihn an seinen Tisch eingeladen.

Da er die Zeit irgendwie totschlagen mußte, öffnete er seine Aktenmappe und nahm die neuesten Berichte zu Drover heraus. Sie waren zu widersprüchlich, um überhaupt etwas bedeuten zu können. Er schaute stirnrunzelnd ins Whiskyglas und dachte: Das ist nicht mein Job. Es gab immer mehr Menschen, die nicht bereit zu sein schienen, für ihren eigenen Bereich Verantwortung zu übernehmen. Dem Minister lag der vollständige Prozeßbericht vor, die Kommentierung des Richters; wieso mußte er die Verantwortung dafür, ob ein Mann gehängt oder begnadigt wurde, jemand anderem zuschieben? Er befürchtete, der Streik könne einige Tage länger dauern, höhere Steuern, eine Abstimmungsniederlage der Regierung; der Sekretär war recht offen gewesen; es war das jedoch eine Art von Offenheit gewesen, die ihn an einen gewissen Geschäftsmann erinnerte, den er vor ein paar Monaten im Yard verhört hatte. Auch der hatte sich ganz offen gegeben; er hatte die Hinterziehung von Einkommensteuern in Höhe von mehr als zwanzigtausend Pfund zugegeben; er hatte, wie er es selbst ausdrückte, alle Karten auf den Tisch gelegt. Was er dabei verheimlichte, fand der Commissioner nie heraus.

So würde er auch nie erfahren, aus welchem Motiv – und es war ganz bestimmt, überlegte er, schäbiger als die genannten – der Minister zögerte. Der Commissioner erinnerte sich grimmig an die medizinischen Atteste beim Prozeß gegen den Geschäftsführer und wie die Steuerbehörden sich pro Pfund mit zwölf Shilling zufrieden gaben, um den Geschäftsführer vor dem Bankrott und einem Nervenzusammenbruch zu bewahren. Wenn der Commissioner an die hohen Strafen für Leute dachte, die aus dem Hause eines Reichen ein paar Juwelen stahlen, so war er dankbarer denn je, daß er für Recht und Gerechtigkeit nicht verantwortlich war. Der Grund für solche Diskrepanzen war ihm durchaus bekannt; die Gesetze waren von den Besitzenden zum Schutz ihrer Besitztümer gemacht worden; das war der Grund, warum ein Faschist hochverräterische Dinge aussprechen konnte, ohne gerichtlich verfolgt zu werden; das war der Grund, warum ein Mann, der den Staat um seines Privatvermögens willen betrogen hatte, nicht einmal das Geld verlor, das er damit gewonnen hatte; das war der Grund, warum der Einbrecher fünf Jahre hinter Gittern verschwand; das war's warum Drover nicht so einfach begnadigt werden konnte – er war Kommunist. Noch einmal, das ging ihn nichts an, es wurmte ihn, dem Minister berichten zu müssen, daß seiner Meinung nach weder Begnadigung noch Hinrichtung Drovers irgendeine öffentliche Wirkung hätten. Ich werde ihnen vor Dienstag keinen Bericht zukommen lassen, dachte der Commissioner ; sie sollen darauf warten. Es gehört nicht zu meinen Pflichten, die Henkersmütze aufzusetzen.

Er hatte den Fernen Osten nie verlassen wollen; seine Aufgabe dort war einfach gewesen; er fing Mörder und Diebe; dort mischten sich weder Politiker noch Geschäftsleute in Justizangelegenheiten ein; es war wie ein altmodischer Krieg; man kämpfte selbst; man saß nicht im Hauptquartier.

Er seufzte und trank seinen Whisky und stand auf. Jüngere Männer, dachte er, würden vielleicht lang genug leben, um einer Sache dienen zu können, an die sie glaubten. Sie würden ihn mit einer gewissen Verachtung als jemand betrachten, dem der Mut zur eigenen Überzeugung fehlte. Darauf würde er entgegnen, daß er es gewesen sei, der den Mörder einer alten Frau in Paddington gefangen hatte, und daß er bald auch den Mörder von Streatham fangen würde; danach sollte er beurteilt werden; nicht nach einem allgemeinen Maßstab von Recht und Gerechtigkeit.

An der Tür blieb er einen Augenblick stehen. Er konnte niemand entdecken und glaubte schon, entweder habe ihn sein Instinkt verlassen oder die Beschattung sei vorbei. Einen Grund für die Beschattung konnte er sich nicht vorstellen; in politische Dinge war er hier Gott sei Dank nicht verwickelt. Er kehrte den bunten Drinks, den Jacken mit Gürteln, den geschminkten Mündern und den Kartoffelchips erleichtert den Rücken und ging nach Hause. Die Totenstille auf der Charing Cross Road störte ihn nicht; mit weißen Lippen und blicklosen Augen schaute Edith Cavell in gezierter Aufrichtigkeit über den Pflastermaler weg; zu Füßen der Statue von Henry Irving verkaufte ein Mann rezeptfreie Medikamente. Die Springbrunnen spielten, die Kinder plantschten, und der Wachtmeister drückte ein Auge zu. Vor dem Kriegerdenkmal zog der Commissioner seinen Hut, ohne auch nur einen Moment seiner zerschlagenen Kompanie auf dem Rückmarsch durch den Schlamm bei Passchendaele zu gedenken. Er trat auf die Straße, um einer Leiter auszuweichen, klopfte auf ein Stück Holz und dachte: Ich habe mich geirrt, ich habe mich bestimmt geirrt. Für irgendeinen Aberglauben mußte man sich im Leben entscheiden; er war in etwa den Nägeln in den Sohlen vergleichbar, mit denen man am Felsen Fuß faßte. Das brachte der Krieg mit sich: eine Gewohnheit, einen Aberglauben, noch einen Trick, mit dem man den Tag überstand. Der Commissioner kaufte sich Papiermohnblumen, ging auf der Straßenseite über den Bürgersteig, hielt die zwei Schweigeminuten zum jährlichen Gedenktag des Waffenstillstands, klopfte auf Holz, schlürfte die Suppe seitlich vom Löffel und lüftete den Hut vor dem Ehrendenkmal. Es war besser, sich an Konventionen zu halten, wenn man einen so wilden und so unentschiedenen Krieg führte; man mußte seine Gedanken ordnen: Streatham, Paddington, funktechnische Erfindungen, diese Angelegenheiten erforderten seine ganze Aufmerksamkeit, und deshalb kaufte man eine Papiermohnblume und sparte sich die Zeit, die man sonst an die Toten verschwendet hätte; man zog den Hut und vergaß die Vergangenheit, die abgeschlossen war; man trug die Krawatte mit dem Zeichen der Schule, die man besucht hatte, und brauchte sich nicht extra vorzustellen; man klopfte auf Holz und ersparte sich den beunruhigenden und unnützen Gedanken: Vielleicht irre ich mich.

Über das Embankment und in die Great College Street, und als er dann vor der Haustür stand und den

Schlüssel ins Schloß stecken wollte, blickte er automatisch nach hinten. Es war niemand zu sehen; er merkte sich das nicht einmal, weil grundlos nie jemand zu sehen war; als er aber die düstere Eingangshalle betreten hatte und sich zwischen den Stahlstichen befand, ging er nicht gleich die Treppe zu seiner Wohnung hoch, sondern beschloß, sich ein letztes Mal zu vergewissern, machte die Haustür wieder auf und trat aus dem Haus hinaus auf den Bürgersteig. Auf der Straßenseite gegenüber stand der Mann im Büroanzug, der bettelnd die Hand ausgestreckt hatte. Aber Geld konnte er nicht gewollt haben, überlegte der Commissioner und blieb vor der Tür ruhig stehen, um dem Mann die Möglichkeit zu geben, näher zu kommen. Er wirkte bleich und müde und krank und hätte niemand erschrecken können; es war unmöglich, ihn ohne Mitleid zu betrachten. Der Commissioner tat einen Schritt auf ihn zu, und der Mann drehte sich um und ging; er verschwand ganz ohne Eile um die Ecke; er schien zu erschöpft, um sich beeilen zu können, zu hoffnungslos, um einen Grund zur Eile zu haben.

*

Conrad überführte sich der Feigheit. Es war nur ein weiterer Punkt, in dem er sich schuldig bekannte. Der Lüsternheit, der Inkompetenz, der Undankbarkeit hatte er sich bereits überführt. Der Akt, der ihn gegen das Leben gefeit und innerlich stolz und selbstsicher hatte machen sollen – »Auch ich werde geliebt« –, hatte ihn betrogen, hatte ihn durch endlose Straßen getrieben – er wußte gar nicht mehr, durch wie viele –, hatte ihn dazu erniedrigt, wie ein Mantel im Staub hinter dem Commissioner herzuschleifen. Und auch Milly hatte ihn betrogen; sie hatte ihm genau das gegeben, was er sich als einziges gewünscht und für völlig unerreichbar gehalten hatte, und was war es in Wahrheit gewesen? Etwas Herrliches, das im Nu vorbei war, Weinen, Schlaflosigkeit, Verdammnis, Verzweiflung. In einem Anfall von sinnlosem Haß ballte er die Fäuste.

Wen er haßte, vermochte er nicht zu entdecken. Sein Bruder starrte ihn durch die Scheibe an und flüsterte durch den Draht: »Kümmere dich um Milly.« Conrad beugte sich näher zu ihm und flehte ihn an, nicht zu verzweifeln – das Berufungsverfahren, die Petition. Sein Bruder schüttelte den Kopf wie ein kranker, alter Hund. »Ich mach mir nur Sorgen um Milly.« Der eigene Tod schien ihm gar nicht in den Sinn zu kommen; diese Sorge war viel größer als Angst; nur die Verantwortung für Milly schien ihn zu plagen. Im Klassenzimmer mit dem Bullerofen tippte ein Missionar mit einem langen Zeigestock auf die Leinwand und flehte inbrünstig: »Seht euch die an«, und die Kinder starrten ihn mit einem Ausdruck von gelangweilter und sturer Dummheit verständnislos an; daß diese eines nach dem anderen flach auf die Leinwand geworfenen nackten, abgemagerten Wesen mit knochigen Knien selbst Kinder waren, blieb ihnen unbegreiflich; nur Conrad verstand das, nur Conrad spürte die unerträgliche Verantwortung für ihr Verhungern, konnte sie nicht mehr vergessen, obwohl sie bald darauf durch Bilder vom Busch, von grinsenden, pfeiferauchenden Häuptlingen und Ansichten vom Victoriasee überlagert wurden.

Milly schritt durch die Kirche zum Altar, während die Bohrmaschinen in der High Street ratterten, und auf der Suche nach Feinden spähte sie nach rechts und nach links.

Conrad grub die Fingernägel in seine Handflächen und versuchte, sein Spiegelbild im Schaufenster eines Ladens in der Parliament Street zu sehen. Die Leute sehen mir nach, dachte er; irgend etwas stimmt nicht an meinem Äußeren. Er zog ein Taschentuch hervor und rieb sich das Gesicht ab: Vielleicht ist es schmutzig. Er drehte sich auf dem leeren Bürgersteig vor dem Laden um die eigene Achse: Vielleicht hängt mein Hemd heraus; und entsetzt kam ihm der Gedanke, vielleicht steht meine Hose offen. Er beugte sich nach vorne und starrte so nah auf sein

Spiegelbild, daß seine Stirn die Scheibe berührte. Direkt wollte er nicht an sich herunterschauen; das wäre unschicklich; es wäre, als untersuchte er einen nackten Körper; genausowenig direkt mochte er an Milly denken, an Milly, wie sie auf dem Rücken lag, quer über das Bett hingestreckt, und hungrig und unglücklich die Arme nach ihm ausstreckte; seine Vorstellungen wichen zurück zu ferneren Bildern von Milly, zu einem abgetragenen Pantoffel, der auf den Fußboden klatschte, zum Geruch von Anthrazit und dem Lärm der Bohrer, zu den verhungerten nackten Kindern auf der Leinwand.

Aber du bist in Ordnung, schien ihm sein Spiegelbild zu sagen, dein Hut sitzt gerade, deine Krawatte sitzt gerade, dein Hemd steckt in der Hose. Auf deinem Gesicht ist nirgends Schmutz. Deine Kleidung ist ordentlich und entspricht deiner Stellung. Es gibt keinen Grund, warum die Leute sich umdrehen und über die Schulter nach dir schauen sollten. Er drehte sich im Kreis vor dem Spiegel, und ein kleiner Junge lachte, und eine Frau starrte ihn über die Straße an.

Sie wissen, daß ich voll Haß bin, ging es ihm mit unbestimmtem Kummer schmerzhaft durch den Sinn wie einem Richter, der sich einer geheimen Sünde bewußt ist, und zu Gericht sitzen und verurteilen muß. Angst haben sie vor mir, sie versuchen mich in den Wahnsinn zu treiben. Es war eine teuflischraffinierte Methode, einfach zu starren und zu starren, und andere dazu zu bringen, auch zu starren und zu starren, bis man meinte, das Gesicht sei schmutzig oder das Hemd hänge heraus, daß das nicht so war; und die Erklärung blieb: man benahm sich auffallend um dann festzustellen, ohne es zu wissen. Vielleicht rede ich die ganze Zeit laut vor mich hin; er versuchte, sich selbst zu belauschen, aber das scheinbare Schweigen beruhigte ihn nicht. Er trat wieder vor das Schaufenster, um zu prüfen, ob sich seine Lippen nicht bewegten. Nein, sie rührten sich nicht. Aber das war noch kein endgültiger Beweis, denn er kannte Bauchredner, deren Lippen unbewegt blieben und deren Stimme trotzdem erscholl. Vielleicht schreie ich aus allen Fenstern der Straße, deshalb kann ich nichts hören. Ich bin außer Hörweite meiner eigenen Stimme.

Nun begann er mit raschen Schritten zum Trafalgar Square hinaufzueilen. Er hatte Bauchredner nie herumgehen gesehen; sie saßen auf Stühlen und hielten Puppen auf dem Schoß; manchmal dachten sich die Zuhörer Zahlen aus und die Puppen errieten diese Zahlen. Er überlegte allen Ernstes: Als Buchhalter würde ich das gut treffen, und vergaß im nächsten Augenblick die Angst. Sein Wahnsinn glich einer kleinen Rauchsäule, die sich emporgekräuselt hatte und nun hinabsank und auf dem Boden seines Bewußtseins unauffällig weitergloste.

Aber das Schuldgefühl blieb, und er meinte, daß die Menschen von seiner Schuld wußten und nicht von seinem Wahnsinn. Es ärgerte ihn, und er wollte sich davon freimachen. Es wuchs in ihm, wie der Geschlechtstrieb manchmal übermächtig wurde, bis er auf die Straße gehen und sich eine Frau kaufen mußte, worauf er eine Zeitlang wieder Frieden hatte und er nur die dumpfe Überzeugung hatte, dies sei nicht die Art, wie ein Mann leben sollte. Es kam ihm in den Sinn, daß Haß vielleicht nur auf diese Weise vertrieben werden könne – indem man ihm nachgab –, und ein seltsames Heimweh nach jenem Augenblick befiel ihn, als der Commissioner aus der Tür getreten war, um ihn über die Straße hinweg zu beobachten. Damals hätte er nur abzudrücken brauchen. Fast schien es ihm, als hätte er in der stillen Straße das ewige Glück versäumt, und er gedachte der Gelegenheit zu einem Mord mit demselben brennenden Schmerz, mit dem sich ein Stadtkind an eine Wiese oder ein Kornfeld erinnert.

Menschen strömten aus den Kirchen, nachdem sie lange Predigten angehört hatten, zogen Handschuhe an, hielten nach Taxis Ausschau und verlangten ungeduldig nach dem Mittagessen. Turmuhren schlugen, ihre Zeiger rückten weiter, und wieder schlugen die Uhren. Dicht gefüllte Autobusse verschwanden die Straßen hinunter in

Richtung Kew und Richmond. Conrad fühlte keinen Hunger; ohnedies hatte er kein Geld, um sich etwas zum Essen zu kaufen, denn sein Wochengehalt war bis auf ein paar Pence in die Tasche des Pfandleihers gewandert. Aber umkehren konnte er nicht, weil dann unfehlbar alles wieder von vorne beginnen würde – Leidenschaft, Schlaflosigkeit, Verdammung, Verzweiflung. Und er würde nicht einmal mehr die Entschuldigung haben, daß er Milly liebte, denn er liebte sie ja nicht mehr; er hatte Milly geliebt, wenn sie mit ihm auf dem Oberdeck eines Autobusses nach Kew hinausgefahren war, wenn sie im Kino neben ihm gesessen, wenn sie daheim in der Küche mit ängstlichem Mut oder mit harmloser Bosheit geplaudert hatte. Jetzt aber wagte er nicht, an sie selbst zu denken, sondern nur an den abgetretenen Pantoffel, an die schwarzen Kinder, an das leise Brummen des Gases im Kamin. Sogar diese Bilder hatten die Kraft, ihn von sich zu stoßen und wieder anzuziehen: der abgetretene Schuh sprach vom Wankelmut seiner Liebe, das summende Gasfeuer bedeutete Zuhause, Sicherheit, keine quälenden Gedanken zu haben. Er war beherrscht von diesen Bildern und sah nichts anderes mehr: Piccadilly war ein Schuh, Knightsbridge ein Feuer im Kamin. Die Entfernung, die er an diesem Nachmittag zurücklegte, ließ sich nur nach seinen müden Füße bemessen; seinen Haß konnte er nicht müde laufen. Immer klarer erkannte er, daß es eine einzige Möglichkeit gab, sich von diesem Haß zu befreien.

Und doch verblieb ihm selbst unter dem Haß noch die Überzeugung, daß keine Notwendigkeit bestanden hätte, einen Revolver in der Tasche zu tragen, sinnlos in den Straßen umherzurennen und sich vom Schuldbewußtsein foltern zu lassen, wenn er imstande gewesen wäre, natürlich und ohne Scham zu lieben, und wenn er zärtliche und dauernde Gegenliebe gefunden hätte. In seiner Nähe erblickte er einen grünen Parksessel und ließ sich darauf nieder; sofort tauchte ein Mann auf und verlangte Geld dafür. Er zog die Hand aus der Hosentasche und fand fünf Pence darin; der Mann nahm zwei davon und ging. Conrad hörte seine Schritte auf dem Kies des Parkwegs knirschen. Sooft sie innehielten, läutete eine Glocke. Es gab noch andere Geräusche: Er hätte am Rande eines riesigen Heerlagers sein können, das im Nebel verborgen lag, und sekundenlang war es nicht ein Schuh, ein Feuer im Kamin, ein Lichtbild auf der Leinwand, was seine Gedanken im Bann hielt, sondern eine blasse Erinnerung an seine Mittelschulzeit, an eine Lateinstunde, an eine Armee, die auf den Abhängen einer Hügelkette über einem See wartete, während im Nebel unter ihr ein unsichtbarer Gegner vorbeimarschierte; und plötzlich war der Nebel verflogen...

Er sah ein Kindermädchen, das ein kleines Kind über den Rasen führte, einen Gardesoldaten in Uniform, der sich über das Holzgeländer beugte, eine junge Dame mit Puffärmeln und langen, schlanken Beinen, die einen Barsoi auf dem Kiesweg hinter sich herzog. Hunde bellten, Kinder schrien, und im Gras hinter ihm lag flüsternd ein Liebespaar. Er saß einsam auf seinem Stuhl, geballten Haß im Herzen. Er beneidete sie alle: die schreienden Kinder, die bellenden Hunde, die flüsternden Verliebten. Auf dem Kiesweg schob ein Mann den Kinderwagen, und vier Kinder klammerten sich an die Seiten des Fahrzeugs, behinderten die Räder, stolperten, kreischten und schwatzten. Conrad glaubte, einen gewaltigen Sieg mitzuerleben. Dieser Fremde war nicht allein, würde nie allein sein, nicht nur in dem Sinne, daß er sich im Mittelpunkt einer Schar menschlicher Wesen befand, sondern auch, daß diese Schar ihn in ihren Kreis zog und seine Existenz anerkannte; sie richtete Fragen an ihn, beklagte sich bei ihm, heischte nach seiner Zustimmung. Selbst das abgehetzte Gesicht des Mannes war in Conrads Augen ein Zeichen des Sieges: Ein Eroberer ist nicht frei von Sorgen.

Das Liebespaar flüsterte, und die junge Dame mit dem Barsoi hob eine behandschuhte Hand und winkte jemandem, den Conrad nicht sehen konnte. Das Sonnenlicht lag flach auf den flachen Grasflächen. Der Kies leuchtete wie Gold, und das Licht flutete unter der niedrigsten Barre des Geländers hindurch. In zehn Minuten würde die Dämmerung hereinbrechen und unter den Bäumen würden sich die Kindermädchen erheben, die Kinder an die Heimkehr erinnern, an das Abendessen und das Zubettgehen (ein Glas Milch und zwei kleine Butterkekse). In der Kinderstube würde das Nachtlicht brennen, während draußen die Sonne hinter den Bäumen des Parks versank, die Pferde heimwärts trabten, die Laternen angezündet wurden und am Straßenrand in langer Reihe die Autos warteten – wie schwarze Katzen, geduckt auf einem schmalen Bleidach.

Niemand starrte Conrad auf seinem Stuhl an, niemand drehte sich nach ihm um, niemand lachte; seine Kleider waren in Ordnung, sein Gesicht sauber, seine Stimme nicht zu hören. Jetzt aber war er erbittert, weil niemand ihn beachtete. So als wäre er tot und sein unglücklicher Geist unfähig, einen Wunsch zu übermitteln, der aus der Vergangenheit stammte. Er stand auf; niemand sah ihn an; die junge Dame mit dem Barsoi war verschwunden; das Liebespaar war still geworden, weil die Schatten es bereits erreichten und weil es bald so dunkel sein würde, daß man sich dem Glück hingeben konnte; die Kindermädchen befanden sich schon auf dem Heimweg. Conrad schlug mit der Faust auf das Holzgeländer und fuhr dann mit den Fingernägeln den Balken entlang, aber niemand sah ihn an. Die Versuchung, irgendeinen der Vorübergehenden am Ärmel zu fassen und zu sagen: »Ich bin ein lebender Mensch so wie Sie«, war beinahe unwiderstehlich; denn wenn man tot war und dabei so unglücklich, dann blieb einem keine Hoffnung mehr, kein Trost. – »Eines Tages werde ich tot sein.« Doch das waren Hirngespinste; in den Tiefen seines Bewußtseins, dort wo sein Haß lauerte, wußte er, daß er lebte; denn wäre das der Tod, dann hätte er Jim nicht beneidet; dies war das Leben, dem Jim zu entrinnen versuchte und in das man ihn mit einer Liebe, die sich in ihrer Wirkung durch nichts vom Haß unterschied, zurückstoßen wollte.

Doch nein, er hatte sich wieder getäuscht. Er war schwindlig, beugte sich über die Einzäunung und sah zu, wie sich das Gras plötzlich vor und zurück bewegte, so wie das Gesicht des Pfandleihers entschwunden und dann wieder ganz nahe gekommen war. Das war nicht das Leben, in das man Jim stürzen durfte; in diesem Leben kam Milly nicht vor.

Conrad kam zu dem Entschluß, sich durch nichts zur Rückkehr nach dem Hause in Battersea bewegen zu lassen. Man ließ sich nicht dazu zwingen, zu einem ungeliebten Menschen zurückzukehren. Man ging nach Hause zurück, weil man dort Behagen, Zärtlichkeit, Mitgefühl zu finden hoffte. Das waren Dinge, ohne die man, wenn man sie einmal erfahren hatte, nicht bestehen konnte; jedoch auf Befriedigung eines wilden Hungers, auf Scham konnte man verzichten. »Aber ein Hund kehrt zu seinem Auswurf zurück«, überlegte er weiter. »Wenn ich nicht sehr aufpasse, dann werde ich bald dort sein, wo mein Bruder vor mir so oft gelegen ist.«

So weit war der Weg, den er gegangen war, seit er Milly in der vergangenen Nacht verlassen hatte. Ehe ihr und sein Körper einander erfahren hatten, waren sie gute Bekannte gewesen; es hatte sogar ihnen beiden etwas gehört, woran Jim überhaupt keinen Anteil gehabt hatte, nämlich ihre nervöse Angst und ihr Mißtrauen gegen andere. Milly hatte ihn verspottet, so wie sie die ganze Welt außer seinem Bruder verspottet hatte, doch es war ein Spott ohne Bosheit gewesen. Er konnte glauben, daß sie ihn irgendwie liebte, und diese Art versprach zwar keine Erfüllung, war aber dennoch besser als diese gemeinsam erlebte Wollust, diese gemeinsame Unkenntnis all dessen, was jenseits der bloßen Berührung, des Gefühls körperlicher Nähe, der ungestümen Bewegung lag.

Du hast damit begonnen, klagte er sie im stillen an und rieb mit der geballten Faust über das Holz des Geländers, aber nie wieder, nie wieder! Er war entschlossen, die Nacht im Freien zuzubringen, aber in der Dunkelheit und herbstlichen Kühle erschien ein Mann mit einer Glocke, der ihn aus dem Park wies. Auf leise schwirrenden Reifen surrten die Autos davon; die Gardesoldaten gingen, das Stöckchen unter den Arm geklemmt, auf Knightsbridge zu; an einem Erfrischungsstand drängten sich die Amateurdirnen und tranken Kaffee.

Conrad ging wieder durch den Park zurück; jeder Polizist starrte ihn an, jede Frau schmunzelte. Das alte Spiel fing von vorne an. Die Menschen hatten sich verschworen, ihn in den Wahnsinn zu treiben. Es würde ihnen schlecht ergehen, fiel ihm ein, wenn ich mit dem Revolver in der Tasche tatsächlich verrückt wäre. Und mit einem Mal wußte er, warum ihn alle angafften; seine ausgebaucht herabhängende Tasche verriet, was er darin trug. Sie konnten durch den Stoff hindurchsehen; vielleicht war sogar ein Loch im Anzug und ließ das Metall hervorleuchten. Gleich werden sie mich anhalten, dachte er, und ihn mir wegnehmen, und ich werde schließlich doch nichts damit tun können. Er hatte noch nicht entschieden, was er mit der Waffe machen werde; doch wenn er nur ein ruhiges Plätzchen finden und ein wenig schlafen könnte, würde er imstande sein, sich über die Verwendungsmöglichkeiten des Revolvers klarzuwerden. Es begann zu regnen; ein kalter, stechender Regen, fast schon Hagel. Die Menschen, die unter den Arkaden des »Ritz« Zuflucht genommen hatten, starrten ihn an. Ein Polizist kam ihm auf dem Gehsteig entgegen und maß ihn mit einem durchdringenden Blick. Conrad hatte das Empfinden, daß ihn alle um die Macht beneideten, die er in der Tasche trug. Er wagte nicht an demselben Platz zu bleiben, weil er fürchtete, die anderen könnten ihn dieser Macht berauben.

Der Regen hielt an; von den Knien abwärts war Conrad bis auf die Haut durchnäßt, und sein Rücken begann vor Rheumatismus steif zu werden. Er ging weiter, um sich zu erwärmen, und wurde nur noch mehr naß. Es kam ihm der Gedanke, daß er ja in sein altes Zimmer zurückkehren könnte, aber seine Hauswirtin würde wohl schon im Bett sein, und er besaß auch nicht genug Geld für den vollen Fahrpreis dorthin. Das Feuer war sicherlich ausgegangen; er würde seine triefenden Kleider über den Stuhl hängen; die ganze Nacht würden die Tropfen auf das Linoleum fallen, und am Morgen würde er in dem feuchten Anzug ins Büro gehen müssen. Der Neffe des Generaldirektors würde mit den anderen Buchhaltern plaudern und lachen, und wenn er vorsichtig die Tür zu ihrer Kanzlei öffnete, würde er gerade seine Stimme vernehmen: »Hat sich eine tolle Nacht geleistet.« Dann würde der Direktor durch die Buchhaltung gehen, diese Worte mit anhören und den Unterton von Spott bemerken. Er würde läuten, genauso wie der Mann im Park mit seiner Glocke geläutet hatte und würde ihm in Gegenwart seiner Sekretärin Miss Batlow, der dürren, ältlichen Miss Batlow, die mit dem Zwicker auf der Nase nervös in den Akten kramte, seine Vorhaltungen machen. Der Regen tropfte auf das Vordach des »Criterlion.«

»Disziplin, Drover, Disziplin. Wir brauchen jemanden im Büro, der Disziplin halten kann« – eine Hand lag auf dem Hörer des Telefons, die andere klopfte mit dem Bleistift auf die Schreibtischplatte, und kurz darauf saß schon der Neffe des Generaldirektors an seinem Platz in der Kanzlei.

Man konnte jederzeit Selbstmord begehen. Der würde alle Probleme lösen; wie man im Freien übernachtete und doch trocken bleiben, den Rheumatismus vermeiden und die schwarzgestreifte Hose tadellos sauber halten könnte. »Etwas schätzen wir an unserem Personal besonders hoch, Drover, und das ist Adrettheit.«

Plötzlich stürmte er unbekümmert in den Regen hinaus. Adrettheit! Ich werde es ihnen noch zeigen! Das Wasser spritzte über den Randstein hinauf, als die Taxis, die von den Theatern kamen, vorübersausten; es trommelte auf die Regenschirme und zersprühte auf dem schwarzen Asphalt der Straße den Widerschein der Laternen wie Öltropfen. Es lief Conrad vom Rand des Hutes hinten in den Kragen hinein. Als auf dem schlüpfrigen Plaster sein Fuß plötzlich umknickte, schoß ihm ein stechender Schmerz bis ins Rückenmark hinauf. Er wußte nicht, was ihn vom letzten Schritt abhielt. Er besaß keinen Ehrgeiz; seine Arbeit war nur ein erbitterter Kampf ums Dasein; der einzige Mann, den er liebte, war durch Gefängnismauern von ihm getrennt; die einzige Frau, die er je geliebt, hatte ihm deutlich genug gezeigt, was die Liebe zwischen Mann und Frau wert ist. Und doch war es der kurze Genuß, der ihn innehalten ließ; als er vorüber gewesen war, als er sich geschämt und Milly geweint hatte, die Wände erzittert hatten und der Tag gegraut, da war er ihm als ein Nichts erschienen, da war der Gedanke, seinen Bruder betrogen zu haben, mächtiger gewesen als alles andere. Aber seither waren Stunden vergangen, der Körper erwachte wieder und der Genuß, wenn er auch noch so kurzlebig sein sollte, erschien bedeutender, stärker als das Gewissen. Neidvoll erwog er: Wenn ich dumm genug wäre, würde ich jetzt zurückgehen, würde ich alles vergessen und nur an das Wiedersehen mit ihr denken. Wenn sie dumm wäre, würde sie mich herbeisehnen, würde sie in ihrem Begehren alles vergessen, selbst Jim; wenn wir beide dumm wären, so wie Jim, würden wir uns der Lust des Augenblicks hingeben und uns um alles andere den Teufel scheren. Aber sie ist auch nicht dümmer als ich. Der Regen rauschte, vom Wind getrieben, zwischen den Laternen herab und verfinsterte die Straße. Ein Autobus kam angefahren und blieb neben ihm am Randstein stehen. Er glich einem kleinen, hell erleuchteten Haus, in dem die Leute saßen, plauderten und sich am Feuer wohlig warm fühlten. Auf dem nassen Pflaster flimmerten die Lichter wie die Gasflammen in Asbesttürmen.

»Battersan«, sagte eine Stimme, und Conrad meinte, es sei der Schaffner. »Letzter Autobus.« Schon saß er drinnen und versuchte durch die angelaufene Fensterscheibe zu erkennen, wie sich hinter ihm die Shaftesbury Avenue wie ein Band entrollte.

»Ist das der letzte Bus?« fragte er.

»Ach wo, es gehen noch viele«, antwortete der Schaffner. »Es ist ja kaum elf.«

Aber es war nun zu spät, noch etwas zu unternehmen, überlegte sich Conrad. Er kehrte zurück – wie ein Hund zu seinem Auswurf, sagte er sich; weil ich nicht dumm genug bin, mir einzubilden, daß alles anders sein wird, wenn das vorbei ist; alles wird von neuem beginnen, wird sich wiederholen, auch die Selbstverdammung, auch die Verzweiflung. Zehn Minuten lang werde ich glücklich sein. Wenn sie vernünftig ist, wird sie die Tür ihres Zimmers absperren; die Eingangstür kann sie nicht verriegeln, weil das Schloß gebrochen ist.

Auf der Themse glitt ein Polizeiboot mit einem roten Licht gemächlich stromabwärts; es scheuchte eine schlafende Möwe auf, die sich mit heftigen Flügelschlägen bis zur Höhe des Autobusfensters aufschwang, sich dann aber mit starren Schwingen wieder in der schweigenden Finsternis sinken ließ, vor der der Regen niederfiel wie ein dichter Vorhang.

Wenn sie vernünftig ist – er konnte von ihr nicht mehr Vernunft verlangen als von sich selbst. Er war zurückgekommen. Als er das beschädigte Haustor aufstieß und den Regen hinter sich in die Halle fegen ließ, erblickte er sie sofort; sie saß auf dem Bett, hatte ihr Kleid ausgezogen und ließ ihren Pantoffel auf den Boden klatschen; er sah ihre knochigen Knie und ihr verhungertes Gesicht.

Milly sagte: »Ich hatte Angst, du kämst nicht mehr zurück. Kay ist nicht nach Hause gekommen. Sie ist mit irgendeinem Mann aus. Ich habe das Alleinsein nicht mehr länger ausgehalten.« Das unausgefüllte Bestellformular lag auf dem Toilettentisch; der vertraute Geruch billigen Parfums umfing ihn. Er dachte: Wie hochherzig sie doch ist! Sie tut so, als wäre sie froh, daß ich gekommen bin; aber sie kann doch nicht so dumm sein, sie kann nicht so dumm sein.

»Ich bin naß geworden«, begann er, aber sie unterbrach ihn mit den Worten: »Bitte, sprich nicht, sag nichts. Komm ins Bett«, und in einem kurzen Moment begriff er: Wie töricht ist es, sich einzubilden, das Heim eines Menschen bedeutet Behaglichkeit, Zärtlichkeit, Mitgefühl; es bedeutet Hunger, der gestillt werden, Bitternis, die vergessen werden wird; mehr wird von einem Heim nicht verlangt.

»Ich wollte gar nicht kommen«, gestand er. »Ich konnte aber nicht wegbleiben«, und sah, wie ihre Züge in dem Augenblick hart wurden, als sie ihn in die Arme schloß. »Sprich nicht«, befahl sie, »ich hasse dich, wenn du sprichst.«

5

»Da lungert schon den ganzen Tag ein Mann draußen rum«, sagte Mrs. Simpson. Sie verschob einen Aschenbecher ein wenig und wedelte mit dem Staubtuch.

Der Commissioner hob den Blick; er wußte sehr wohl, daß sie irgendwie beunruhigt war; denn seit seiner Rückkehr vom Yard hatte sie ihn immer wieder mit allem möglichen belästigt. Vor wenigen Stunden war ihm plötzlich eingefallen, daß er bei Caroline Bury zum Dinner eingeladen war, und er hatte angerufen, um mitzuteilen, daß er am Abend nicht zum Essen daheim sein werde und daß sein Smoking bereitliegen solle. Mrs. Simpson wußte alles gern lange im voraus; sie wurde für ihre Arbeit allmählich zu alt, aber das Gleiche würde man bald über ihn sagen, und er brachte es nicht übers Herz, sie zu entlassen, und außerdem wollte er sich nicht wieder unter die seidige Herrschaft eines Butlers begeben, der jünger war als er selbst.

»Ein Mann in dunkler, gestreifter Hose?« fragte er.

»Wenn ich nicht jede Minute damit gerechnet hätte, daß Sie anrufen und was von mir wollen«, setzte Mrs. Simpson unglücklich und verächtlich hinzu, »wäre ich ja hin und hätte ihm die Meinung gesagt. Der sollte sich was schämen, einen ganzen Tag so zu vertrödeln. Er war mittags da, er war zur Teezeit da. Und andere müssen sich fast zu Tode schuften.«

Der Commissioner sah auf die Armbandruhr. »In wenigen Minuten muß ich los.«

»Nehmen Sie sich'n Taxi?«

»Nein. Nein, ich gehe zu Fuß.«

»Ich würde ne Gänsehaut kriegen«, sagte Mrs. Simpson, »wenn ich'n ganzen Tag mit Mördern und Dieben zusammen wäre. Ich träume manchmal schon, Sie liegen unten blutend vor der Haustür.«

»Aber Mrs. Simpson, wir leben in London.«

»Die Leute, die sich in London auskennen«, sagte Mrs. Simpson, »wären nicht überrascht, wenn sie einen aus 'm engsten Kreis in seinem Blut liegen sehen.«

»Also, ich muß los. Sie sollten sich nicht solche – ehm – Sachen einbilden.«

»Ihre Krawatte sitzt schief«, sagte Mrs. Simpson. Sie ging ihn mit ihrer spitzen Zunge an wie mit einem Messer; mit dem derben Zerren an seiner Krawatte schien sie ihn kleinmachen zu wollen, ihn zurechtzuweisen, weil er sich anmaßte, jemand zu kritisieren, der älter und erfahrener war als er, der London um vieles besser kannte. Es war ihre Methode, sich selbst gegen die leiseste Andeutung von herablassender Behandlung zu wehren. Das Recht, gute Ratschläge zu erteilen, hatte sie – immerhin war sie zehn Jahre älter. »Sie sollten ein Taxi nehmen«, sagte sie. »Ich würde mir ein Taxi nehmen«, aber von ihr kam das nicht überzeugend: Es hätte mehr als nur einer »Gänsehaut« bedurft, um sie aus ihrer Lebensroutine zu reißen – der Art, wie sie sich den Strohhut aufsetzte, die Brosche mit sicherem Griff an die hochgeschlossene Bluse steckte und dann gleich auf ihren alten Füßen die Straße hinunter zum Embankment, zur Straßenbahn trapste.

»Ich brauche körperliche Bewegung, Mrs. Simpson. Ich muß jede Gelegenheit nützen.«

»Nun aber mal langsam. Wenn man so alt ist wie Sie, braucht man Ruhe.« Sie wedelte ängstlich besorgt zum Fenster, wischte den Staub von der blanken, staubfreien Scheibe und lugte zur dunklen Straße nach unten. »Ich rufe ein Taxi.«

»Nein«, sagte der Commissioner und ließ den Deckel seiner Taschenuhr zuschnappen.

»Ich wüßte nicht, warum ich mir den Kopf zerbrechen soll, nur weil Sie kein Taxi nehmen wollen.« In ihrem grauen Kleid mit der Schürze, die irgendwann einmal weiß gewesen sein mußte, schien ihr »alles egal«; das graue Haar lief straff nach hinten in einen Knoten zusammen, der nicht größer war als ein Eierbecher. Wie ein Fähnchen Rauch von einem fast erloschenen Feuer sah sie aus vor dem Fenster. »Ich habe so schon genug Sorgen.«

»Völlig unnötig«, sagte der Commissioner.

»Ich habe keine Lust, in meinem Alter ne neue Stelle suchen zu müssen.«

»Aber warum hat dieser Mann Sie denn –?«

»Sein Gesicht hat mir überhaupt nicht gefallen.«

»Nun verlassen Sie sich mal nicht zu sehr –«

Mrs. Simpson lachte; es war, soweit er sich erinnern konnte, das erste Mal, daß er sie lachen hörte. Das Lachen blieb in den losen Stimmbändern ihrer Kehle stekken und klang wie Husten. »Sie«, sagte sie, »wollen mir«, sagte sie, »was von Visagen erzählen! Visagen!« sagte sie. »Ich weiß, was ne Visage ist, wenn ich eine sehe. Sechzig Jahre bin ich in Diensten. Kindermädchen, Amme, Köchin, Haushälterin. Einmal war ich sogar für die Wäschekammer zuständig.« So offen hatte sie von sich nie geredet; ihre Vergangenheit hielt sie im allgemeinen so sicher unter Verschluß wie ihre Ersparnisse, die, wie er zufällig wußte, in Gummiringen zuunterst in einem Koffer lagen. »Mir hat die Visage nicht gefallen«, sagte sie und verzog die Lippen wie in Erinnerung an die unzähligen Visagen, die ihr in ihren sechzig Jahren als Hausangestellte mißfallen hatten: die weichen, ausdruckslosen Gesichter von dummen Kindern, von Dienstherren, die selber nicht wußten, was sie eigentlich wollten, von ordinären Weibsbildern, die feixten, nur weil das Essen ein bißchen angebrannt war. Es war, als wollte sie sagen: Was habe ich nicht schon gelitten unter Gemeinheit, Halsstarrigkeit, Dummheit; nein, sie wollte ganz bestimmt in ihrem Alter keine neue Stelle mehr. »Hier paß ich gut hin«, gestand sie merkwürdigerweise.

»Ich verspreche Ihnen, daß ich ein Taxi nehme, Mrs. Simpson, falls mir der Mann – ehm –, falls er lästig wird.«

Damit mußte sie sich zufrieden geben; eine großherzigere Reaktion konnte man von einem Dienstherrn nicht erwarten. »Heute war die Vanillesoße ein bißchen besser,

Amy« – das war die Art von Lob, die sie gewohnt war. Jedem uneingeschränkten Lob als Vorspiel zu einem Akt der Miesepetrigkeit war sie mißtrauisch begegnet – etwa der Aufforderung, von einem Braten, dessen Reste bereits am Gesindetisch aufgetragen waren, noch einen Teller hochzubringen.

»Na gut«, sagte sie, »Sie sind ja wohl alt genug, um selbst auf sich aufzupassen, denk ich mir.«

Der Commissioner erlebte die zweite Überraschung, als sie – was sie noch nie getan hatte – nach seinem Mantel griff und ihm hineinhalf. Sie ruckzuckte mit dem Lappen irgendwelchen Staub vom Saum und ließ statt dessen ein paar Fussel zurück, die sie unter der Anrichte entfernt hatte. »Sie werden dann wohl die ganze Nacht durcharbeiten müssen, denk ich mir. Wozu Sie zum Essen ausgehen wollen, wo Sie doch die ganzen Papiere lesen müssen, will mir nicht in den Kopp.«

»Ich besuche eine alte Freundin.« Sie rümpfte verächtlich die Nase, als sie hinter ihm her nach unten ging, und aus ihren schwarzen Äuglein schaute Mißtrauen; sie machte die Haustür auf und spähte hinaus, bevor sie ihn nach draußen vorbeiließ, behielt ihn fest im Auge, während er vorsichtig über einen schmutzigen Rinnstein stieg, als er über die schlüpfrige, schimmernde, regennasse Straße zum Bürgersteig auf der anderen Seite ging. »Jedenfalls«, schrie sie ihm nach, »müssen Sie zurück ein Taxi nehmen. Bevor's dunkel wird, kommt noch mehr Regen.«

Gegen das, was vom Mond noch geblieben war, schoben sich braune Wolken; die Luft schien voller Regen, der noch nicht fiel. Man bahnte sich seinen Weg wie durch nasse Tücher an einer der Wäscheleinen. Mich, dachte der Commissioner, könnte heute abend nichts dazu bringen, mit einem Taxi zu fahren; sie schleuderten auf dem nassen Asphalt nämlich nur so herum. Die Luft war voll vom Knirschen der Bremsen, vom Quietschen rutschender Reifen, von den vereinzelten schweren Regentropfen, die sich auf den Blättern der Platanen sammelten und dann den Bürgersteigen und Kieswegen entgegenglitten. Alle hatten es eilig, irgendwo anzukommen, bevor das Unwetter kam – nur der Commissioner nicht, dessen Leber die Feuchtigkeit spürte, dem der Kopf schwindlig wurde vom Ekel der Sümpfe des Dschungels und des hoffnungslosen Fernen Ostens. Bei den Springbrunnen spielte niemand mehr; das Wasser wurde zwischen dem umdüsterten Himmel und dem umschatteten Becken sinnlos hoch und wieder hoch geschleudert.

Warum folgt er mir bloß? fragte der Commissioner gleichgültig; es ist derselbe Mann. Er schaute sich um, als er bei der National Gallery den Gehsteig erreichte, und sah ganz am anderen Ende des Platzes die kleine Figur in Schwarz neben einem Löwen zaudern. Zwischen ihnen beiden waren die Leitungsmasten und die verschmierten Gehsteige und der Wall – und kein einziger Mensch. Er könnte herüberkommen und mich jetzt ansprechen. Der Mann lief aber nur unruhig um den Löwensockel.

Der Commissioner kehrte ihm wieder den Rücken zu und ging weiter, die Charing Cross Road hoch, durch die Unterführung, nach oben zur Tottenham Court Road, bog hier ab, bog dort ab und blieb sich der Gestalt weiter hinter ihm immer bewußt. Das kann doch nicht immer so weitergehen, dachte er; heute abend will ich ihm die Chance geben, mich anzusprechen; morgen werde ich ihn festnehmen und verhören müssen. Und dann war er da – die Tür aus dem 18. Jahrhundert, der Eindruck von schweren Vorhängen, die dichtgedrängten Möbel, die Wände mit Gemälden, die Erwartung von jemand, der aber gestorben war, während er im Ausland gedient hatte – und der Gedanke an Justin bereitete während des Wartens von Sessel zu Sessel eine solche Leere, bis er sich wie eine lose rappelnde, vertrocknete Erbse in einer leeren Schote vorkam.

Das gleiche Gefühl überkam ihn beim Anblick von Caroline. Es hatte nichts damit zu tun, daß sie um zehn

Jahre älter war; auf diesem wild hageren, grell bemalten Gesicht konnten zehn Jahre keinen Eindruck machen, auf einem Gesicht, dessen Schönheit zu erkennen ihm leichter war als anderen Männern, weil sie ihm so oft bemitleidenswert auf dem Innern fernöstlicher Heiligtümer entgegengegrinst hatte. Es hatte damit zu tun, daß sie nicht so lebendig wie früher war. Sie hatte ihren Hintergrund verloren; der schwerfällige, einfältige, der rotgesichtige Justin war tot; ihre Brillanz wurde nicht mehr wie ein Leuchten vor einem grobgewirkten, braunen Vorhang aus Tweedmuster sichtbar, sie erglühte, funkelte, verlor sich in weiten, leeren Räumen aus Luft. Er fragte sich, ob ihre Nächstenliebe, ihr leidenschaftlicher Drang zu helfen, ein wenig gebrochen war, weil es Justin nun nicht mehr gab.

»Wie geht es dir, Caroline?« Sie grinste ihn an und faßte sich an den Hals. »Die Ärzte behaupten, ich müsse in einem südlichen Klima leben. Das ist natürlich absurd. Nächste Woche ...« Es hatte also, dachte er, doch gestimmt. Sie trug sich in seltsamen, zeitlosen Gewändern herum; sie erweckte unentwegt den Eindruck, als habe sie sich mit dieser Kleidung absichtlich zu einer Art Denkmal gemacht, das möglichst nicht lächerlich aussehen sollte, wenn die Mode sich änderte. »Du darfst es aber nicht den anderen sagen«, krächzte sie. »Einige von ihnen brächten es glatt fertig, mir nachzureisen.«

Der Commissioner sagte völlig aufrichtig: »Du hast schon immer die Gabe besessen – ehm –, Liebe und Zuneigung zu erwecken.« Als sie ihn auslachte, war er überrascht. »Liebe? Zuneigung? Das ist doch absurd. Ausgenutzt werde ich, bis zum letzten. Ich bin alle ziemlich leid. Ich möchte allein sein.« Aber sie war bereits allein; der Commissioner und all die anderen (Poeten, Maler, Schriftsteller und Politiker) vermochten ihr Gehirn kaum mehr zu beleben wie eine Geistergesellschaft; und der einzige Gast, den sie gern bei sich gehabt hätte, der erschien nicht: Justin, »eben vom Lande« hereingeschneit, dessen derbe Plattitüden den geistreichen Witz und die anmaßenden Attitüden durchsetzten wie die Reste von gutem, altem Tuch noch eine an vielen Stellen geflickte Jacke durchsetzten.

»Ich habe dich gebeten, etwas früher zu kommen«, sagte Caroline Bury, »weil ich dich wegen Drover fragen wollte. Wie es heißt, soll er gehängt werden. Das ist absurd.«

»Hast du ihn kennengelernt?« fragte er verwundert.

»Wenn ich ihn doch nur kennengelernt hätte!« sagte sie. »Ich lerne alle zu spät kennen.«

»Ich bitte dich, Caroline! Du kennst doch – ehm – wie sagt man doch«, und er brachte das Wort mit einem Hauch Ironie heraus, »jeden.«

»Zu spät«, sagte sie. »Ich lerne sie kennen, wenn sie sich einen Namen gemacht haben.« Sie gab sich nie Mühe, sich verständlich zu machen; in ihrer Knappheit bildeten ihre Sätze einen Gegensatz zu ihrer elaborierten Handschrift; ihren Feinden bot sie unzählige Chancen. Ein bösartiger Mensch hätte beispielsweise jetzt möglicherweise vermutet, daß sie sich über ihre Unfähigkeit beklagte, Talente zu entdecken und fördern zu können. Der Commissioner war nicht spitzfindig oder subtil; er fand es leicht, ihr zu folgen; ihm war es klar – sie bedauerte es, daß ihre Hilfe immer denen zugute kam, die sie fast schon nicht mehr brauchten. Sie sagte: »Du könntest Drover helfen.«

»Das liegt nicht in meiner Hand«, sagte er.

»Unsinn! Beale hat dich um einen Bericht gebeten.«

Der Commissioner war bestürzt. »Woher weißt du das?«

»Sein Sekretär hat es mir erzählt.«

»Dieser junge Mann«, sagte er mit Abscheu, »brächte es fertig, ich meine, er ist – ich kann ihn nicht leiden.«

»Was wirst du in deinem Bericht schreiben?«

»Wirklich, Caroline! Das ist geheim.«

»Das ist doch absurd. Du weißt genau, daß du mir vertrauen kannst.«

Er konnte ihr aber nicht vertrauen; es war unmöglich, einem Menschen mit einer so glühenden, bedenkenlosen Sehnsucht zu helfen, zu vertrauen. Ihre Nächstenliebe war immer heroisch gewesen; hatte sie veranlaßt, immer wieder bei Gerichtsverhandlungen zu erscheinen; unzählige Male hatte sie im Zeugenstand Reden geschwungen; sie hatte Vertrauen mißbraucht, Geheimnisse verraten, verleumdet und Meineide geschworen – in ihrem Verlangen, anderen zu helfen.

»Ich bin deinetwegen hier, Caroline, nicht, um über Drover zu reden. Der Fall ist abgeschlossen. Eine Berufung ist gerichtlich abgelehnt. Du müßtest mit – mit Beale müßtest du reden.«

»Der ist eine Null. Mit Nullen rede ich nicht.« Selbst kleine Souvenirs bewiesen, daß sie mit dem Prahlen recht hatte – das Foto mit Autogramm von Henry James, die hohe Stirn in der Schwebe über behandschuhten Händen; das Zigarettenetui, ein Geschenk des großen toten Staatsmanns der Liberalen; Gemälde von Margaret Surrogate an der Wand.

»Surrogate ist also Kommunist geworden«, sagte der Commissioner, um vom Thema Drover abzulenken.

»Das ist Mode. Aber Margaret war ein Genie. Diese Bilder –«

Er tat so, als sehe er sie sich genauer an. »Bilder, fürchte ich, verstehe ich nicht. Sind sie nicht sehr – gekünstelt?«

Caroline Bury lachte mit einer Hand an ihrem dünnen Hals. »Du und Margaret – ihr seid die natürlichsten Menschen, die ich je kennengelernt habe.«

Der Commissioner war über solche Eröffnung erschreckt. Mit der Frau, die diese Bilder gemalt hatte, sah er sich ungern zusammengebracht; sie hatten etwas irgendwie Hysterisches und Ungesundes an sich; sie rochen so stark nach Sex wie ein Busch nach Maiblüte.

»Sie sind dir zu phallisch? Ihr Mann, weißt du, hat sie nicht befriedigt.«

Der Commissioner wußte nicht, wo er hinschauen

sollte; sein altes gelbes Gesicht tat stur; er kannte Caroline gut genug, um zu begreifen, daß sie dermaßen vulgär nur aus Berechnung sprach. Sie war auf ihn wütend, und sie versuchte ihn auf diese Weise zu ködern. »Natürlich ist sie Künstlerin geworden, weil sie unbefriedigt war. Aber was wird aus all den Frauen, deren Männer du einsperrst? Wäscherinnen, nicht wahr? Jedenfalls keine Malerinnen. Ich nehme an, einen Mann finden irgendwo alle ...«

»Deine Auffassung vom Wesen des Menschen ist deprimierend, Caroline.«

»Da setze ich mich für Drover ein und vergesse völlig, an Drovers Frau zu denken. Er ist doch verheiratet, oder? Und was soll die Frau machen, wenn er begnadigt wird? Sollte ich dich eigentlich nicht bedrängen, alles zu tun, damit er gehängt wird?«

»Das alles ist Beales Angelegenheit.«

»Das ist doch absurd. Er wartet auf deinen Rat.«

»Also, wenn du es unbedingt wissen mußt, Caroline, will ich es dir sagen. Ich schreibe ihm einfach, daß es sich in der Öffentlichkeit überhaupt nicht auswirkt, ob er Drover hängt oder begnadigt. Beale bildet sich dauernd ein, das Land stehe kurz vor einer Revolution. In Wahrheit kümmert sich jeder nur um die eigenen Nöte und sonst gar nichts. Jeder einzelne ist viel zu sehr damit beschäftigt, seine eigenen kleinen Schlachten zu gewinnen, um an den – an seinen Nächsten zu denken. Außer dir, Caroline.« So viel hatte er ihr auf einmal noch nie gesagt.

»Das Essen ist angerichtet.«

»Wir sind allein, Caroline?« fragte er völlig verblüfft.

»Jawohl«, krächzte sie, »allein«, und trug sich in ihrem absurden, ihrem teueren, ihrem zeitlosen Kleid vor ihm her zur Tür. Sie hätte hinzufügen können, daß sie ihres Wissens insofern allein waren, als ihnen beiden die eigenen Nöte egal waren, als sie ihre eigenen Schlachten nicht in Unkenntnis des Krieges rundum schlugen.

»Wirklich«, sagte der Commissioner, als er sich ihr gegenüber setzte. Er brach mitten im Satz ab und räusperte sich; er hatte den gebeugten Kopf und das gemurmelte Tischgebet völlig vergessen; unmöglich, die einzelnen Worte zu hören, die weder Englisch noch Latein waren. »Wirklich«, begann er von neuem, als sie ihr hageres, unglückliches Gesicht hob, »ich fühle mich, weißt du, sehr geehrt.«

»Du hast viel zu tun, und ich bin müde. Wenn du mir wegen Drover nicht helfen willst, gibt es nichts mehr zu sagen.« Das bezweifelte der Commissioner allerdings. »Ich wollte dich vor dieser absurden Operation auf jeden Fall noch einmal sehen.«

»Eine Operation? Von einer Operation hast du mir nie etwas erzählt.«

»Du hältst mich wohl für fähig, daß ich so etwas erfinde, um zu bekommen, was ich will.«

»Jedenfalls ist niemand so – großmütig wie du.« Zu seiner eigenen Verwunderung war er von den scharfgeschnittenen, zynischen Gesichtszügen gegenüber auf völlig absurde Weise gerührt. »So edelmüig wie du.« Er stockte und stotterte; ihm fehlten die Worte; er spürte auf einmal eine höchstgefährliche Bereitschaft, für sie alles zu tun, was sie wollte. Sie hatte, wie er glaubte, von keinem Menschen – ausgenommen Justin – je etwas geschenkt bekommen; sie hatte immer nur gegeben – Geld, Zeit und Kraft. »Du bist wirklich tapfer«, sagte er abschließend.

»Bin ich nicht«, sagte sie. »Ich habe solche Angst vor Schmerzen. Ich habe Schmerz nie ertragen können. Das ist der Grund, warum ich verärgert und unruhig bin und niemand sehen will. Ich habe ein Testament aufzusetzen versucht. Aber ich wüßte keine Person, der ich mein Geld vermachen möchte –, und dem Staat will ich es nicht vermachen; so wie er momentan regiert wird, würde es ihm nur helfen, ein paar Flugzeuge und Panzer mehr anzuschaffen.«

»Krankenhäuser?«

»Das ist einfallslos, aber was anderes bleibt mir vermutlich nicht übrig. Im Augenblick hätte ich gern Drover geholfen, doch Beale wäre bestimmt zu feige, um sich bestechen zu lassen. Oder?« Wieder einmal so ein hirnrissiger, taktloser Plan von ihr.

»Caroline – Caroline, wir sind hier nicht in Südamerika.«

»Das hat man mir schon öfter gesagt, aber überzeugt bin ich nicht. Bist du von der Art der Ordnung in unserem Land überzeugt? Hältst du es für richtig, daß die Löhne zwischen dreißig Shilling pro Woche und fünfzehntausend Pfund jährlich auseinanderklaffen dürfen? Daß ein Mensch, der mit den Händen arbeitet, weniger verdienen soll als ein Kopfarbeiter? Unentbehrlich sind beide, beide arbeiten dieselben Stunden, todmüde sind beide bei Tagesende. Glaubst du, ich hätte das Recht, einem einzelnen Menschen zweihunderttausend Pfund zu hinterlassen, nur weil ich ihn persönlich mag?«

»Nein.«

»Aber du unterstützt das System. Du unterstützt es mehr als jeder sonst. Ohne die Polizei ließen solche Zustände sich kein Jahr lang halten.«

»Und wer sollte an die Stelle von Beale und – ehm – den anderen treten? Surrogate?«

»Natürlich, das wäre absurd. Andererseits ist es überhaupt nicht schwierig, ein Ministerium zu leiten. Einen Bauernhof zu bewirtschaften oder eine Lokomotive zu fahren ist viel schwerer. In der Politik ist vieles Schau. Setz einen von Beales Beamten auf seinen Stuhl, und der macht's genauso gut wie Beale.«

»Das ist nie ausprobiert worden. Das ist zu gefährlich.«

»Es ist ausprobiert worden.«

»In Rußland«, sagte der Commissioner ganz unglücklich. »Wir wollen bei uns keine Hungersnot.«

»Wir haben sie schon, die Hungersnot. Nur – uns beide trifft sie nicht.«

Der Commissioner versank in Schweigen; wie mechanisch senkte seine Gabel sich auf und ab, auf und ab; er merkte gar nicht, was er aß. Caroline Bury sagte: »Es würde einen wahnsinnig machen, jetzt sterben zu müssen, in einer so verrückten Welt, wenn man keinen Glauben hätte.«

»Glauben?«

»Glauben.«

»Sprichst du vom Christentum?«

»Nein. Nein, nicht vom Christentum.« Er wartete mit schwebender Gabel und fragte sich, ob es auf die Frage nach Caroline Burys Religion nun endlich eine Antwort geben würde; vom Salon her wehte ein schwacher Duft von langsam glühenden Räucherstäbchen. »Du meinst, einfach so – Glauben«, suggerierte er ihr.

»Glaubst du etwa nicht?«

»Also«, sagte er, »natürlich – ehm –, man hofft«, und er zerkrümelte seine Scheibe Brot zwischen den Fingern und sah sich von neuem vor die Frage gestellt: wie konnte eine so zynische, so klarsichtige Frau sich nur so umnebeln – mit Räucherstäbchen, mit indischen Idolen (da gab es mehrere, in den Gästezimmern), mit Ikonen (eine hing im Treppenhaus) und Bildern der Heiligen Jungfrau (die gab es überall)?

»Worauf hoffst du?«

»Also«, sagte er, »man lebt, und dann, also, dann stirbt man.« Genauer konnte er nicht ausdrücken, was er empfand – dieses Gefühl von einer großen Verschwendung, eines unnützen Ausgebens von Leben: Caroline im Operationssaal, Drover auf dem Schafott, das Mädchen aus Streatham Common, Justin in Spanien. Es war unmöglich, an einen übergeordneten, alles zusammenführenden Zweck zu glauben, denn diese Menschen waren keine Ersatzteile, die sich auswechseln ließen. Unter dem drohenden Schatten des Ruhestandes, tiefer als die Übelkeit, die seine Augen umflorte, als er zu hastig vom Tisch aufstand, erfüllte ihn eine leidenschaftliche Sehnsucht nach einem ewigen Leben, aber nach einem ewigen Leben auf Erden, damit er beoachten könnte, wie die Welt vernünftiger wurde, beobachten könnte, wie Nationalitäten aufhörten und das Wirtschaftschaos sich in Ordnung verwandelte. Aber, dachte er, wenn die Zeit kommt, werden die selbstlosesten Menschen sich nicht mehr dran freuen können; Justin war tot; Caroline würde tot sein, verschiedene Kameraden seiner alten Kompanie, die er bewundert hatte... Freuen würden sich – ganz willkürlich – Leute, die in einem ganz bestimmten Jahrhundert zufällig am Leben waren, Abenteurer, Politiker und Schwindler genauso wie andere. Aber die Menschen, die besonders aufopfernd für eine bessere Welt gekämpft hatten, würden wahrscheinlich längst tot sein. Daß er selbst ebenfalls tot sein würde, empfand er keineswegs als Ungerechtigkeit; er hatte nichts beigetragen; er hatte denen gedient, die ihn bezahlt hatten; er hatte abseits gestanden. Doch Caroline, die den Innenminister mit einer Erbschaft hatte bestechen wollen, verdiente zu leben, und während er ihr zurück zu dem Duft der Räucherstäbchen und dem verschatteten, überladenen Raum folgte, kam er sich klein und gemein vor; er schämte sich. Er hatte sich immer damit entschuldigt, daß er nur seine Pflicht tue, doch in der Erinnerung an Justin dachte er: Sie tat ihre Pflicht, aber sie tat noch viel mehr.

»Ich muß mich sputen«, sagte er.

»Und wegen Drover kannst du mir wirklich nicht helfen?«

»Tut mir leid, Caroline.«

»Dann gute Nacht.« Sie reichte ihm eine knochige, kalkweiße Hand. »Du findest ja selbst hinaus.«

»Ja, ja«, sagte er, und da wurde ihm plötzlich klar, wie alt sie beide waren – zwei alte Menschen, die Herzlichkeit zum Abschied nicht aufbringen konnten, aber die Trennung hätte ihnen wenigstens leichterfallen müssen. »Tut mir leid«, wiederholte er und dachte: Es ist ein Glück, daß sie Glauben hat, was immer das für sie heißt; es ist das einzige, was sie hat: eine alternde, hagere Frau in einem dunklen Zimmer voller Relikte eines künstlerischen Geschmacks, der begeistert gewesen war – unfehlbar nie.

Im unbeleuchteten Flur mußte er nach dem Sicherheitsschloß lange suchen. Sie war eine unkonventionelle Frau; sie hielt nichts davon, daß ein Hausmädchen die Tür hinter einem Freund verriegelte, als sei er ein Fremder; sie wollte den Eindruck vermitteln, daß ihre Tür jederzeit offen stand. Aber dann wäre es eigentlich praktischer gewesen, wenn das Licht an geblieben wäre. Er riß sich zusammen; da hätte er fast kritisiert wie all die anderen Freunde auch. Seine Hand fand den Riegel, stieß die Tür auf; den Mann, der ihm so hartnäckig gefolgt war, hatte er, während er bei ihr gewesen war, ganz vergessen. Auf der obersten der drei ausgetretenen Stufen fiel es ihm ein. Der Mann stand mitten auf der Straße und hielt in der Hand etwas ausgestreckt. Im ersten Moment konnte der Commissioner nicht erkennen, was es war.

Als er sah, daß es ein Revolver war, zog er die Tür von Nummer 15 leise hinter sich zu. Er wollte Caroline nicht erschrecken, falls etwas passierte. Er spürte keine Angst; er war selig vor Mut; wie eine Rakete schossen seine Lebensgeister durch die Nebel von Unentschiedenheit, Unzufriedenheit, Bedauern; so wie die Rakete ihre Startrampe ließen sie seinen alternden Leib auf dem Boden zurück, während sie selbst immer höher nach oben stiegen. Doch so hochfliegend sein Mut auch sein mochte, leichtsinnig war er nicht; er wußte genau, was zu tun war. Er mußte ganz still stehenbleiben – nur keine plötzliche Bewegung; wenn nicht alles schiefging, müßte gleich ein Taxi auftauchen oder zwischen ihnen beiden ein Auto durchfahren, so daß er den Bürgersteig überqueren könnte. Er hielt dem Blick des Mannes stand, drei Stufen höher stand er –

*

– so gelb wie das gelbe Licht hinter der Schulter: alt, gefaßt, der Feind, der Spaßvogel vom Berkeley Hotel. »Ein Kinderwagen auf einem Taxi«, und der Haß, der am Grunde seines Bewußtseins geschwelt hatte, stieg auf und kräuselte sich und stieg und stieg, und die Finger spannten sich, und ein Gedanke nur: Jetzt! Soll ich jetzt schießen? Wohin muß ich zielen? Auf den obersten Knopf seines Oberhemds zum Gesellschaftsanzug? Aber mir zittert die Hand. Ich muß Ruhe bewahren. Ich werde schießen, sobald er sich rührt; doch der alte, gefaßte Mann mit dem gelben Gesicht und den dünnen Lippen und den Lidern von Menschen der oberen Klasse blieb abwartend stehen; und er dachte sich: Der weiß, daß ich nicht treffe. Soll ich denn wirklich so weit gekommen sein, ihm über so viele Straßen auf der Spur geblieben sein und ohne Essen gewartet und gewartet haben, um ihn am Ende zu verfehlen, nur weil meine Hand zittert? Und noch ein Gedanke: Wenn sich ein Wagen nähert, muß ich sofort schießen. Ich darf nicht warten. Es gibt auf der Welt niemand, der ihm gegen mich nicht helfen würde. Ich bin allein.

Von den Menschen, die er liebte, hatte der Haß ihn getrennt. Der Haß würde ihn aber verlassen, sobald der Schuß abgefeuert und der Mann tot war. Er würde dem Haß seinen Lauf gelassen haben, und danach würde der Haß ihn in Ruhe lassen. Und er erinnerte sich an die düsteren, ausgetretenen Treppen, über die er hochhackigen Prostituierten nachgestiegen war, und an die anschließende innere Ruhe –, bis auf ein dumpfes Gefühl, daß ein Mann so eigentlich nicht leben sollte. Er hob die Hand. Er sah dem anderen nicht ins Gesicht, sondern auf den obersten Knopf an seinem festlichen Hemd. Irgendwo hupte ein Auto. Im Winkel des linken Auges registrierte er Scheinwerfer, die am anderen Ende der langen Bloomsbury Street die Dunkelheit aufbrachen...

Und dann, erzählte ich Milly, habe ich geschossen. Du hast mir gesagt, ich könnte nie eine Waffe halten, aber meine Hand *war* lang genug ruhig. Er fiel die drei Stufen hinunter und lag auf der Straße. Das Auto versuchte zu halten, die Straße war aber glitschig vom Regen, und das Auto rutschte noch fünfzehn Meter weit. Ich schob die Pistole in die Tasche und entkam. Gestern abend habe ich dich gehaßt. Jetzt hasse ich niemand mehr. Ich fühle mich wieder völlig entkrampft. Sie werden mir nicht auf der Spur sein, weil er mich ja nicht kennt, und für meinen Zorn auf ihn gibt es kaum ein offenes Motiv. Ich liebe dich – aber jetzt ohne Haß oder Eifersucht oder Begierde. Mir ist, als ob ich meinen eigenen Alptraum durch das Loch, das die Kugel riß, in *seinen* Körper gejagt hätte.

Was er sich da selbst erzählte, war ein Märchen; doch so viel war wahr: Sein Haß verengte sich auf den Oberhemdknopf eines Mannes, auf die Scheinwerfer eines großen Wagens, welche Fahrbahn und Gehsteig, die zwischen ihm und dem Mann lagen, überfluteten, und die Befürchtung: Wenn das Auto zwischen uns durchfährt, rennt er los. Er beruhigte seine Hand; irgendwer schrie ihm etwas zu, und er hörte die Bremsen knirschen und das Quietschen von Reifen, die auf dem Straßenbelag umsonst zu greifen versuchten; er legte endgültig an auf den Mann draußen vor der Tür, auf den Polizisten im Zeugenstand, auf den Witzbold vor dem Berkeley Hotel, auf den Neffen des Direktors, auf den Manager, auf die Stimmen, die »Conrad, Conrad« über den asphaltierten Hof riefen. Mit dem Vorwurf, ein Mörder zu sein, könnt ihr mir keine Angst einjagen – Jim ist ein Mörder. Er drückte und drückte und der rostige Abzug wollte sich einfach nicht bewegen. Dann traf ihn ein Schlag, und er wurde zehn Meter weg geschleudert und konnte nicht überlegen: Was hat mir das getan? noch sich fragen: Warum bin ich hier? – er lag mit dem Gesicht über dem Bordstein, schaute dem schwarzen Wasser zu, das in den Rinnstein tropfte und durch ein Gitter fiel, und registrierte Schmerz und Stimmen und Schmerz – einen Schmerz im Rücken und einen ärgeren Schmerz im Kiefer (der Zahnarzt bohrte und bohrte, und Milly ging durch die Kirche zum Altar, und der Anthrazitgeruch ließ ihn ersticken).

»Kennen Sie ihn, Sir?«

»Ich habe keine Ahnung, wer er ist.«

»Die Ambulanz ist unterwegs.«

»Er hätte nicht schaden können, der Revolver ist mit Platzpatronen geladen.«

Mr. Bernay sagte: »Für das Risiko müssen Sie extra zahlen« und lächelte und nahm sein Lächeln zurück und putzte sich die Nase. Er dachte: Bald werde ich bewußtlos sein, solche Schmerzen kann kein Mensch lange aushalten, und er wollte sich bewegen, wollte aufschreien, als der Riesenbohrer ihm erneut zwischen die Zähne fuhr, aber er hörte nur andere Stimmen: »Es war wirklich nicht unsere Schuld, wissen Sie. Er trat vor dem Wagen auf die Straße. Und bei der naßglatten Straße...« Und er versuchte noch einmal zu schreien, weil die Schmerzen jetzt wie kleine scharfe Fingernägel an seiner Wirbelsäule kratzten, und jetzt hörte er – das Geräusch eines schwachen Grunzens. Erleichterung verschaffte es ihm nicht. Der Schmerz war wie ein wilder Vogel in panischem Flattern um Freiheit, der in seinem Gefängnis von einer Wand gegen die andere stürzte; vom Schlagen der Flügel war – Conrads Gehirn verletzt. Immer wieder riß er das Fenster auf, wenn der Vogel auf die Scheibe lossteuerte, aber der Vogel stürzte sich von neuem nach innen auf die Wand gegenüber: angeschlagen und wund und doch nie erschöpft. Wenn ich nur bewußtlos würde, dachte er, wenn ich schreien könnte.

»Besser nicht bewegen; sein Rückgrat könnte gebrochen sein.« Seine Hand berührte das schwarze Wasser, das in den Gully abfloß; er konnte sein eigenes Blut dick vom Bordstein mit dem Wasser zusammenfließen sehen. Der Vogel taumelte nicht mehr in seinem Gehirn hin und her, hatte aufgegeben, lag völlig erschöpft in einer Ecke, wußte – es war aus mit der Freiheit. Die Worte von Leuten rundum fielen langsam bergab: »Hören Sie... ich... kann... es... kommen... hören.« Er konnte jedes einzelne Wort von den Lippen abtropfen hören, und sein Bewußtsein zuckte bange zurück in Erwartung des Tons, der ihn erreichte und dann wie ein Pfeil durchschlug auf die Schädelbasis. Selbst Licht kam verlangsamt; wie ein träger gelber Besen fegten die Scheinwerfer die Straße. Neben ihm auf dem Gehsteig kniete jemand, und als er an der Seite vom Mantel gestreift wurde, brannte es wie Jod in einer offenen Wunde.

Doch als sie ihn anhoben, regte der Vogel sich wieder; die Wände des Gehirns bebten und zitterten von seinen Attacken; wenn ich doch schreien könnte, wenn ich nur das Bewußtsein verlöre.

Er blieb bei Bewußtsein und wurde in eine Ambulanz gehoben und ein Wachtmeister und ein Sanitäter setzten sich zu ihm, und sie fuhren den Weg zurück, den er zu Fuß gekommen war. Daß sie den Trafalgar Square erreichten, merkte er daran, daß es für eine Weile, die ihm sehr lange vorkam, immer im Kreis ging. Dann war er wieder auf der Straße im Freien, wurde Stufen hinaufgetragen und versuchte zu schreien, und Big Ben schlug die halbe Stunde an. Er wurde auf einem Bett durch endlose Korridore gerollt, ihm kamen Krankenschwestern entgegen und blickten ihn unverwandt an, und er versuchte zu schreien; er befand sich in einem kleinen Raum, und man hielt ihm einen kleinen Kasten vors Gesicht, und er versuchte zu schreien. Dann wurde der Schmerz unerträglich, und er schloß die Augen und als er sie wieder aufmachte, saß Milly neben ihm, und über seinem Kopf hing eine Metallflasche, und aus einem Schlauch tropfte ihm Speichel in den Mund, und er spürte keinen Schmerz. Der Schmerz war noch da, aber erschöpft, lag still und verkrampft und steif unter den Bandagen, die ihn selbst auch gefangen hielten; man tat so, als bemerke man ihn nicht; jeder ging sachte auf Zehenspitzen, um ihn nicht zu wecken.

Sie hatten sein Bett mit Wandschirmen umstellt, durch eine Lücke konnte er jedoch in den Krankensaal blicken, wo reihenweise Männer müde in ihren Betten lagen, und eine Schwester unter der Lampe an einem Tisch saß und las. Milly beugte sich über sein Bett. »Sie haben in deiner Tasche eine Nachricht für mich gefunden.« Er versuchte, ihr zu antworten, aber er konnte den bandagierten Kiefer nicht bewegen; der künstliche Speichel tropfte und tropfte ihm auf die Zunge.

»Was sollte das bloß, Conrad, was sollte das bloß?«

Er konnte ihr nicht antworten. Er versuchte, ihr mit einem Augenwink anzudeuten, welche Qual es ihm machte, gefragt zu werden und nicht antworten zu können.

»Warum hast du mich vorher nicht gefragt, Conrad?« Sie hielt das Gesicht dicht an seins und flüsterte: »Wozu sollte das gut sein? Warum hast du nicht abwarten können?« Er richtete den Blick auf ihre über die Backenknochen gespannte Haut und wollte die Hand heben. Doch er war angeschnallt und im Gips und konnte sich nicht rühren.

»Du kannst doch nicht geglaubt haben, daß das was bringen könnte, oder?« Er rackerte sich ab, um ihr eine Antwort zu geben. Die Krankenschwester kam um den Wandschirm herum und flüsterte: »Sie dürfen nicht mit ihm sprechen. Es wäre besser, wenn Sie jetzt gingen.«

Milly stützte die Hände auf den Bettrand und flüsterte voller Verzweiflung: »Ich muß ihm aber doch – ich muß ihm sagen, daß Jim –«, doch die Schwester zog sie am Arm und sagte: »Morgen. Sie würden ihn nur erregen. Er braucht Ruhe.« Sie blickte auf ihn herab; er wußte sofort, wie schlimm die Nachricht sein mußte, die sie erhalten hatte; und er bemühte sich, sie zu verstehen. Es war, als ob er all die Eindrücke in diesem Raum, die Blicke, die er auf den Wandschirm, die Schwester, auf die aufgereihten Betten geworfen hatte, in sein Gehirn zurückdrängen könnte, um die Lebenskraft in sich zu stärken, die er brauchte, wenn er diese Nachricht verstehen sollte: Er schloß die Augen. Er verschloß die Ohren vor allen oberflächlichen Geräuschen, vor dem Ticken der Uhr, die die Krankenschwester über dem Herzen angesteckt hatte, vor dem Atmen der schlafenden Männer, dem Tropfen des Speichels aus dem Gummischlauch, um hören zu können, was die Schwester und Milly miteinander zu flüstern hatten. Er stieß mit den Zehen gegen das Fußende des Betts, spürte das kalte Metall durch Leintuch und Decken, konzentrierte die ihm verbliebene Kraft auf einen Punkt, um Kraft genug zu haben, damit er sich trotz Gips und Bandagen aufsetzen konnte und den Kiefer bewegen und sprechen und sie fragen konnte, bevor sie ging – was sie über Jim erfahren hatte.

Er öffnete die Augen und sah Milly, er sah sie ganz deutlich und plastisch umrissen vor der Leselampe, um sie war Finsternis, und er bemerkte, daß sie konfus war, verwirrt und hoffnungslos, daß sie ihn brauchte und daß er im Sterben lag; es kam ihm so vor, als betrachte sie ihn mit Entsetzen als den ersten von all jenen Männern, die früher oder später noch in ihr Leben treten würden; er öffnete seine Ohren wieder und hörte, wie es ihr die Kehle zuschnürte. Er stemmte den Fuß gegen die Stange am Fußende des Betts und strengte sich mit aller Kraft an, den Mund aufzumachen, damit die Sprechmuskeln reagierten; dann empfand er Schmerz und ein Gefühl, als bräche etwas entzwei und den Geschmack von Blut und wie seine Kehle vollief und er nach Atem rang.

Er wußte nicht, daß er trotz des gebrochenen Kiefers schrie; nachdem sie ihn verlassen und sein Puls aufgehört hatte zu schlagen und er tot war, kehrte sein Bewußtsein jedoch mit merkwürdiger Beziehungslosigkeit für den Bruchteil einer Sekunde noch einmal aus dem Dunkel zurück, als wäre sein Gehirn ein heillos zerschlagener Spiegel, von dem ein Bruchstück ein vorüberhuschendes Licht einfing. Und sein Gehirn registrierte das, was er sah – zwölf Männer, die unruhig mit übergeklemmten Rundfunkkopfhörern an den Ohren wach im Krankensaal lagen, eine lesende Schwester unter einer Lampe und neben seinem Bett niemand.

*

Unbegreiflich, dachte der Commissioner – unbegreiflich. Er stieg Stufe für Stufe ganz langsam die Treppe hinauf, machte auf dem Absatz kurz eine Pause: Ein Stahlstich von Frith's ›Railway Station‹ (der Dieb in Handschellen, die allein gelassene Ehefrau), auf einem Tischchen die Bronzestatue eines nackten Kindes, das sich einen Dorn aus dem Fuß zog. Er öffnete die Tür zu seiner Wohnung, und das Licht fiel auf die geschnitzten Kürbisflaschen und blitzte von Eingeborenenspeeren zurück. Aus dem Lehnstuhl erhob sich ein Mann in den mittleren Jahren. »Ihre Haushälterin hat mich hereingelassen.« Er zögerte: »Sie werden sich nicht an mich erinnern.«

»Natürlich erinnere ich mich an Sie«, sagte der Commissioner. »Sie waren früher Gefängnisgeistlicher in Leeds. Sie sind hierher – ehm – versetzt worden.«

»Ich wollte mit Ihnen reden.« Er zögerte: ein blasser Mann in einem Anzug aus schwerem Tweed mit einer Krawatte – ohne den Hemdkragen, wie ihn Pfarrer in England tragen.

»Lassen Sie mir einen Augenblick Zeit«, sagte der Commissioner. »Auf mich ist eben geschossen worden – mit einer Platzpatrone.« Es war die Platzpatrone, die ihn beunruhigte. Er ging ins Schlafzimmer und wischte sich das Gesicht mit dem Schwamm. »Verzeihen Sie, wenn ich Sie warten lasse«, rief er durch die Tür. Aber der Geistliche war über die Verzögerung nur froh; es fiel ihm nie leicht, gleich zur Sache zu kommen. Seit Beginn seines Dienstes als Gefängnisseelsorger, vor fünfzehn Jahren, hatte sein Leben darin bestanden, den Menschen Dinge schonend beizubringen – den Tod von Verwandten, die Untreue von Ehefrauen. Es hatte sein ganzes Gebaren beeinflußt, so daß er nun auf kein Thema mehr ohne Umschweife zu sprechen kommen konnte; ganz gleich, ob er sich über Wein, Theateraufführungen oder das revidierte Common Prayer Book äußerte, er redete endlos um die Dinge herum. Der Commissioner sah ihn im Spiegel seines Toilettentischs vor einem Lederschild ungemütlich nach Worten suchen.

»Beales Sekretär ist Ihnen sicher bekannt?«

Sie kamen in der gegenseitigen Verständigung nur langsam voran: Der eine war alt und wortkarg und dachte immer nur an die Platzpatrone; der andere war in mittleren Jahren und schüchtern und, wie sich bald zeigen sollte, erzürnt und unglücklich.

»Hat der schon wieder geredet?«

»Er hat mir berichtet, Sie seien der Berater des Ministers im Falle Drover.«

»Das scheint er allen erzählt zu haben. Ich bin – ehm – gegen diesen jungen Mann – voreingenommen.« Er drückte den Schwamm aus. »Wollen Sie sich nicht setzen?« Er konnte jedoch im Spiegel bemerken, daß der Geistliche lieber frei umherwanderte; er nahm eine Kürbisflasche in die Hand, untersuchte sie, berührte die Schärfe eines Speers.

»Ich werde mein Amt niederlegen.«

Der Commissioner warf einen prüfenden Blick auf seine Hände; an einer Manschette entdeckte er verschmiertes Blut. »Würden Sie mich entschuldigen, während ich, ich meine, das Hemd wechsle?« Er zog die Manschettenknöpfe heraus, ganz langsam: eine Platzpatrone; hab ihn vorher nie gesehen; unbegreiflich.

»Ich werde mein Amt niederlegen«, wiederholte der Geistliche.

»Das tut mir leid«, sagte der Commissioner. »Ich habe oft gehört – wie sehr die Männer Sie schätzen.«

Der Geistliche sagte: »Ich kann menschliche Gerechtigkeit einfach nicht mehr ertragen. Sie ist die reinste Willkür. Etwas Unbegreifliches.«

»Ich möchte natürlich keine – keine Gotteslästerung begehen, aber ist sie ziemlich, ich meine, ist die göttliche Gerechtigkeit nicht ziemlich das gleiche?«

»Mag sein. Aber Gott kann man kein Rücktrittsschreiben überreichen.«

Der Commissioner zog sein Hemd aus und suchte in einer Schublade. Er konnte durch die offene Tür sehen, wie der Geistliche eine hölzerne Tabaksdose befingerte.

»Und gegen seine Milde und Barmherzigkeit habe ich auch nichts einzuwenden.« Er näherte sich dem Ende des langen, gewundenen Wegs; der Grund seines Besuchs begann sichtbar zu werden. Er sagte in einem Anfall von Wut: »Natürlich, ich bin ein Esel herzukommen. Die Bürokratie. Der Amtsschimmel. Was einem geschehen ist, läßt sich nicht wieder ungeschehen machen.« Der Commissioner steckte die Manschettenknöpfe in die Ärmel. »Es ist vermutlich völlig zwecklos, Sie zu bitten, den Schaden ungeschehen zu machen, wenn Sie ihn bereits angerichtet haben?«

»Wirklich«, sagte der Commissioner, »ich – ich verstehe gar nicht –«

»Man hat Ihren Rat befolgt.«

Der Commissioner band sich die Krawatte. »Sie meinen, die Hinrichtung –«

»Findet nicht statt. Er ist begnadigt worden.«

Der Commissioner kam in sein Wohnzimmer zurück und setzte sich hin. »Ich habe meinen Bericht überhaupt nicht abgeschickt. Ich habe ihn nicht einmal geschrieben. Das hätte man mir eigentlich sagen können. Es hätte mir eine Menge Zeit erspart. Und Ärger. Ich bin, wie Sie sehen, sehr beschäftigt.«

»Der Gefängnisdirektor ist heute abend vom Innenministerium benachrichtigt worden. Und natürlich fiel es mir zu, die Nachricht zu überbringen. Wie immer.«

»Eine gute Nachricht.«

Der Geistliche sagte: »Ich hatte da keine Illusionen. Vor dem Tod hatte Drover keine Angst. Aber er liebt seine Frau. Wenn er aus dem Gefängnis kommt, sind ihre besten Jahre vorbei. Sie glauben doch wohl nicht, daß eine Frau einem Mann achtzehn Jahre treu bleibt, den sie einmal im Monat sieht? Und die beiden lieben sich wirklich.«

»Was hat er gesagt?«

»Nichts. Er redet nie viel. Aber auf dem Weg in eine der obersten Zellen in Block A hat er sich umzubringen versucht. Er hat sich nach unten gestürzt. Er hat sich natürlich nur leicht verletzt. Das Drahtnetz fing ihn auf. Könnte ich einen Drink haben?«

Der Commissioner öffnete einen Schrank. »Tut mir leid. Die Flasche ist leer.«

»Macht nichts. Ich bin froh, daß Sie damit nichts zu tun haben. Es gibt nur einen Trost: Er hat einen Bruder. Sie hängen sehr aneinander. Er wird sich um die Frau kümmern. Also«, er blickte sich hilflos um, »wenn Sie Ihren Bericht nicht abgeschickt haben, kann man wahrscheinlich gar nichts machen. Der Mann muß leben.« Er bemerkte mit einer Ironie, die dem Commissioner total entging: »Beale hat entschieden.«

»Er hätte es gleich entscheiden sollen«, sagte der Commissioner. »Die Unterlagen des Richters lagen ihm vor.« Der Geistliche suchte seinen Hut. Er gab nicht zum Abschied die Hand, das wäre zu defintiv gewesen – ein vorzeitig gealterter Mann, ein Mann, den das Elend vieler Tode gebeugt hatte, schwankte er unschlüssig an der Tür. – »Achtzehn Jahre«, sagte er; der Gedanke an das Elend eines allzu langwierigen Lebens machte ihn fast sprachlos.

»Ich würde nicht demissionieren«, sagte der Commissioner, »wenn ich an Ihrer Stelle wäre«, aber sein Ratschlag wurde mit weniger Federlesen zurückgewiesen, als der Geistliche seit langem gezeigt hatte: »Es liegt schon schriftlich vor«; und als er fort war und ihn gleich auf der ersten Seite des allerneuesten Berichts das Läuten des Telefons unterbrach, kamen ihm selber Zweifel an dem, was er gesagt da. »Er ist tot. Inzwischen kennen wir seinen Namen. Er heißt Conrad Drover. Er ist der Bruder von...«; und der Commissioner dachte: Sein Amt niederlegen? Er hat recht. Fast hätte ich selbst Lust zurückzutreten.

Die Stimme in der Leitung vibrierte: Das angekündigte Gewitter brach los: Es grummelte und pfiff durch die schwarze Sprechmuschel. »Die Operation war erfolgreich. Tod durch Schockeinwirkung. Nur für eins haben wir keine Erklärung, nämlich warum er Sie mit einer Platzpatrone...« Die Stimme verklang; sie war kaum hörbar, als sie einen umfassenden Bericht versprach und dem Commissioner eine gute Nacht wünschte; und die ersten Spritzer vom Regen streiften die Scheiben, wehten durch ein offenes Fenster herein, machten auf dem Schreibtisch die Papiere naß.

Zurücktreten? Er stand auf, schloß das Fenster, zog die Vorhänge zu. Das Wort schien ihn in einen leeren Raum zu führen – einen kalten, kaminlosen, unbeleuchteten Raum, wo er vielleicht auf Gesellschaft wartete, doch von ihrer – früheren – Anwesenheit zeugten nur die Abfälle, die liegengeblieben waren: die Zigarettenasche, die leeren Kaffeetassen verrieten, daß sie dagewesen, aber weitergegangen waren.

Er setzte sich wieder an seinen Schreibtisch. Ich bin ein Feigling, sagte er sich; ich habe nicht den Mut, für meine Überzeugungen einzustehen; es ist ja nicht so, als ob ich für den Yard unersetzbar wäre; der Yard ist für mich unentbehrlich. Er begann, die Papiere zu lesen, die vor ihm lagen, aber bewußt nahm sein Verstand ihren Inhalt nicht auf. Wenn ich Glauben hätte, dachte er mit einem schiefen Lächeln; wenn ich doch irgendwie überzeugt wäre, daß ich auf der richtigen Seite stehe; Caroline ist überzeugt; wenn sie es nicht mehr ist, braucht sie nur die Seite zu wechseln.

Und mit einem Male – ohne jedes Vorzeichen – erwachte er aus seiner Unzufriedenheit, seinem Mißtrauen sich selbst gegenüber, seiner Scham; er fühlte sich wie emporgehoben; alles, was ihn bekümmerte, fiel hinter ihm zurück, so wie die winzigen Gestalten, die beim Aufsteigen eines Luftschiffs von der Landebahn rennen. Er war in der phosphoreszierenden Weite der Luft hoch oben mit seiner Idee allein. Er dachte nicht mehr an den Geistlichen, an Drover, die Platzpatrone. Mit seiner kleinen, sorgfältig genauen Handschrift begann er auf den Deckel des Berichts über den Mord in Streatham zu schreiben: »Was die mit dem Fall betrauten Beamten nicht erkannt haben, ist das Gewicht der Aussage seitens der Prostituierten, sie habe Flossie Matthews bereits um sechs Uhr nachmittags auf der Parkbank wartend sitzen gesehen. Im Zusammenhang mit dem übrigen Indizienmaterial...« Für solche Augenblicke spontaner Offenbarungen lebte der Commissioner ...

* * * **Neu-Edition** * * *

GRAHAM GREENE

AM ABGRUND DES LEBENS

ROMAN

An den äußersten Grenzen der Gesellschaft, am Rande der Großstadt leben der jugendliche Bandenchef Pinkie und die kleine Kellnerin Rose. Sie sind die personifizierte Anklage gegen eine gnadenlose Umwelt, in die das Individuum schuldlos hineingeboren wird

Band 7
400 Seiten, Leinen
ISBN 3-552-04430-2

ZSOLNAY